論語注譯

孫欽善　譯注

商務印書館

本書由江蘇鳳凰出版社
有限公司授權出版

論語注譯

譯　　注　孫欽善
責任編輯　甘麗華
封面設計　涂　慧
出　　版　商務印書館（香港）有限公司
香港筲箕灣耀興道三號東滙廣場八樓
http://www.commercialpress.com.hk
發　　行　香港聯合書刊物流有限公司
香港新界大埔汀麗路三十六號中華商務印刷大廈三字樓
印　　刷　永利印刷有限公司
香港黃竹坑道五十六至六十號怡華工業大廈三字樓
版　　次　二〇一九年二月第一版第一次印刷

ISBN 978 962 07 4572 0
Printed in Hong Kong

前言

《論語》是以記載孔子言行為主，並且兼記孔子某些弟子言行的一部書。要從總體上了解《論語》，必須了解孔子其人；而了解孔子其人，又必須以《論語》為主要依據。

一、孔子的時代和生平

孔子生活在春秋末期，那是一個社會大變革的時代。關於西周的社會性質，史學界歷來存在爭論，一派認為西周是封建領主制度，一派認為西周是奴隸制。因此關於春秋末期社會變革的內容，也就存在不同的看法，前一派認為是由封建領主制向封建地主制的轉變，後一派則認為是由奴隸制向封建制的轉變。我們認為，前一派的見解比較合理，不僅有大量文獻資料作依據，而且為考古資料和某些少數民族社會調查材料所印證。關於這方面的專著和文章很多，無須在這裏詳加討論。

西周封建領主制社會主要有以下的特點：第一，土地由各級封建領主所佔有。周天子是最高一級的領主，名義上是天下土地所有者，「溥天之下，莫非王土；率土之濱，莫非王臣」（《詩經．小雅．北山》）。實際上王室只直接控制其所在地區畿中的土地，其餘的土地用來分封諸侯，各國諸侯成為次一級的領主。諸侯擁有由公室直接經營的土地，把其餘的土地分授大夫。大夫擁有「采邑」，成為再次一級的領主。貴族中大夫之下還有士，士享受田祿，不佔有土地。第二，農奴是社會的主要生產者，他們被束縛在土地上，隨土地一起分封或分授。領主計夫授田，讓農奴家庭得到一塊份地即所謂「私田」，由他們自己耕種，以維持生活，保證勞動力的再生產。同時農奴要用自家的生產工具優先給封建領主耕種「公田」，提供勞役地租（所謂「助」）。此外還得服各種公役（徭役、兵役等），繳各種貢賦，受到超經濟剝削。農奴對自家的宅地和份地只有使用權，不得買賣，所謂「田里不鬻（賣）」（《禮記．王制》）。他們有自己的家庭經濟，有一定的身份自由，不像奴隸那樣完全為奴隸主所佔有。值得特別指出的是，西周農奴制還保留着原始農村公社軀殼的殘餘，封建領主利用殘存的村社形式組織農奴的公田勞動和各種公役，因此實質上的封建領主對農奴的統治、剝削關係，又往往被形式上的原始民主關係假象所掩蓋。這種兩面性的特點從《詩經．豳風．七月》等文獻中可以清楚地看出來。第三，在領主貴族中實行着嚴格的等級、宗法制度。由於分封關係所形成的經濟、政治地位的不同，西周封建領主貴族分天子、諸侯、卿大夫、士四個等級，構成上對下控制、下對上服從的「王（天子）臣公（諸侯），公臣大夫，大夫臣士」（《左傳．昭公七年》）的關係。為了維繫這樣的等級關係，還利用由父系家長制演變而成的以血緣關係為基礎的嫡長子繼承制的宗法制，來確立政治、經濟權力的世襲和分配。在宗法制度下，宗族分大宗、小宗。周天子的王位由嫡長子繼承，稱為天下的大宗，是同姓貴族的最高家長，也是政治上的共主，掌握着最高的權力。天子的庶子有的分封為諸侯，對天子來說是小宗，在本國則為大宗，其職位由嫡長子繼承。諸侯的庶子有的分封為卿大夫，對諸侯來說是小宗，在本家則為大宗，其職位由嫡長子繼承。政統與血統密切結合的等級制度，是周代政治制度的突出特點。因此「孝」、「悌」不僅是維繫血緣關係的道德準則，也是維繫等級關係、避免犯上作亂、維持政治穩定的基本保證。第四，敬神事人，實行禮治。禮樂在周代社會的上層建築中佔據重要地位，表現出禮治的特點。禮起源於迷信祭祀，包括敬鬼神的種種禮節和儀式。後來擴展到人與人、人與自然的關係方面，形成一系列有關生產、生活的制度、公約、準則、習俗、儀節等，具有不成文的習慣法的性質。原始社會的禮沒有階級性，反映了人們之間的平等、民主關係。階級社會的禮，基本內容反映了人的階級關係、等級關係，具有階級性。但也保留了一些全民性的公約、習俗等沒有階級性的內容。周代的禮對夏、商兩代的禮有因有革，發展得最為完備，包括敬神、事人各方面，誠如孔子所説：「丘聞之，民之所由生，禮為大。非禮，無以節事天地之神也；非禮，無以辨君臣上下長幼之位也；非禮，無以別男女父子兄弟之親、婚姻疏數之交也。」《禮記・哀公問》周禮中雖然也有一些原始社會全民性禮俗的遺存，但中心內容是宗法等級制度的反映。如周禮中尊尊親親的基本原則，就是在人事方面維護「君君、臣臣、父父、子子」的等級名分。即使是周代對待鬼神的禮，也反映了人間宗法等級的內容。首先，各種祭禮因主祭人而異，有等級名分之別；其次，喪祭之禮目的在於「慎終，追遠」，使「民德歸厚」，直接服務於維護宗法等級制度。

隨着生產力的發展，封建領主制的生產關係已經落後，直至腐朽，新的封建地主制逐漸代之而起。春秋時代就是這樣一個大轉變的過渡時期。

公田、私田之分的井田制，是西周封建領主制的經濟基礎，封建領主制的衰亡，正是從這個基礎的動搖開始的。由於生產力的發展，農奴有餘力開墾荒地自己佔有，使計夫授田的制度受到破壞。同時，農奴經營私田所獲益多，積極性越來越高，而對公田上的無償勞動則消極怠工，甚至逃避，以至造成「公田不治」(《國語．晉語》)的惡果。這就迫使封建領主不得不改變剝削方式，將勞役地租改為實物地租。《春秋．宣公十五年》所載魯國「初稅畝」，就是這種改變的一例。「稅畝」就是按畝收稅，古時租稅統一，收稅就是收實物地租，這是剝削方式的一次大變革，故同年《左傳》說：「初稅畝，非禮也。穀出不過藉，以豐財也。」所謂「藉」，就是「先王制土，藉(借)田以力」(《國語．魯語下》)的勞役地租。其變革的原因，正如同年《公羊傳》何休注所說，農夫「不肯盡力於公田」。

隨着剝削方式的改變，人與土地的關係也開始變化。諸侯以下的領主對封地的關係由佔有變為所有，從而轉化為新興地主。農奴對份地(私田)由使用變為佔有，從而轉化為佃農或自由農民。於是分封制和授田制便受到根本破壞。

經濟關係的變化必然導致政治關係的變化。舊的封建領主上對下層層控制的等級關係逐漸崩潰，權力不斷下移。如果用孔子的話來劃分，西周是「禮樂征伐自天子出」的時期，春秋前期大國爭霸是「禮樂征伐自諸侯出」的時期，而到春秋末期，大夫專國政，甚而家臣操權，就是禮樂征伐「自大夫出」，乃至「陪臣執國命」的時期了。

孔子（前551—前479），名丘，字仲尼，魯國陬邑（今山東曲阜東南）人。孔子的祖先本是宋國的貴族，其五代祖因避宮廷禍亂，由宋奔魯，定居在魯國。孔子的父親叔梁紇是一個武士，雖躋身於貴族之列，但地位較低。孔子三歲時，父親死去，他跟着母親過着較艱苦的生活，曾說：「吾少也賤，故多能鄙事。」魯國是一個禮樂之邦，完整地保存着西周的文化傳統。孔子自幼就受到周文化的薰陶，《史記．孔子世家》說孔子「為兒嬉戲，常陳俎豆，設禮容」。成年以後又以好禮、知禮聞名於魯國，《左傳．昭公七年》載孟僖子將死時，召其大夫，命囑他的兩個兒子孟懿子與南宮敬叔師事仲尼以學禮。

孔子在仕途上並不得意，年輕時曾做過小吏：一次任「委吏」，管理倉庫；一次任「乘田」，掌管牛羊畜牧（見《孟子．萬章下》）。為實現自己的政治理想，孔子不得不在仕宦上謀出路，他不僅在魯國活動，而且周遊過其他一些國家。魯昭公二十五年（前517），季氏逐昭公，昭公避難於齊。孔子也離開魯國到了齊國。齊景公向孔子問政，孔子答以「君君、臣臣、父父、子子」，告誡他為政之要，首在整頓宗法等級制度。齊景公想以尼谿田封孔子，遭到齊國大夫晏嬰的反對。齊國革新派不滿孔子興禮樂的主張，想加害於他，使他不得不返回魯國。魯定公初年，大夫季氏（桓子）專魯國之權，其家臣陽虎（《論語》作陽貨）又輕季氏，處於「陪臣執國命」的狀況。孔子不仕，從事教育，整理《詩》、《書》、《禮》、《樂》，學生越來越多。

定公八年（前502），陽虎作亂失敗，叛魯奔齊（見《春秋》），孔子開始出仕，由中都宰而為司空，又升為司寇。孔子出任司寇約在定公九年、十年之際。司寇主管司法，位與三卿（司徒、司馬、司空）並列，有相當的實權，並進而由此兼作相國，得以利用自己的職位為實現尊王忠君的政治思想做一些事情。在外交方面，孔子主張諸侯平等，共尊周王，反對大國恃強稱霸。定公十年（前500）夏，魯定公與齊景公在夾谷（在今山東萊蕪境內）相會，孔子任魯君相禮（司儀）。他不畏強齊，靈活地利用禮儀作有力的外交鬥爭，保護了魯君的安全，維護了魯國的尊嚴，並迫使齊國歸還了他們侵佔的汶陽之田（事詳《左傳》、《公羊傳》、《穀梁傳》、《史記·孔子世家》、《孔子家語》等）。這就是著名的魯國以弱勝強的夾谷之會。在內政方面，孔子採取了不少「張公室，抑私門」的措施，「墮（huī）三都」就是一次重大的策劃。定公十二年（前498），孔子「由大司寇行攝相事」，「與聞國政」（《史記·孔子世家》），起初與以季桓子為首的魯國三家執政大夫關係比較融洽，便利用他們與家臣的矛盾（如定公八年陽虎據費邑叛季孫氏，定公十年侯犯據郈邑叛叔孫氏），相機提出拆毀費、郈、成三城的建議，得到季孫氏、叔孫氏、孟孫氏三家的同意。《公羊傳．定公十二年》載：「孔子行乎季孫，三月不違，曰：『家不藏甲，邑無百雉之城。』於是帥師墮郈，帥師墮費。」同年《左傳》還具體記載了墮費時遇到邑宰公山不狃反抗的情況。孔子墮三都，名義上是削弱家臣的勢力，改變「陪臣執國命」的局面，實際上最終目的在於「張公室，抑私門」，打擊操縱國政的大夫的勢力，改變「禮樂征伐自大夫出」的局面。孔子的用心被成邑之宰公斂處父覺察，他一向忠於孟孫氏，便對孟懿子說：「墮成，齊人必至於北門。且成，孟氏之保障也。無成，是無孟氏也。子偽不知，我將不墮。」（《左傳．定公十二年》）於是孟懿子改變態度，使墮成沒能成功。

由於政治上不可調和的矛盾，孔子與魯國三家關係的破裂勢在必然，因此很快為季桓子所疏遠。正如前引《公羊傳》所說，孔子與季孫的關係，僅僅「三月不違」，當墮三都的意圖暴露以後，就難以為繼了。時值季桓子接受了齊國饋贈的歌妓舞女，迷戀於聲色，三日不聽朝政，孔子便毅然離開魯國，到別的國家尋找實現政治理想的機會，於是開始了周遊列國的生涯。其時約在定公十二年末、十三年初。

孔子出遊，首先到了衛國。衛國與魯國情況相近，也是一個傳統的禮樂之邦，國中賢者很多，孔子的弟子在那裏做官的也不少，並且人口興旺，具備了富強、教化的基礎，因此孔子對衛國抱有希望。但是國君衛靈公好征戰而不尚禮教，與孔子思想相悖，孔子只得離開，其時約在定公十五年末。孔子離開衛國，前往陳國，途經宋國時，曾受到宋國司馬桓魋的威脅，不得不偽裝而過（見《孟子．萬章上》）。孔子到陳國，依靠司城貞子，做了陳侯周的臣（見《孟子．萬章下》）。但也曾遭遇困厄，「在陳絕糧，從者病，莫能興」。以後又曾去過蔡國，往來於陳、蔡之間，終未得志。孟子曾說：「君子之厄于陳、蔡之間，無上下之交也。」（《孟子．盡心下》）約於魯哀公六年（前489）孔子由陳國回到衛國，時衛出公輒繼衛靈公即位已有四年之久，執政大夫孔文子（圉）留孔子從政，孔子擬給衛出公提出正名分的建議，但終未得到實權，只是得到一些俸祿而已，因此孟子在總結孔子的仕宦生涯時說：「孔子有見行可之仕，有際可之仕，有公養之仕。於季桓子，見行可之仕也；於衛靈公，際可之仕也；於衛孝公（疑即衛出公），公養之仕也。」（《孟子．萬章下》）魯哀公十一年冬，孔子反對孔文子用兵攻衛大叔疾，將離衛，應魯人之召而歸魯（見

《左傳．哀公十一年》)。魯國以國老待孔子，雖遇事多有徵詢，又不聽用其言。孔子也不求仕，專心於古代文獻的整理工作，但是維護周道的立場老來彌堅。孔子剛一回到魯國，就標舉「周公之典」來反對季康子「以田賦」。魯哀公十四年春，魯國西狩獲麟。傳說麟為「仁獸」，非盛世不現，而此麟出非其時，故遭被捕之禍，孔子非常悲傷，歎道：「吾道窮矣！」(見《左傳．哀公十四年》)他所修的寓褒貶以譏當世、使「亂臣賊子懼」的《春秋》(見《孟子．滕文公下》)，便就此住筆。同年六月，齊國陳成子(恆)弒其君。孔子再三請求魯國伐齊，討陳成子這個「無道」之人。又過了兩年，至魯哀公十六年，孔子就死了。

綜觀孔子的一生，出身於沒落貴族之家，生長於禮樂文化之邦，立場保守。他到處推行自己的政治理想，結果卻是到處碰壁，落得一個不合時宜的悲劇結局。但是絕不可因此而一概否定孔子思想。孔子的社會實踐是多方面的，他的思想博大精深，來源複雜，有積極的成果，也有消極的東西。在當世他不愧為偉大的思想家和教育家，對後世也產生了巨大的影響。

二、孔子的思想和影響

「仁」是孔子思想體系的核心，孔子思想的諸方面多與「仁」有關。

仁的基本含義是仁愛。樊遲問仁，孔子說：「愛人。」仁是一種普遍的愛，但並不是一視同仁的愛，而是有親疏遠近之別的有差等的愛。孔子說：「入則孝，出則弟，謹而信，泛愛眾而親仁。」這段話清楚地說明了仁愛的層次。首先，仁愛是以維護宗法血緣關係的孝弟為基礎的，孔子的忠實弟子有若也曾說過：「孝弟也者，其為仁之本與！」其次，仁愛是以維護貴族等級關係為原則的，孔子最得意的門生顏淵問仁，孔子說「克己復禮為仁」，「非禮勿視，非禮勿聽，非禮勿言，非禮勿動」。如前所述，禮的中心內容是宗法等級制度的反映，克己復禮就是要用禮來約束自己，遵守等級名分而不犯上作亂。仁愛就是要求下敬上，上愛下，維繫「君君、臣臣、父父、子子」等級關係的和諧狀態。再次，仁愛要求待人誠實，遵守推己及人的忠恕之道。仲弓問仁，孔子說：「己所不欲，勿施於人。」這是從有所不為的消極方面說的，即所謂「恕」。孔子在回答子貢所問「有一言而可以終身行之者乎」時曾說：「其恕乎！己所不欲，勿施於人。」至於忠，是從有所為的積極方面說的，如孔子說：「夫仁者，己欲立而立人，己欲達而達人。能近取譬，可謂仁之方也已。」忠和恕是同一內容的兩面説法，所以孔子説：「吾道一以貫之。」曾參解釋道：「夫子之道，忠恕而已矣。」再次，仁愛就是泛愛大眾。這是在範圍上最廣泛的愛，而在深度上則是最淺層的愛。孔子認為，如果「博施於民而能濟眾」，那就不止於「仁」，已達到了「聖」的高度，連堯舜都不容易做到。

孔子的仁愛思想，既以宗法等級的人際關係為基本內容，又包含了原始人道主義的成分，這兩方面的內容不是簡單地拼湊在一起的，而是有着現實基礎。如前所述，西周農奴制還保留着原始農村公社軀殼的殘餘，反映宗法等級制度的周禮中還有不少原始禮俗的遺存，周代制度的這種特點，正是仁愛思想這兩方面內容的聯結點。

仁除了仁愛的含義外，作為一種道德標準，還有「敏於事而慎於言」的內容，這體現了孔子重實踐的思想。如「巧言令色，鮮矣仁」，「仁者先難而後獲」，「仁者，其言也訒」，「為之難，言之得無訒乎」，「剛、毅、木、訥近仁」。孔子又説「能行五者於天下，為仁矣」，「恭、寬、信、敏、惠。恭則不侮，寬則得眾，信則人任焉，敏則有功，惠則足以使人」，其中「恭」、「寬」、「信」、「惠」都屬於仁愛的範疇，而「敏」則屬於重實踐的範疇。

以上分析了孔子的思想體系的核心——仁。關於孔子思想的諸方面，在本書《論語》本文的注釋中已就有關篇章分別作了歸納分析，這裏只簡括地提綱挈領分別加以論述。

在政治方面，孔子以恢復「禮樂征伐自天子出」的西周盛世為追求目標，他懷念周公，欲從周禮，幻想「齊一變，至於魯；魯一變，至於道」。他也有遠古大同的社會理想（見《禮記．禮運》），但又認為不切實際，難以實現，所謂「堯舜其猶病諸」。儘管他「祖述堯舜，憲章文武」（《禮記．中庸》），但以法文王、武王為主。關於統治方法，他主張實行禮治和德治，用禮樂教化治理國家。這樣的言論在《論語》俯拾即是。他並不一概否定政令刑罰，主張禮樂教化為主，政令刑罰居次來作為補充，如說：「道之以政，齊之以刑，民免而無恥；道之以德，齊之以禮，有恥且格。」又說：「禮樂不興，則刑罰不中；刑罰不中，則民無所措手足。」他認為能否實行禮治和德治，關鍵在於統治者的自身修養和表率作用，主張統治者先正己，後正人，舉賢才不拘身份，選用「先進于禮樂」的人。

在經濟方面，孔子維護西周井田制，反對季康子「以田賦」（已見前），這雖然表現了保守的立場，但也有反對苛徵暴斂的意思。孔子主張使百姓富足均平，傜役不誤農時。他雖然說「君子喻於義，小人喻於利」，但又主張「因民之所利而利之」，做到「惠而不費」，可見他並不一概否定功利。

在教育方面，孔子有豐富的實踐經驗和完整的思想理論。他主張以德育為先，全面發展，「志於道，據於德，依於仁，遊於藝」，「行有餘力，則以學文」。他主張「有教無類」，並親自實行。「自行束脩以上，吾未嘗無誨焉」，對於打破貴族對教育的壟斷，使文化下移，起了積極作用。在教學方法上，他總結了非常有益的經驗。他貫徹「因材施教」的基本原則，教學有明確的針對性。他了解學生，根據不同人的不同個性，甚至根據一個人在不同場合、不同時間的具體表現，進行恰如其分的教育。他「循循然善誘」，運用啟發式的教學方法，「不憤不啟，不悱不發。舉一隅不以三隅反，則不復也」。他不僅強調舉一反三，甚至稱讚「聞一以知十」。他強調「學」與「習」相結合，「學而時習之」；辯證對待「學」與「思」的關係，「學而不思則罔，思而不學則殆」；正確處理「學」與「用」的關係，他重視實踐，提倡學以致用，言行一致，表裏一致。這樣的言論很多，不勝枚舉，但又反對不學無術，盲目蠻幹。此外，他還強調實事求是的學風，「知之為知之，不知為不知，是知也」，堅持「學而不厭，誨人不倦」的認真態度。他善於為人師表，但又謙虛謹慎，平易近人，不恥下問，以眾為師。

在哲學方面，孔子提倡中庸之道，他說：「中庸之為德也，其至矣乎！民鮮久矣。」中庸就是以中為用的意思，其哲學意義就是折中、平衡，不偏不倚。一味折中，絕對平衡，就會靜止而無發展。孔子的中庸思想難免有形而上學的消極因素，但是其中又包含着豐富的辯證觀點，他看到事物的兩面性，力戒片面，追求適中，如「樂而不淫，哀而不傷」，「過猶不及」，「溫而厲，威而不猛，恭而安」，「惠而不費，勞而不怨，欲而不貪，泰而不驕，威而不猛」等。而且孔子一方面強調執中，另一方面又強調權變，並不執泥、頑固，如說「可與立，未可與權」。孔子講權變的例子很多，如「無適無莫」，「無可無不可」，「不得中行而與之，必也狂狷乎！狂者進取，狷者有所不為也」等。

關於天命鬼神觀念，孔子是宿命論者，也是有神論者。他認為天居眾神之上，為神中的最高主宰，所以他說「獲罪於天，無所禱也」，意思是如果得罪了上天，禱告其他的神就統統沒有用了。孔子所謂的天，是有意志的人格神，而並非自然的天，祂具有至高無上的權威，無須親自發號施令，就能主宰一切：「天何言哉？四時行焉，百物生焉，天何言哉？」他認為天命是不可違抗的，因此君子「畏天命」。

即使是符合道義的事，能否行得通也由天定，因此他說：「道之將行也與，命也；道之將廢也與，命也。」「天之將喪斯文也，後死者不得與于斯文也；天之未喪斯文也，匡人其如予何？」孔子很少跟他的學生講論天道，並不是因為他不信天命，只是因為天道神秘莫測，不便領會，難以言説罷了。他認為只有具備了複雜的人生閱歷之後，才能體驗天命，所以他說「五十而知天命」；而且知天命又與學習占卜用的《周易》有關：「加我數年，五十以學《易》，可以無大過矣。」對於鬼神，孔子也很虔誠，「祭如在，祭神如神在」。至於說「敬鬼神而遠之」，「未能事人，焉能事鬼」，「未知生，焉知死」，固然有人事比鬼神之事重要而切實之意，但也有鬼神之事神秘難明、難以從事的意思，並不足以據此否定孔子對鬼神的迷信。孔子的鬼神觀念，承襲了周人的思想，他對鬼神的迷信程度，不像殷人那麼深，正如《禮記·表記》所說「殷人尊神，率民以事神，先鬼而後禮」，「周人尊禮尚施，事鬼敬禮而遠之，近人而忠焉」。

孔子的思想在中國歷史上產生了深遠的影響。儘管孔子維護封建領主制，反對新興地主階級的改革，在立場上表現出保守性，但是封建地主制對封建領主制並不是完全否定，在許多基本方面都具有繼承性。例如當新興地主階級用新的等級關係代替了封建領主階級的等級關係後，宗法等級觀念便被保存下來。當新興地主階級單純用法治國而產生出嚴重弊端之後，便開始總結歷史經驗，輔之以禮義仁德進行統治，漢代總結秦亡的教訓，認為是「仁義不施而攻守之勢異也」（賈誼《新書·過秦上》），就是明顯的例證。因此孔子的基本思想為新興地主階級所繼承，成為中國長期封建社會的精神支柱，對於維護地主階級的長遠利益、調整封建的生產關係、促進封建社會的發展，起過積極作用。隨着封建制度的腐朽，孔子思想的許多基本內容變成了糟粕，而且伴着封建殘餘的存在，至今仍在起着消極作用，例如腐朽的禮教和等級觀念等。對於這些，無疑要加以批判和清除。但是孔子通過豐富實踐所產生的博大精深的思想中，仍有不少內容是客觀真理，至今仍給我們以啟示。這樣的內容在他的教育思想中居多，但又不局限於教育方面，政治、經濟、哲學等方面也不乏其例，如強調道德教化輔之以刑罰，為政清廉，取信於民，思想方法辯證、全面等等，都是很寶貴的精神財富。此外，在孔子的思想中也保存着不少傳統的民族美德。

孔子不僅屬於中國，在世界的歷史和現實中也都產生了影響。在朝鮮、日本、新加坡等亞洲國家的文化傳統和現實生活中，孔子的思想都起着相當的作用。他們用孔子的思想處理人際關係，進行經營管理，維護社會公德，加上先進的科學技術，促使經濟發展。在西方，孔子重理性、道德、人生的人本主義思想，曾對啟蒙思想家的反專制、反宗教產生巨大影響。至今仍有學者提倡孔子思想，企圖用儒家學說挽救西方的道德危機。孔子不愧為世界文化名人。

三、《論語》的成書、流傳和整理

《論語》以記言為主，故稱「語」。「論」是論纂的意思。《論語》成於眾手，記述者有孔子的弟子，有孔子的再傳弟子，也有孔門以外的人，但以孔門弟子為主。這幾種情況都可從《論語》中得到例證。《論語》的內容被分散地一條一條記述下來，集腋成裘，經過了一個不斷編集的過程。《論語》沒有嚴格的編纂體例，每一條就是一章，集章為篇，章與章之間、篇與篇之間並無嚴密聯繫，只是大致以類相從，並且有重複的章節出現。

關於《論語》的最後編定者，前人有幾種說法，柳宗元認為出自曾子弟子樂正子春、子思之徒（見《柳宗元文集．論語辨》），此說近於史實，為多數人採納。據此，《論語》的成書約在戰國初年。

據《漢書．藝文志》，《論語》傳到漢代，出現三種本子——今文《論語》兩家：《魯論語》和《齊論語》。《魯論語》二十篇。《齊論語》二十二篇，多《問王》、《知道》兩篇，其餘二十篇章句也頗多於《魯論語》。古文《論語》一家，二十一篇（分《堯曰》「子張問」以下為另篇，名曰《從政》，故稱兩《子張》），篇次與《齊論語》有異，文字更多異，《經典釋文》引桓譚《新論》說：「文異音（當作『者』）四百餘字。」從殘存的鄭玄注中尚能窺見一些情況。漢人為古文《論語》作注的有孔安國、馬融二家，為何晏《論語集解》所採。一九七三年河北定縣出土的漢簡中，有《論語》一書，殘簡的篇幅為今本《論語》的一半。據十支尾題殘簡所題各篇章數、字數，多與今本不同，正文文字與今本多有不同，用同音假借字較多（詳見《文物》一九八一年第八期《定縣漢簡》一文）。西漢末年，安昌侯張禹對《魯論語》、《齊論語》擇善而從，號曰「張侯《論》」，最後行於世。漢人為張禹《論語》作注的有包咸、周氏二家，見採於《論語集解》。至東漢末，鄭玄以《魯論語》為底本，參考《齊論語》、古文《論語》，編校成一個新的本子，並加以注釋。鄭玄本實際亦借階於張禹本，王國維《書論語鄭氏注殘卷後》說：「鄭氏本所據本為自《魯論》出之張侯《論》，及以古《論》校之，則篇章雖仍魯舊，而字句全從古文。」鄭注本唐以後不傳，有敦煌遺書本殘卷(見《鳴沙石室佚書》),新疆也出土過唐卜天壽所抄鄭玄《論語注》殘本。

至魏,何晏等著《論語集解》,自序說:「今集諸家善說,記其姓名;有不安者,頗為改易。」此為漢以來《論語》成果的集大成著作,所集諸家之說,包括漢代的包咸、周氏、孔安國、馬融、鄭玄,魏時的王肅、周生烈、陳羣。何晏是玄學家,他總領其事著《論語集解》,在用己說「頗為改易」時,雖然加進了玄學思想,但這種情況為數不多,所以《論語集解》的科學價值頗高,後人多在其基礎上作疏。現在正文注文齊全的《論語》單集解本國內早已無存,日本尚流傳有抄本、刻本多種,最有代表性的是正平本。

至南朝,梁代皇侃著《論語義疏》。此書就何晏等《論語集解》作疏,吸收了江熙《論語集解》所集十三家之説及其他「通儒解釋」(見皇侃《自序》)。皇侃《論語義疏》唐以後國內不傳,清乾隆年間由日本傳入並據以翻刻。

唐宋時期,注本益多。唐時主要有賈公彥《論語疏》,今不傳,見《舊唐書·經籍志》及《新唐書·藝文志》著錄。宋時主要有邢昺等人的《論語注疏》,此書約略皇疏而成,又傅以義理。朱熹的《論語集注》也是一個重要注本,他不依傍何晏《論語集解》,重新集注,所集諸家之說,以宋人為主,也兼取漢魏古注,是宋代《論語》注釋的集大成之作。注釋的內容訓詁考證與分析義理兼有，分析義理多借題發揮。分章多不同於《論語集解》。

元明時期皆以朱熹《論語集注》為本，沒有甚麼代表著作。

清代考據學興起，開始批判宋學，朱注獨尊的情況才有所改變。毛奇齡著《四書改錯》，專駁朱熹四書注中的錯誤，頗有創見，但也有主觀武斷之處。黃式三《論語後案》雖將《集解》與《集注》並列，實際仍左袒《集解》。清人研究、整理《論語》的著作很多，校勘、注釋成就卓著，集大成的著作是劉寶楠的《論語正義》。此書是《論語》的新疏本，《論語》本文及《集解》注文全從邢昺注疏本，異文考訂列入疏內。《集解》之外，鉤稽鄭玄遺注載於疏內。作者注意抽繹本文，實事求是，不專一家。《集解》注文詳備者，據注以釋本文；略者依本文以補疏；有違失而未可從者，先疏本文，次及注義；如有幾說，於義均通，兼存以備考。引據翔實，尤其是集中了清人的豐富成果。當然也有失之煩瑣之處。

在《論語正義》之後，又有一部集大成的《論語》整理成果，這就是近人程樹德的《論語集釋》。此書分考異、音讀、考證、集解（何晏《集解》為主，邢疏有可採者亦附此）、唐以前古注、集注（朱熹內注為主）、別解、餘論、發明、按語十項，集中了大量的校釋、考證材料，徵引書籍六百八十種，還包括了《論語正義》之後的新成果。

楊樹達的《論語疏證》獨具特色，採用材料互證的方法疏通孔子學說，先本證，後他證，無證者闕略。

《論語》新注今譯的著作不少，楊伯峻的《論語譯注》、錢穆的《論語新解》較為突出。

本書參考吸收前人的成果，結合個人鑽研的心得，對《論語》重新作了注釋和今譯。《論語》正文以刑昺《論語注疏》所據《論語集解》本為底本（個別文字參校他書而定），分章亦從底本。每章仿楊伯峻先生《論語譯注》的做法，標以篇章號碼，以便查檢。在注釋上除注明字面意思外，尤其注意用材料互證，特別是以《論語》前後互證的方法闡明孔子的思想。

限於水平，本書一定有不少錯誤和缺點，歡迎批評指正。

孫欽善（北京大學中國古文獻研究中心）

目錄

學而第一

本篇包括十六章，以論學和道德修養為主，兼及論政的內容，開宗明義，表現了孔子既是教育家又是思想家的雙重身份。

1·1　子曰①：「學而時習之②，不亦說乎③？有朋自遠方來，不亦樂乎④？人不知而不慍⑤，不亦君子乎⑥？」

1·2　有子曰⑦：「其為人也孝弟⑧，而好犯上者⑨，鮮矣⑩；不好犯上，而好作亂者，未之有也⑪。君子務本，本立而道生⑫。孝弟也者，其為仁之本與⑬！」

1·3　子曰：「巧言令色⑭，鮮矣仁。」

1·4　曾子曰⑮：「吾日三省吾身⑯：為人謀而不忠乎？與朋友交而不信乎？傳不習

1·1　孔子說：「學了以後而又按時復習，不也是很高興的嗎？有朋友從遠方來相會，不也是很快樂的嗎？人家不了解自己而自己也不生氣，不也是君子嗎？」

1·2　有子說：「假如為人孝順父母，敬從兄長，卻喜好冒犯長上的，極為少有；不喜好冒犯長上，卻喜好造反作亂的，從未有過。君子致力於根本，根本確立了，那麼道就會隨之產生出來。孝弟，大概就是仁道的根本吧！」

乎⑰？」

❶子：古時男子的尊稱。《論語》中的「子曰」的「子」皆用來稱孔子，等於說「先生」。❷時習：按時復習。《國語．魯語下》有這樣的話：「士朝而受業，晝而講貫，夕而習復。」❸說：通「悅」。❹「有朋」句：孔子認為，會友既有益於切磋學問，又有益於觀摩道德，因此說樂。又《禮記．學記》說：「獨學而無友，則孤陋而寡聞。」❺知：了解。慍（yùn）：怒。❻君子：《論語》使用「君子」一詞，或指有地位之人，或指有修養之人，此指後者。這句話也與學有關，孔子認為，君子學習是為了充實自己，小人學習是為了顯示自己，因此只有君子才能做到「人不知而不慍」。參見〔1·16〕，〔14·24〕，〔14·30〕。❼有子：孔子的學生，名若。《論語》中對孔子的學生多數稱字，只有對曾參和有若尊稱「子」。❽其：假設之辭，若。弟（tì）：同「悌」，敬從兄長。❾好（hào）：喜好。下同。❿鮮（xiǎn）：少。⓫未之有也：意即「未有之也」。古漢語中否定句的代詞賓語，提到動詞之前。⓬道：道理，法則。⓭「孝弟」句：仁，一種很高的道德規範，具有豐富的內涵，諸如愛人、忠恕、克己復禮、謹言、慎行等，由本章可知，孝弟是維繫以血緣為紐帶的父系家長制嫡長子繼承的封建宗法關係的基本品德。孝弟既為「仁」之根本，反映了「仁」用來調和、維護封建宗法等級關係的本質特徵。與：同「歟」，疑問語氣詞。⓮令色：好的臉色。這裏指假裝和善。孔子一貫反對以偽善取悅於人。參見〔5·25〕，〔15·27〕。⓯曾子：孔子的學生，名參（shēn），字子輿，南武城（故址在今山東費縣西南）人。⓰三省（xǐng）：多次反省。雖然這裏的「三」字與下面提到的三件事相合，但古人習慣用「三」、「九」等數字泛指多數。⓱傳：指老師的傳授。

1:3 孔子說：「花言巧語，態度偽善，必然缺德少仁。」

1:4 曾子說：「我每天多次自我反省：替人謀劃事情不曾盡忠竭誠吧？與朋友交往不曾誠實相待吧？老師傳授的學業不曾認真復習吧？」

1·5　子曰：「道千乘之國①，敬事而信②，節用而愛人③，使民以時④。」

1·6　子曰：「弟子入則孝⑤，出則弟，謹而信⑥，泛愛眾而親仁⑦。行有餘力⑧，則以學文。」

1·7　子夏曰⑨：「賢賢易色⑩，事父母能竭其力，事君能致其身，與朋友交，言而有信：雖曰未學，吾必謂之學矣。」

1·8　子曰：「君子不重則不威，學則不固⑪。主忠信，無友不如己者，過則勿憚改⑫。」

1·5　孔子說：「治理擁有千輛兵車的國家，辦事嚴肅認真，講話恪守信用，節約用度，惠愛人民，役使老百姓要在農閒時節。」

1·6　孔子說：「年少子弟在家就應孝順父母，出外就應尊敬兄長，謹慎從事，言而有信，博愛民眾，親近仁人。躬行實踐之後尚有餘力，就用來學習文化技能。」

1·7　子夏說：「重視實際的德行，看輕表面的容態，侍奉父

1:9 曾子曰：「慎終追遠⑬，民德歸厚矣。」

❶道：治理。千乘（shèng）：一千輛兵車。古時四匹馬拉的一輛兵車稱「乘」，國家的軍賦以乘計，故擁有車乘的多少，能反映一個國家的大小和強弱。孔子時代的「千乘之國」已不算諸侯大國，故子路有「千乘之國，攝乎大國之間」的話（11·24）。❷敬：嚴肅謹慎。事：指政務。❸用：財政。人：人民。愛人：即惠民，參見（5·16），（20·2）。費用取之於民，故此句將「節用」與「愛人」對舉。《荀子．富國篇》說：「足國之道，節用裕民……節用以禮，裕民以政。」也可與此句互參。❹以時：按時，指不違農時。❺弟子：即子弟。「弟子」二句：參見（13·20）「宗族稱孝焉，鄉黨稱弟焉」。❻謹而信：《論語》中經常將事和言對舉，這裏「謹」就事而言，「信」就言而言。「謹而信」，即（1·5）「敬事而信」之意。❼仁：指仁人。❽行：品行修養，禮義實踐。從末兩句可以看出孔子把德育放在首位。❾子夏：孔子的學生，姓卜，名商。孔子的學生中有所謂「四科（指業務專長）十哲」，子夏即居其中，屬「文學」科（見（11·3））。他尤以整理文獻見長，曾因偏重文化知識而忽視道德修養，受到孔子的告誡：「女為君子儒，無為小人儒。」（（6·13））本章內容倒說明子夏是重視實際道德表現的。❿「賢賢」句：第一個「賢」字為崇重之意，第二個「賢」字為德行之意。易：輕，輕視。色：容色，指表面的態度，做作的表情。全句是說重視實際的好品行，輕視矯揉造作的表面容態。此句即反對「巧言令色」之意，下面三句都是「賢賢易色」的具體表現。⓫固：固執。與「勿固」（（9·4））、「疾固」（（14·32））之「固」同義。又解為固陋之義，亦通。⓬「主忠信」以下三句與上文不連貫，又見（9·25），疑係錯簡於此。⓭終：老死。慎終：指敬慎地處理父母的喪事。追遠：指祭祀祖先。古代宗法社會以血緣親族關係為紐帶，故「慎終追遠」關係到世俗民風，參見（1·2）「孝弟也者，其為仁之本與」，（8·2）「君子篤於親，則民興於仁」。

母能竭盡全力，效力君主能奉獻己身，與朋友交往說話算數：這樣的人雖自稱未曾學文習禮，我一定說他學習過了。」

1:8 孔子說：「君子不莊重就沒有威儀，學習以後，就不會再自以為是、頑固不化。恪守忠誠信實，不要跟不如自己的人交朋友，犯了過錯就不要怕改正。」

1:9 曾子說：「敬慎地辦理父母的喪事，虔誠地追祭歷代的祖先，老百姓的道德就會趨向敦厚了。」

1·10 子禽問於子貢曰①：「夫子至於是邦也②，必聞其政，求之與，抑與之與？」子貢曰：「夫子溫、良、恭、儉、讓以得之③。夫子之求之也，其諸異乎人之求之與④？」

1·11 子曰：「父在，觀其志⑤；父沒，觀其行；三年無改於父之道⑥，可謂孝矣。」

1·12 有子曰：「禮之用，和為貴⑦。先王之道⑧，斯為美⑨，小大由之。有所不行，知和而和，不以禮節之，亦不可行也。」

1·13 有子曰：「信近於義，言可復也⑩。恭

1·10 子禽問子貢說：「孔夫子每到一個國家，必定得知那個國家的政治情況，是請求來的呢，還是人家自願告訴他的呢？」子貢說：「先生溫和、善良、敬慎、拘謹、謙讓，全憑這些而得到的。先生這種求得的方法，大概不同於別人求得的方法吧？」

1·11 孔子說：「父親在世的時候，要觀察兒子的意念志向如何；父親死去以後，要觀察兒子的實際作為如何；如果多年不改變父親傳下來的政道，就可以說是盡到孝了。」

近於禮，遠恥辱也⑪。因不失其親，亦可宗也⑫。」

❶子禽：陳亢的字。〔19·25〕載陳亢與子貢的對話，逕稱孔子為仲尼，可見他不是孔子的學生。陳亢屢對孔子有疑，參見〔16·13〕，〔19·25〕。子貢：孔子的學生，姓端木，名賜。在「四科十哲」中屬「言語」科（見〔11·3〕）。❷夫子：古時對男子的敬稱。皇侃《論語義疏》：「《禮》：身經為大夫者，得稱為夫子。孔子，魯大夫，故弟子呼為夫子也。」後遂沿襲為對老師的稱呼，或用以專指孔子。❸儉：約束。❹其諸：表示不肯定的推測語氣。❺其：指代兒子。志：意念。父親在世，不得有所專行，故只能觀察其意念是否與父親志同道合。參見〔11·20〕「有父兄在，如之何其聞斯行之」句。❻三年：泛指多年。參見〔1·4〕注⓰。道：指政道，包括制度和措施。參見〔19·18〕。❼禮：區別尊卑貴賤的等級制度及與之相應的禮節儀式。用：施行。和：和諧，調和。貴：尚。禮的根本作用在於區別差異，故《荀子．樂論》說「禮別異」；《禮記．樂記》說「禮者為異」，「禮者別宜」。但片面強調差別，又易產生離心離德，甚而導致分崩離析，如《樂記》所說「禮勝則離」。因此儒家的禮治觀點總是幻想讓人們在等級森嚴的前提下和睦相處，因此強調「禮之用，和為貴」。❽先王：指前代聖明的君王。❾斯：此。美：善。本章有子的話，與〔2·14〕孔子的話「君子周而不比，小人比而不周」及〔13·23〕孔子的話「君子和而不同，小人同而不和」，意思相同。❿「信近」句：近：附。復：因循，實踐。朱熹《論語集注》：「復，踐言也。」楊伯峻據童第德舉示的《左傳》例句以證成其說，見《論語譯注》。孔門認為，信守的諾言如果合乎義，則屬大信，故可實踐；而死守不合義的小信，則不可取。如〔13·20〕「言必信，行必果，硜硜然小人哉」，〔17·8〕「好信不好學，其蔽也賊」，《孟子．離婁下》：「大人者，言不必信，唯義所在。」⓫「恭近」句：即孔子所說「恭則不侮」之意。孔子又認為，恭敬而不以禮節之，就易過分，變成「足恭」是可恥的，參見〔5·25〕以及〔8·2〕「恭而無禮則勞」。⓬「因不」句：因：親。因不失其親：即親親之意。參見〔8·2〕「君子篤于親」，〔18·10〕「君子不施（弛）其親」。宗：尊。

1·12　有子說：「禮的施行，以和諧為貴。先代聖王的治道，好就好在這裏，大事小事無不遵循這一原則。如果有行不通的時候，只知和諧為貴而一味求和，不以禮儀加以節制，那也是不可行的。」

1·13　有子說：「許下的諾言如果合乎義，這樣的諾言就是可實踐的了。恭敬如果合乎禮，就能遠遠避開恥辱了。親近的人中不曾漏掉自己的親族，那也是可尊崇的。」

1·14 子曰：「君子食無求飽①，居無求安，敏於事而慎於言，就有道而正焉②，可謂好學也已。」

1·15 子貢曰：「貧而無諂，富而無驕，何如？」子曰：「可也。未若貧而樂③，富而好禮者也④。」

子貢曰：「《詩》云：『如切如磋，如琢如磨⑤。』其斯之謂與？」子曰：「賜也，始可與言《詩》已矣，告諸往而知來者⑥。」

1·16 子曰：「不患人之不己知⑦，患不知人也⑧。」

1·14 孔子說：「君子飲食不貪求滿足，居住不貪求安適，做事勤敏，說話謹慎，就教於有德多才之人來端正自己，這樣就可以說是好學的了。」

1·15 子貢說：「貧窮卻不諂媚，富有卻不驕橫，怎麼樣？」孔子說：「可以了。只是還比不上貧窮卻怡然自樂，富有卻謙遜好禮呢。」

子貢說：「《詩》說：『像製造骨器玉器一樣，反覆切磋琢磨。』大概就是說的這類精益求精的事吧？」孔子說：「賜呀，總算可以跟你談論《詩》了，告訴你一個方面，你能推知另一個方面啦。」

1·16 孔子說：「不憂慮別人不了解自己，而憂慮自己不了解別人。」

❶無：同「勿」。飽：滿足。❷有道：有德有才之人。❸貧而樂：〔6·11〕孔子稱讚顏回說：「賢哉，回也！一簞食，一瓢飲，在陋巷，人不堪其憂，回也不改其樂。」認為這是貧而樂的典範。❹孔子這裏的話，可與〔14·10〕互參。❺詩句出自《詩·衛風·淇奧》。《爾雅·釋器》：「骨謂之切，象謂之磋，玉謂之琢，石謂之磨。」《詩》中以治器之法喻治學、修身之精益求精。❻往：過去。來：未來。往、來泛指事物的兩個方面。此句可與〔5·9〕「賜也聞一以知二」互參。❼這是孔子的一貫思想，如〔1·1〕「人不知而不慍」、〔14·30〕「不患人之不己知，患其不能也」、〔15·19〕「君子病無能焉，不病人之不己知也」。❽知人：了解別人。知人與舉賢有關，參見〔2·19〕、〔12·22〕。亦與自我修養有關，如〔1·8〕「無友不如己者」、〔4·17〕「見賢思齊焉，見不賢而內自省也」。

為政第二

本篇包括二十四章，論及政治、教化、學習、修養。

孔子主張德治、禮治，因此認為為政與學密不可分，政治必須以教化為根本，從政必須以學習、修養為前提。

2.1 子曰：「為政以德，譬如北辰居其所而眾星共之①。」

2.2 子曰：「《詩》三百②，一言以蔽之，曰：『思無邪③。』」

❶北辰：北極星。《爾雅·釋天》：「北極謂之北辰。」天球北極為天球赤道之極，故又稱赤極。由於地球自轉的關係，天體的視運動以赤極為樞紐旋轉，故赤極又稱天樞。共：同「拱」。楊伯峻《論語譯注》：「與《左傳·僖公三十二年》『爾墓之木拱矣』的『拱』意義相近，環抱、環繞之意。」因天樞不動，而眾星環繞其旋轉，故說「北辰居其所而眾星共之」。這裏以北辰喻統治者，以眾星喻被統治者。❷《詩》：《詩經》。三百：概舉成數而言。《詩經》實存三百零五篇，連同有題無辭的六笙詩，共三百一十一篇。❸思無邪：此語出自《詩·魯頌·駉》，孔子借用來評價《詩》思想內容的純正。按《詩》的思想內容並非全都符合統治者的禮義，其中有不少大膽表露愛情和反對剝削壓迫的詩作，但經過孔子整理，在主題上加以歪曲解釋，橫生出善者美之，惡者刺之的「美刺說」，於是統統變成「可施於禮義」（《史記·孔子世家》）的了。這樣，「思無邪」的總評價便自然產生出來。

2.1 孔子說：「當政者運用道德來治理國政，就好像北極星安居其所而其他眾星井然有序地環繞着它。」

2.2 孔子說：「《詩》三百篇，用一句話來總括它，就是『思想主旨純正無邪』。」

2.3　子曰：「道之以政①，齊之以刑②，民免而無恥③；道之以德，齊之以禮，有恥且格④。」

2.4　子曰：「吾十有五而志于學⑤，三十而立⑥，四十而不惑⑦，五十而知天命⑧，六十而耳順⑨，七十而從心所欲⑩，不踰矩。」

2.5　孟懿子問孝⑪。子曰：「無違⑫。」樊遲御⑬，子告之曰：「孟孫問孝於我，我對曰：『無違。』」樊遲曰：「何謂也？」子曰：「生，事之以禮；死，葬之以禮，祭之以禮。」

2.3　孔子說：「用政令來訓導人民，用刑罰來整飭人民，人民就會逃避制裁而無羞恥心；用道德來訓導人民，用禮教來整飭人民，人民就會有羞恥心而歸順。」

2.4　孔子說：「我十五歲立志學習，三十歲能依照禮儀立足於人世，四十歲能辨惑解疑，五十歲能樂天知命，六十歲能聞言知心，七十歲能隨心所欲，而又從不越出規矩。」

2.5　孟懿子問甚麼是孝。孔

2.6　孟武伯問孝⑭。子曰：「父母唯其疾之憂⑮。」

❶道：同「導」，訓導。政：法制，禁令。❷齊：整治，整頓。刑：刑罰。❸免：逃避。❹格：至，來，引申為歸服。〔16·1〕「修文德以來之」。「格」與「免」相對，有旁證可參，《禮記．緇衣》：「夫民，教之以德，齊之以禮，則民有格心；教之以政，齊之以刑，則民有遁心。」❺有：同「又」。古人十五歲為入學之年，《禮記．王制》「立四教」，鄭玄注引《尚書傳》曰：「年十五始入小學，年十八入大學。」❻立：指立足於禮，就範於禮。參見〔8·8〕「立於禮」，〔20·3〕「不知禮，無以立也」，《左傳．昭公七年》：「禮，人之幹也，無禮，無以立。」❼惑：疑惑。不惑：〔9·29〕及〔14·28〕皆有「知者不惑」的話。❽知天命：曉得天命不可抗拒而聽天由命。孔子是宿命論者，他知天命與學《易》有關，參見〔7·17〕。關於孔子及其弟子的天命思想，可參見〔6·10〕，〔9·1〕，〔12·5〕，〔14·36〕，〔16·8〕，〔20·3〕等。❾耳順：善於聽人之言。《集解》引鄭玄注：「耳聞其言而知其微旨。」知言關係到知人。〔20·3〕「不知命，無以為君子也；不知禮，無以立也；不知言，無以知人也」三句話，與本章第四句、第二句、第五句恰成對應。❿從心：隨心。一說從同「縱」。「七十」句：是說對外界已經達到自然適應的境地。本章孔子自述他自己進德修業的過程和認識能力提高的階段，其中雖然雜有宿命論的神秘成分，但在一定程度上也反映了人生經驗不斷積累的正常規律。⓫孟懿子：魯國大夫，為魯國權勢較大的「三家」之一，姓仲孫，名何忌，懿是謚號。⓬違：違背。據下文這裏具體指違禮。⓭樊遲：孔子的學生，名須，字子遲。⓮孟武伯：孟懿子的兒子，姓仲孫，名彘，武是謚號。⓯其：指代兒子。這句是說做兒子的不會做出違背禮義的事讓父母擔憂，父母為兒子擔憂的只有疾病之類非由人定的事。

子說：「不要違背。」

一次，樊遲為孔子駕御馬車，孔子告訴他說：「孟孫向我問怎樣才算是孝，我回答說：『不要違背。』」樊遲說：「這話是甚麼意思？」孔子說：「父母活着的時候，按照禮儀來服侍他們；死了以後，按照禮儀來安葬他們，按照禮儀來祭祀他們。」

2.6　孟武伯問甚麼是孝。孔子說：「父母對兒子，只為他的疾病擔憂。」

2·7 子游問孝①。子曰：「今之孝者，是謂能養。至於犬馬②，皆能有養；不敬，何以別乎？」

2·8 子夏問孝。子曰：「色難③。有事，弟子服其勞，有酒食，先生饌④，曾是以為孝乎⑤？」

2·9 子曰：「吾與回言終日⑥，不違⑦，如愚。退而省其私⑧，亦足以發⑨，回也不愚。」

2·10 子曰：「視其所以⑩，觀其所由⑪，

2·7 子游問甚麼是孝。孔子說：「如今所講的孝，只是指能養活父母而言。就連犬馬之類，都能為人所養；如果對父母不敬，用甚麼來區別孝順與供養呢？」

2·8 子夏問甚麼是孝。孔子說：「保持敬愛和悅的容態最難。遇有事情，子弟們代父老效勞，遇有酒食，讓給父老享用，僅僅這樣就算是孝了嗎？」

2·9 孔子說：「我整天給顏回講學，他從不表示異疑，像是一個愚呆的人。等退學之後，觀

察其所安⑫，人焉廋哉⑬？人焉廋哉？」

2·11 子曰：「溫故而知新，可以為師矣⑭。」

❶子游：孔子的學生，姓言，名偃，字子游，吳人。在「四科十哲」中，屬「文學」科。❷至於：就連，就是。表示提示另一件事。❸色：指敬愛和悅的容色態度。《禮記·祭義》：「孝子之有深愛者必有和氣，有和氣者必有愉色，有愉色者必有婉容。」❹先生：年長者。饌（zhuàn）：吃喝。❺曾：乃，竟。❻回：顏回，孔子的學生，字子淵，魯國人。在「四科十哲」中，屬「德行」科，為孔子所喜愛的最聰慧、最有修養的一個學生。❼不違：不違拗。參見〔11·4〕。❽退：指散學退還。私：獨處。這裏指獨自鑽研和自我實踐。❾亦足以發：參見〔5·9〕「問一知十」。❿以：為。⓫由：經由，經歷。⓬安：習。《呂氏春秋·樂成》：「三世然後安之。」離誘注：「安，習也。」⓭焉：安，怎樣。廋（sōu）：隱藏。本章是說只要從一個人的現實的作為、以往的經歷，以及養成的習性全面觀察，就會抓到這個人的本質。《孟子·盡心上》：「行之而不著焉，習矣而不察焉，終身由之而不知其道者，眾也。」《大戴禮·官人》：「考其所為，觀其所由，察其所安。」皆可與此互參。⓮這句話強調學不重在積累，而貴在發明。《荀子·致士篇》：「師術有四，而博習不與焉。」《禮記·學記》：「記問之學，不足以為人師。」可與此互參。

察他的獨自鑽研和實踐，卻能充分發揮所學的內容，顏回並不愚笨啊。」

2·10 孔子說：「視察他的所作所為，觀察他的一貫經歷，考察他的癖性習慣，一個人怎能偽裝得了呢？一個人怎能偽裝得了呢？」

2·11 孔子說：「溫習舊的知識，卻能有新的領悟，這樣的人便可做老師了。」

2·12 子曰：「君子不器①。」

2·13 子貢問君子。子曰：「先行其言而後從之②。」

2·14 子曰：「君子周而不比③，小人比而不周。」

2·15 子曰：「學而不思則罔④，思而不學則殆⑤。」

2·16 子曰：「攻乎異端⑥，斯害也已⑦。」

2·12 孔子說：「君子不要像器皿一樣自限其用。」

2·13 子貢問甚麼是君子。孔子說：「先實踐所要說的話，然後再把話說出來。」

2·14 孔子說：「君子調和卻不混同，小人混同卻不調和。」

2·15 孔子說：「只學習而不思考，就會茫然無知；只思考而不學習，就會疑惑不解。」

2·16 孔子說：「攻治雜學邪

2·17　子曰：「由⑧！誨女知之乎？知之為知之，不知為不知，是知也！」

❶不器：不要像各有其用的器皿一樣，用固有的模式來局限自己。《集解》引包咸注：「器者各周其用，至於君子，無所不施。」孔子稱子貢像一個瑚璉之器，雖可貴而非全才（見〔5·4〕）；鄙視「今之從政者」為「斗筲之人」（〔13·20〕）；而孔子本人卻以「博學而無所成名」（〔9·2〕）、「何其多能」（〔9·6〕）見稱於世。❷「先行」句：強調實踐要先於言語。〔12·3〕「為之難，言之得無訒乎」，〔13·25〕「君子易事而難說也」。《禮記．坊記》：「故君子約言，小人先言。」《大戴禮記．曾子立事》：君子「微言而篤行之，行必先人，言必後人」。可與此互參。❸周：合。比：齊同。周、比的基本意義皆為密、合、親，比不一定專用為貶義，如《國語．晉語》中，叔向有「君子比而不別」的話。但是這裏將二字對舉，分別用於君子和小人，則意義有別。《集解》引孔安國注：「忠信為周，阿黨為比。」王引之《經義述聞》也說：「以義合者，周也；以利合者，比也。」這種解釋可與〔15·22〕（君子）「羣而不黨」互參，當然可通。但此二字的解釋又可參考〔13·23〕「君子和而不同，小人同而不和」，「周」即「和」，「比」即「同」。兩説均可通，譯文據後説。❹罔：無知的樣子，這裏即無知之意。❺殆：疑。與〔2·18〕「多見闕殆」之「殆」同義。此句可與〔15·31〕互參。❻攻：治。異端：雜學、邪説。一説指事物的兩個極端，如「過」與「不及」等，亦可通（參見〔9·8〕，〔11·6〕）。❼斯：此。害：禍害。也已：語氣詞連用，表示肯定。這種用法《論語》中多見，《左傳》中也有其例。有人解「攻」為攻擊，「也」為停頓語氣詞，「已」為終止（如孫奕《示兒篇》），非是。❽由：孔子的學生仲由，字子路，又稱季路，卞（今山東泗水縣東五十里）人。在「四科十哲」中，屬「政事」科。

説，這是一種禍害啊。」

2·17　孔子説：「由！教導你的內容都明白了吧？明白就是明白，不明白就是不明白，這才是明智啊！」

2·18　子張學干祿①。子曰：「多聞闕疑，慎言其餘，則寡尤②；多見闕殆③，慎行其餘，則寡悔。言寡尤，行寡悔，祿在其中矣。」

2·19　哀公問曰④：「何為則民服？」孔子對曰：「舉直錯諸枉⑤，則民服；舉枉錯諸直，則民不服。」

2·20　季康子問⑥：「使民敬、忠以勸⑦，如之何？」子曰：「臨之以莊，則敬⑧；孝慈⑨，則忠；舉善而教不能，則勸。」

2·21　或謂孔子曰⑩：「子奚不為政⑪？」

2·18　子張向孔子學求仕。孔子說：「多多聽聞，有疑問之處姑置勿論，其餘有把握的部分，謹慎地發表意見，這樣就能減少過錯；多多觀察，有疑問之處姑置勿論，其餘有把握的部分，謹慎地付諸實施，這樣就能減少悔恨。發言過錯少，行動悔恨少，官職俸祿就在那裏面了。」

2·19　魯哀公問道：「怎麼做才能使人民服從呢？」孔子回答說：「選用正直的人，把他們放在邪曲的人上面，人民就會服從；選用邪曲的人，把他們放在正直

子曰：「《書》云：『孝乎惟孝，友于兄弟，施於有政⑫。』是亦為政，奚其為為政？」

❶子張：孔子的學生顓孫師，字子張，陳人。參見〔19‧15〕注❻。干：求。祿：官俸。干祿即求仕之意。❷尤：過。❸殆：疑。與上文「疑」字互文見義。❹哀公：魯君，姓姬，名蔣，魯定公之子，繼定公即位，在位二十七年。「哀」是謚號。❺直：正直。這裏指正直之人。錯：置。諸：之於的合音。枉：屈曲。這裏指邪曲之人。❻季康子：季孫肥，魯哀公時的正卿，頗有權勢。「康」是謚號。❼勸：勤勉。❽臨：蒞臨。〔15‧33〕「不莊以涖之，則民不敬」。❾孝慈：對父母而言。《國語‧齊語》：「不慈孝於父母。」本章反映了孔子主張統治者身體力行，以道德治民的思想。❿或：有人。⓫奚：何，為甚麼。⓬以上三句是《尚書》佚文。施：延及。有政：當政者。「有」字無意義，為名詞詞頭，孔子主張「為政以德」、「道之以德」，故引《尚書》此語，說明不在位的人如果篤行道德，就能影響在位者以道德治國，這也就等於親自從政了。

的人上面，人民就不會服從。」

2·20 季康子問道：「要使人民恭敬、忠誠和勤勉，應該怎麼辦？」孔子說：「當政者對待人民莊重，人民就會恭敬；對待父母孝慈，人民就會忠誠；選用賢能之人，教育無能的人，人民就會勤勉。」

2·21 有人對孔子說：「您為甚麼不從事政治？」孔子說：「《尚書》說：『盡孝父母，友愛兄弟，以此影響當政者。』這也就是從事政治了，為甚麼一定要做官才算從事政治呢？」

2·22 子曰：「人而無信①，不知其可也。大車無輗②，小車無軏③，其何以行之哉？」

2·23 子張問：「十世可知也？」子曰：「殷因於夏禮④，所損益可知也⑤；周因於殷禮，所損益可知也。其或繼周者，雖百世可知也⑥。」

2·24 子曰：「非其鬼而祭之，諂也⑦。見義不為，無勇也。」

❶ 而：若。❷ 大車：古代用牛拉的車。輗（ní）：大車轅端與橫木相接的關鍵處。❸ 小車：古代用馬拉的車。軏（yuè）：小車轅端與橫木相接的關鍵處。❹ 因：因襲。❺ 損益：減少與增加，指量的變革。❻ 這句是說周禮完美無缺，可傳之百世。參見〔3·14〕，〔6·24〕，〔7·5〕。❼ 鬼：《集解》引鄭玄注：「人神曰鬼。」人神指死去的祖先，與天神、地祇並稱。諂：諂媚。鄭玄注曰：「非其祖考而祭之者，是諂求福。」《左傳．僖公十年》：「神不歆非類，民不祀非族。」《禮記．曲禮下》：「非其所祭而祭之，名曰淫祀。淫祀無福。」此為種族宗法關係在祭禮上的反映。

2·22 孔子說：「人若無信用，不知怎麼可以。大車無安裝轅端連接橫木的，小車無安裝轅端連接橫木的，將靠甚麼行車？」

2·23 子張問道：「今後十代的情況可知嗎？」孔子說：「殷沿襲夏的禮儀制度，增減之處可得而知；周沿襲殷的禮儀制度，增減之處可得而知。如有繼周而當政者，即以後百代也可得而知。」

2·24 孔子說：「非自己的祖先卻去祭祀他，這是諂媚。遇見正義的事卻不做，這是沒膽量。」

八佾第三

本篇包括二十六章，內容皆與禮、樂有關，有的反對僭禮，有的論禮的實質，有的論禮與政的關係，有的談祭禮，有的談射禮，有的談樂，實為《論語》中的禮樂專篇，比較集中地反映了孔子的禮樂思想。

3·1 孔子謂季氏①：「八佾舞於庭②，是可忍也③，孰不可忍也？」

3·2 三家者以《雍》徹④。子曰：「『相維辟公⑤，天子穆穆』，奚取於三家之堂？」

3·3 子曰：「人而不仁⑥，如禮何？人而不仁，如樂何？」

3·4 林放問禮之本⑦。子曰：「大哉問⑧！禮，與其奢也，寧儉⑨；喪，與其易也⑩，寧戚⑪。」

3·1 孔子論到季氏，說：「他用天子規格的八列舞樂隊在庭院奏樂舞蹈，如果這種事可以容忍的話，還有甚麼事不可容忍呢？」

3·2 仲孫、叔孫、季孫三家，祭祖時唱着《雍》詩來撤除祭品。孔子說：「《雍》詩云『助祭的是諸侯，天子肅穆地在主祭』，這歌辭有哪一點內容適用於三家祭祖的廳堂呢？」

3·3 孔子說：「人如果不仁，怎樣對待禮呢？人如果不

3·5 子曰：「夷狄之有君⑫，不如諸夏之亡也⑬。」

❶季氏：具體所指，前人說法不一。楊伯峻《論語譯注》有辨，說：「根據《左傳·昭公二十五年》的記載和《漢書·劉向傳》，這季氏可能是指季平子，即季孫意如。據《韓詩外傳》，似以為季康子，馬融注則以為季桓子，恐皆不足信。」❷佾（yì）：古代樂舞的行列，一行八人叫一佾。按照禮的規定，天子用八佾，諸侯用六佾，大夫用四佾，士用二佾。季氏為大夫，應用四佾，卻用了八佾，這是對天子禮的僭越，故受到孔子的反對。庭：堂階之前，門屏內之地。❸忍：容忍。❹三家：魯國當政的三卿：仲孫、叔孫、季孫。三家同出魯桓公，又稱「三桓」。雍：或作「雝」，《詩經·周頌》的一篇。《毛詩序》：「《雝》，禘太祖也。」鄭玄注：「太祖謂文王。」此成王祭文王徹饌時所歌詩。」《周禮·樂師》：「及徹，率學士而歌徹。」鄭玄注：「徹者歌《雍》，是天子祭宗廟，歌之以徹祭也。」❺相（xiàng）：助祭者。辟公：諸侯。❻而：若。此句與〔2·22〕「人而無信」句型相同。本章講仁和禮樂的關係。《集解》引包咸注：「言人而不仁，必不能行禮樂。」其說是。❼林放：魯人。❽大哉問：與〔12·21〕「善哉問」句型相同，「大」修飾「問」，是說能從大處提問。❾參見〔7·36〕。❿易：弛，鋪張。《爾雅·釋詁》：「弛，易也。」郭璞注：「相延易。」可知「易」「弛」可互訓。⓫戚：哀傷。孔子主張任何感情都不可過分，過分了就會違禮，哀也是如此，應「哀而不傷」（〔3·20〕），故深得孔子之傳的子游也說「喪致乎哀而止」（〔19·14〕）。《禮記·檀弓上》：「子路曰：『吾聞諸夫子：喪禮，與其哀不足而禮有餘也，不若禮不足而哀有餘也。祭禮，與其敬不足而禮有餘也，不若禮不足而敬有餘也。』」可與此章互參。此章說明孔子為救當時禮儀徒具形式之偏，甚至不惜在實際內容上矯枉過正。⓬夷狄：概指中國四周的少數部族國家。他們經濟、文化比較落後，為中原人所輕視。⓭諸夏：中原夏族（華族）各國。亡：同「無」。此章孔子慨歎中原各國多有僭越，致使君主地位動搖。

仁，怎樣對待樂呢？」

3·4 林放問禮的本質。孔子說：「問得高明啊！就禮而言，與其奢侈，寧可儉省；就喪禮而言，與其大講排場，寧可悲哀過度。」

3·5 孔子說：「連夷狄皆有君主，不像中國的君主已經名存實亡了。」

3·6　季氏旅於泰山①。子謂冉有曰②：「女弗能救與③？」對曰：「不能。」子曰：「嗚呼！曾謂泰山不如林放乎④？」

3·7　子曰：「君子無所爭⑤，必也射乎⑥！揖讓而升下，而飲⑦，其爭也君子。」

3·8　子夏問曰：「『巧笑倩兮⑧，美目盼兮⑨，素以為絢兮⑩。』何謂也？」子曰：「繪事後素⑪。」曰：「禮後乎⑫？」子曰：「起予者商也⑬！始可與言《詩》已矣。」

3·6　季氏將要祭祀泰山。孔子對冉有說：「你不能阻止嗎？」冉有答道：「不能。」孔子說：「哎呀！你們竟以為泰山就那麼容易上當，還不如林放懂得禮嗎？」

3·7　孔子說：「君子沒有可爭的事情，如果有，那一定是舉行射禮比賽射箭的時候吧！那時節，作揖辭讓後才上下堂階，上下堂階後又共相飲酒，那種相爭啊，不失為君子。」

3·8　子夏問道：「『微笑的面頰美好動人啊，美麗的眼睛黑白分明啊，潔白的底子上繪采文啊』。這幾句詩是甚麼意思？」孔子說：「采繪後於白底子。」子夏說：「那麼禮是不是居於美質之後呢？」孔子說：「啟發我的是卜商啊！從此可以跟你談論《詩》了。」

---

❶旅：祭，一般指祭山。季氏祭泰山為僭越行為。《禮記．王制》：「天子祭天下名山大川。五嶽視三公，四瀆視諸侯。諸侯祭名山大川在其地者。」《禮記．曲禮下》：「天子祭天地，祭四方，祭山川，祭五祀（戶、竈、中霤、門、行）、歲遍。諸侯方祀，祭山川，祭五祀，歲遍。大夫祭五祀，歲遍。」據此，泰山應為魯君所祭，而季氏為大夫，只應祭五祀。❷冉有：孔子的學生冉求，字子有，當時仕於季氏。❸救：禁止。❹「曾謂」句：是說受祭的泰山比林放還懂得禮儀，是會拒絕這種非禮的祭祀的。按古人認為山川之神有靈，對於祭者、祭品是有選擇的，參見〔6•6〕。林放是魯國懂得禮儀之人，已見〔3•4〕。❺「君子」句：參見〔15•22〕「君子矜而不爭」。❻射：射箭，古代的一種禮儀。❼「揖讓」句：此句斷句有歧異：一種即本書所採之說，出自王肅，《集解》引王肅曰：「射於堂，升及下皆揖讓而相飲。」皇侃《論語義疏》及《經典釋文》從之。另一種為其他人之說，斷作「揖讓而升，下而飲」。王說為是。這裏的「升」和「下」，指升降堂階，據《儀禮．鄉射禮》，在堂上舉行射禮時，升降堂階前皆揖讓，升降堂階後皆飲酒。❽倩（qiàn）：面頰美好。❾盼：黑白分明。❿絢：文采。以上三句詩，前兩句見《詩經．衛風．碩人》，第三句當是佚句。⓫後素：前人有兩種解釋，第一說為「後於素」之意，素指素地，與《禮記．禮器》所云「白受采」同。第二說為「以素為後」，即後以白色勾勒。《集解》引鄭玄曰：「凡繪畫先佈眾色，然後以素分佈其間，以成其文。言美女雖有倩盼美質，亦須禮以成之。」其根據有《周禮．冬官．考工記》：「畫繢之事後素功。」以第一說為長，全祖望《經史問答》說：「蓋《論語》之素乃素地，非素功也。謂有其質而後可文也。何以知之？即孔子藉以解《詩》而知之。夫巧笑、美目是素地也；有此而後可加粉黛簪珥衣裳之飾，是猶之繪事也，所謂絢也。故曰繪事後於素也。而因之以悟禮，則忠信其素地也，節文度數之飾是猶之繪事也，所謂絢也。」⓬禮後：禮居美質之後。參見〔3•3〕，〔17•11〕，〔14•12〕「文之以禮樂」。⓭起：啟發。此章說明孔子既強調禮的本質，又重視禮的形式。這一章也是孔門借題發揮，為我所用，附會解《詩》的典型例子。

3·9 子曰：「夏禮吾能言之，杞不足徵也①；殷禮吾能言之，宋不足徵也②。文獻不足故也③，足則吾能徵之矣。」

3·10 子曰：「禘自既灌而往者④，吾不欲觀之矣。」

3·11 或問禘之說⑤。子曰：「不知也。知其說者之於天下也，其如示諸斯乎？」指其掌。

3·12 祭如在⑥，祭神如神在。子曰：「吾不與祭，如不祭⑦。」

3·9 孔子說：「夏代的禮我能講得出，但是杞國不足以為證；殷代的禮我能講得出，但是宋國不足以為證。這是因為兩國的文籍和賢才都不夠用的緣故，如果夠用，那麼我就能藉以證明了。」

3·10 孔子說：「禘祭中從第一次獻酒以後的儀式，我不想再看了。」

3·11 有人問關於禘祭的說法。孔子說：「不知道。知道禘祭原委的人，對於了解天下事來

3·13　王孫賈問曰⑧：「『與其媚於奧，寧媚於竈⑨』，何謂也？」子曰：「不然。獲罪於天，無所禱也⑩。」

❶杞（qǐ）：國名，為夏禹後代所建，故城在今河南杞縣。❷宋：國名，為商湯後代所建，故城在今河南商丘南。❸文獻：「文」指典籍。「獻」指賢才，「文獻」即通曉歷史掌故之人。❹褅（dì）：祭名，這裏指大褅，即王者褅其祖之所自出，以其祖配之。《禮記·禮運》：「孔子曰：『於呼哀哉！我觀周道，幽、厲傷之。吾舍魯何適矣？魯之郊褅非禮也，周公其衰矣。』」正是因為魯君多僭用褅禮，故孔子不忍卒觀。灌：本作「祼」，灌祭。古代祭祀，用活人（一般為幼小男女）代受祭者，這樣的人叫「尸」。褅祭共向尸獻酒九次，第一次獻酒叫「祼」。❺說：說法，理論。本章孔子對褅祭的理論裝作不知而又強調了解它的重要，這是對魯君僭用褅禮的諱言和不滿。❻祭：指祭鬼（祖先），故與下句「祭神」對舉。此句及下句，要求如見鬼神，是強調態度虔誠。可參考《禮記·玉藻》：「凡祭，容貌顏色，如見所祭者。」《禮記·祭義》：「致齊（齋）於內，散齊於外。齊之日，思其居處，思其笑語，思其志意，思其所樂，思其所嗜。齊三日，乃見所為齊者。祭之日，入室，僾然必有見乎其位；周還出戶，肅然必有聞乎其容聲；出戶而聽，愾然必有聞乎其歎息之聲。」❼「吾不」二句：是說只有孔子自己對祭祀能竭誠為之，而時人往往玩忽此事，雖然祭祀了，如同沒有祭祀一樣。《禮記·祭統》：「是故君子之祭也。必身親涖之，有故則可使人也。」當時使人攝祭的情況一定比較普遍，故孔子有此感慨。❽王孫賈：衛靈公的大臣。《太平御覽》卷五二九引鄭玄注說：「王孫賈自周出仕於衛。」本書〔14·19〕說：「王孫賈治軍旅。」❾「與其」二句：奧：屋內西南角叫奧，為室內最尊貴的處所。古人認為其處有神，地位比較尊貴。竈：指竈神，為五祀之一，見〔3·6〕注❶。竈神的地位比奧神低。❿「獲罪」二句：孔子認為天居眾神之上，為最高主宰，故這樣說。本章反映了孔子的天命鬼神思想。

說，或許能像把它們展現在這裏一樣清楚吧？」邊說邊指着自己的手掌。

3·12　祭祀祖先就好像祖先在眼前一樣，祭祀神就好像神在眼前一樣。孔子說：「我不親自參加祭祀，就如同不曾祭祀一樣。」

3·13　王孫賈問道：「『與其獻媚於一室之主的奧神，寧可獻媚於比他低下的竈神』，這話說得如何？」孔子說：「不對。如果得罪了老天爺，那就沒有甚麼神可以祈禱的了。」

3·14 子曰：「周監於二代①，郁郁乎文哉②！吾從周。」

3·15 子入太廟③，每事問。或曰：「孰謂鄹人之子知禮乎④？入太廟，每事問。」子聞之，曰：「是禮也。」

3·16 子曰：「射不主皮⑤，為力不同科，古之道也。」

3·17 子貢欲去告朔之餼羊⑥。子曰：「賜也！爾愛其羊，我愛其禮。」

3·14 孔子說：「周代的禮儀制度借鑒於夏商兩代，豐富啊完美之至！我贊同周代的。」

3·15 孔子進太廟，每件事都要問一問。有人說：「誰說鄹人叔梁紇的兒子懂得禮呢？到了太廟，每件事都要問一問。」孔子聽到後，說：「這是禮節啊。」

3·16 孔子說：「射禮的比箭不以能否射中靶子為主，因為各人的力氣不相同，這是古老的規則。」

❶監：同「鑒」，借鑒。二代：指夏、商二代。❷文：完美。《禮記．樂記》：「禮減而進，以進為文。樂盈而反，以反為文。」孔子認為周禮借鑒於夏商二代，是最完美的，參見〔2•23〕。❸太廟：古代開國之君叫太祖，太祖之廟叫太廟。周公旦為魯國的始封之君，魯國的太廟就是周公的廟。❹鄹（zōu）：又作「郰」，孔子的出生地。《史記．孔子世家》：「孔子生魯昌平鄉郰邑。」據説故地在今山東曲阜東南十里的西鄒集。鄹人：指孔子的父親叔梁紇。叔梁紇曾治鄹邑，故《左傳．襄公十年》稱「郰人紇」，杜預注云：「紇，郰邑大夫，仲尼父叔梁紇也。」孔穎達疏云：「古稱邑大夫，多以邑冠人。」《潛夫論．志氏姓》也説：「伯夏生叔梁紇，為鄹大夫。」孔子素以知禮聞名，故入太廟每事問引起人們的懷疑，其實這是對周公廟祭禮敬重的表現。《集解》引孔安國曰：「雖知之，當復問，慎之至也。」劉寶楠《論語正義》説：「魯祭太廟，用四代禮樂，多不經見，故夫子每事問之，以示審慎。」雖已及其意，但尚未説透。孔子之所以對周公廟的祭禮敬重之至，是因為這裏的禮最為純正，而魯國的羣公廟則多僭禮，不足為法，參見〔3•10〕、〔3•11〕。❺皮：指箭靶子。箭靶子叫侯，有用皮做的，有用布做的。侯的中心即射的目標叫正鵠。射不主皮：《集解》引馬融曰：「射有五善焉：一曰和，志體和；二曰和容，有容儀；三曰主皮，能中質（的）；四曰和頌，合雅頌；五曰興武，與舞同。……言射者不但以中皮為善，亦兼取和容也。」《儀禮．鄉射禮》：「禮，射不主皮。主皮之射者，勝者又射，不勝者降。」鄭玄注云：「不主皮者，貴其容體比（合）於禮，其節比於樂，不待中為雋也。」可見不主皮就是不以能否射中靶子為主。凌廷堪《周官鄉射五物考》謂蓋至春秋之末，射但主中，禮容樂節不復措意，故孔子歎之，強調古之不主皮之射。此説可參。本章在射的問題上表現出孔子尚德不尚力的思想，參見〔14•5〕、〔14•33〕。❻告朔：這裏指諸侯告朔之禮。每年秋冬之交，周天子把下一年的曆書頒給諸侯，曆書規定了有無閏月及每月初一的日子，這叫做「頒告朔」，或只稱「告朔」。諸侯把得到的曆書藏於祖廟，每月初一，殺一隻活羊祭於祖廟，叫做「告朔」或「告月」。祭祖廟之後，回朝聽政，叫做「視朔」或「聽朔」。在禮崩樂壞的情勢下，魯國告朔之禮漸廢，魯君往往不親臨。到此時，子貢甚至想把告朔用的祭羊也免去，更反映了此禮壞廢之嚴重。餼（xì）羊：活羊。牲生叫做「餼」。

3·17 子貢想免去每月初一告祭祖廟用的一隻活羊。孔子說：「賜呀！你吝惜那隻羊，我愛惜那個禮。」

3·18 子曰：「事君盡禮，人以為諂也①！」

3·19 定公問②：「君使臣，臣事君，如之何？」孔子對曰：「君使臣以禮，臣事君以忠。」

3·20 子曰：「《關雎》③，樂而不淫④，哀而不傷。」

3·21 哀公問社於宰我⑤。宰我對曰：「夏后氏以松。殷人以柏。周人以栗，曰使民戰栗。」子聞之，曰：「成事不說，遂事不諫，

3·18 孔子說：「服事君主盡到禮節，別人卻以為是在諂媚呢！」

3·19 魯定公問道：「君主使用臣下，臣下服事君主，該怎麼樣？」孔子回答說：「君主按照禮來差遣臣下，臣下用忠心來服事君主。」

3·20 孔子說：「《關雎》這一樂章，歡樂而不過分，悲哀而不傷情。」

3·21 魯哀公向宰我詢問社主

既往不咎。」

❶《集解》引孔安國曰：「時事君者多無禮，故以有禮者為諂。」按，當時禮壞，多有簡省，故時人把「事君盡禮」與「事君數」〔4·26〕誤混，而加以否定。❷定公：魯君，名宋，昭公之弟，繼昭公即位，在位十五年。「定」是謚號。❸《關雎》：《詩》的第一篇，這裏指樂章而言。劉台拱《論語駢枝》：「《詩》有《關雎》，《樂》亦有《關雎》，此章特據《樂》言之。古之樂章皆三篇為一。……《儀禮》合樂，《周南》：《關雎》、《葛覃》、《卷耳》；《召南》：《鵲巢》、《采蘩》、《采蘋》，而孔子但曰『《關雎》之亂』（見〔8·15〕），亦不及《葛覃》以下，此其例也。樂亡而詩存，說者遂徒執《關雎》一詩以求之，豈可通哉？樂而不淫者，《關雎》、《葛覃》也；哀而不傷者，《卷耳》也。《關雎》，樂妃匹也；《葛覃》，樂得婦職也；《卷耳》，哀遠人也。」❹淫：過分。本章反映了孔子在控制情感方面的中庸思想。❺社：土神，這裏指社主，即土神的牌位。據皇侃《論語義疏》及《經典釋文》，鄭玄本據《魯論語》「社」字作「主」。社是國家的象徵，社主是土神的憑依，對外作戰載木主而行，這木主就是社主。說見俞正燮《癸巳類稿》。社主與社樹（土神神壇所栽的標誌樹）有別，後人往往混而為一，辨見劉寶楠《論語正義》。宰我：孔子的學生，名予，字子我，在「四科十哲」中屬「言語」科。孔子對宰我的答覆的不滿，主要有兩點：第一，言之無據，不符事實；第二，「使民戰栗」的說法，違背了德政、愛民的思想。

的事。宰我回答說：「夏代用松木做。殷代用柏木做。周代用栗木做，意思是使人民望而生畏，戰戰兢兢。」孔子聽到後，說：「既成的事情不再勸說，終了的事情不再諫阻，已經過去的事情不再怪罪。」

3·22 子曰：「管仲之器小哉①！」或曰：「管仲儉乎？」曰：「管子有三歸②，官事不攝③，焉得儉？」「然則管仲知禮乎？」曰：「邦君樹塞門④，管氏亦樹塞門。邦君為兩君之好，有反坫⑤，管氏亦有反坫。管氏而知禮⑥，孰不知禮？」

3·23 子語魯大師樂⑦，曰：「樂其可知也：始作，翕如也⑧；從之⑨，純如也⑩，皦如也⑪，繹如也⑫，以成。」

3·24 儀封人請見⑬，曰：「君子之至於斯

3·22 孔子說：「管仲的器量太小啦！」

有人問道：「管仲節儉嗎？」孔子說：「管仲有權收取市租，官員從不兼職，怎麼算得上節儉呢？」

又問：「那麼管仲懂得禮節嗎？」孔子說：「國君當門立照壁，管仲也當門立照壁。國君為進行兩國君主之間的友好交往，堂上設有用於獻酬後回放酒杯的枱子，管仲也有這種枱子。管仲如果算知禮，還有誰不知禮呢？」

3·23 孔子告訴魯國太師音樂

也，吾未嘗不得見也。」從者見之。出曰：「二三子何患於喪乎⑭？天下之無道也久矣，天將以夫子為木鐸⑮。」

❶管仲：春秋時齊國人，名夷吾，曾做齊桓公的相，使齊國稱霸諸侯。事蹟詳《史記·管晏列傳》。《論語》中數次提到他，孔子對他既有肯定，又有否定。❷三歸：前人眾說紛紜，清人郭嵩燾釋為市租，較妥。其《養知書屋文集》卷一《釋三歸》云：「此蓋《管子》九府輕重之法，當就《管子》書求之。《山至數篇》曰：『則民之三有歸於上矣。』三歸之名，實本於此。是所謂三歸者，市租之常例之歸之公者也。桓公既霸，遂以賞管仲。《漢書·地理志》、《食貨志》並云，桓公用管仲設輕重以富民，身在陪臣，而取三歸。其言較然明顯。《韓非子》云，『使子有三歸之家』，《説苑》作『賞之市租』。三歸之為市租，漢世儒者猶能明之，此又一證也。」❸攝：兼。❹樹：屏，立在門前或門內用來遮蔽內外的短牆，猶如後世的照壁（或稱「影壁」）。《爾雅·釋宮》：「屏謂之樹。」又：「犍為舍人曰：『以垣當門蔽為樹。』」（《太平御覽》卷一八五引）這裏用作動詞，即樹屏之義。塞：遮蔽。❺反坫（diàn）：獻酬飲畢，回放酒爵之坫，在兩楹之間。坫是用土堆成的放置器物的枱子。❻而：如。❼語（yù）：告訴。大（tài）師：樂官之長。❽翕（xī）：盛。〔8·15〕「師摯之始，《關雎》之亂，洋洋乎盈耳哉」。如：形容詞語尾，如同「然」。❾從（zòng）：同「縱」。❿純：和諧。⓫皦（jiǎo）：明晰。⓬繹：延續。⓭儀：地名。《集解》引鄭玄曰：「儀蓋衛邑。」封人：邊界守官。見：謁。⓮喪（sàng）：失掉官位。⓯木鐸（duó）：木舌的銅鈴。古時施政時搖木鐸。

的奧妙，説道：「音樂本是可以通曉的：開始演奏，繁盛強烈；放開以後，純一和諧，皦皦清晰，繹繹不絕，從而完成。」

3·24 儀地的邊界守官請求謁見孔子，説道：「凡是來到此地的君子，我從來沒有不得謁見的。」孔子的隨從弟子讓他謁見了孔子。他見後出來説：「諸位先生為甚麼要為失掉官位而憂慮呢？天下無道的情況已經持續很久，上天將要起用孔子，借他來澄清政治，號令百姓。」

3·25　子謂《韶》①：「盡美矣，又盡善也②。」謂《武》③：「盡美矣，未盡善也。」

3·26　子曰：「居上不寬④，為禮不敬⑤，臨喪不哀⑥，吾何以觀之哉⑦？」

❶《韶》：舜時的樂曲名。❷美：好。指藝術形式而言。善：指思想內容而言。❸《武》：周武王時的樂曲名。孔子一貫推崇《韶》樂，見〔7·14〕，〔15·11〕。他認為舜「以聖德受禪」（《集解》引孔安國語），故其樂不僅形式美，內容也好。而周武王以武力征伐滅商，違反了「尚德不尚力」（〔14·5〕，〔14·33〕，〔17·23〕）、「勝殘去殺」（〔13·11〕）的原則，故其樂形式「盡美」，內容卻「未盡善」。孔子對《韶》樂、《武》樂的評價與吳公子季札的觀點是一致的，反映了當時的正統思想，參見《左傳·襄公二十九年》季札觀周樂。❹寬：寬厚，指行德政。〔17·6〕孔子答子張問仁說：「能行五者（恭、寬、信、敏、惠）於天下為仁矣」，「寬則得眾」。〔20·1〕也有「寬則得眾」的話。孔子認為行德政，人民就會「有恥且格」〔2·3〕，「格」就是統治者得眾的表現。寬與猛相對，《左傳·昭公二十八年》載孔子主張為政要寬猛相濟。❺《左傳·僖公十一年》載史過說：「禮，國之幹也；敬，禮之輿也。不敬則禮不行，禮不行則上下昏，何以長世？」又成公十三年載孟獻子說：「禮，身之幹也；敬，身之基也。」❻臨（lín）喪：哭喪，弔喪。❼何以：用甚麼。觀之：指觀察人。孔子主張觀人「觀其行」（〔1·11〕，〔5·10〕），上述三點皆屬行為。全句意謂有上述表現的人不足觀。

3·25　孔子論到《韶》樂，說：「聲音美極了，內容也好極了。」論到《武》樂，說：「聲音美極了，內容卻未好到無以復加。」

3·26　孔子說：「居上位而不寬厚，行禮時而不敬慎，弔喪時而不悲哀，我還憑甚麼來觀察這種人呢？」

里仁第四

本篇包括二十六章，多言道德修養，論及仁、道、孝、義、利、言、行、事君、交友等內容，尤其以論仁為主。

4·1　子曰：「里仁為美①。擇不處仁②，焉得知？」

4·2　子曰：「不仁者不可以久處約③，不可以長處樂。仁者安仁④，知者利仁⑤。」

4·3　子曰：「唯仁者能好人，能惡人⑥。」

4·4　子曰：「苟志於仁矣，無惡也。」

4·5　子曰：「富與貴，是人之所欲也，不以其道得之，不處也⑦。貧與賤，是人之所惡也，不以其道得之，不去也⑧。君子去仁，

4·1　孔子說：「居住在仁德之地為好。擇居而不住仁德之地，怎能算是明智呢？」

4·2　孔子說：「不仁的人不可以長久處在貧困的境遇，也不可以長久處在安樂的境遇。有仁德的人安於仁，聰明的人順從仁。」

4·3　孔子說：「只有有仁德的人才能正確地去喜愛人，才能正確地去厭惡人。」

4·4　孔子說：「假如已立志

惡乎成名⑨？君子無終食之間違仁，造次必於是，顛沛必於是。」

❶里：居處。這裏作動詞用，與下文的「處」互文見義。❷擇：指擇居。處（chǔ）：居住。孔子非常重視周圍環境的影響，擇居實與交友、修身有關。參見〔4·25〕，〔5·3〕，〔15·10〕。《孟子·公孫丑上》：「孟子曰：『矢人（造箭的人）豈不仁於函人（造鎧甲的人）哉？矢人惟恐不傷人，函人惟恐傷人。巫、匠亦然。故術不可不慎也。孔子曰：「里仁為美。擇不處仁，焉得智？」』」《荀子·勸學篇》：「故君子居必擇鄉，遊必就士，所以防邪辟而近中正也。」均受孔子這一思想的影響，可以互參。❸約：貧困。孔子認為「君子固窮，小人窮斯濫矣」〔15·2〕，君子「貧而樂」（〔1·15〕，〔6·11〕）。❹安：習。參〔2·10〕注⑫。《集解》引包咸曰：「唯性仁者自然體之，故謂安仁。」甚確。❺利：順從。安仁、利仁，可與〔6·23〕「知者樂水，仁者樂山。知者動，仁者靜」互參。水性動，動者順勢；山性靜，靜者安定。❻本章說明孔子的好惡是以仁作標準的，並不是無原則的。參見〔13·24〕，〔15·28〕。❼「富與貴」四句：其道：據下文「去仁」、「違仁」云云，此指仁義之道。〔7·16〕「不義而富且貴，於我如浮雲」，即不義而得富貴不處之意。〔7·12〕又說：「富而可求也，雖執鞭之士，吾亦為之；如不可求，從吾所好。」可求的原則及所好的內容皆指仁義。❽「不以」二句：據上下文，前一「不」字當為衍文，此二句即安貧樂道之意。譯文據此。❾惡（wū）：何。惡乎：於何處。本章強調君子要時刻信守仁道，不要為富貴或貧賤所轉移。孟子「富貴不能淫，貧賤不能移」（《孟子·滕文公下》）的話，當有本於此。

修養仁德了，就不會再有邪惡。」

4.5 孔子說：「富有與尊貴，這是人們所渴望的，如果不按仁義之道得到了富貴，君子絕不據有。貧窮和低賤，這是人們所厭惡的，如果行仁義之道卻得到了貧賤，君子絕不逃避。君子離開仁道，還能在哪方面成就自己的名聲呢？君子沒有在短暫時刻，哪怕是一頓飯的時間離開仁道的情況，緊急之時一定執着於仁道，困頓之時一定執着於仁道。」

4.6 子曰：「我未見好仁者，惡不仁者。好仁者，無以尚之①；惡不仁者，其為仁矣②，不使不仁者加乎其身。有能一日用其力於仁矣乎？我未見力不足者③。蓋有之矣，我未之見也。」

4.7 子曰：「人之過也，各於其黨④。觀過，斯知仁矣⑤。」

4.8 子曰：「朝聞道⑥，夕死可矣。」

4.9 子曰：「士志於道，而恥惡衣惡食者，未足與議也⑦。」

4.6 孔子說：「我沒有見到過喜好仁德的人和厭惡不仁的人。喜好仁德的人，那是至高無上的；厭惡不仁的人，他行仁德，表現在不使不仁的東西加在自己身上。有肯一旦立志致力於仁德的人吧？我沒有見過這種人力量不夠用的。或許有這種人吧，只不過我從未見過。」

4.7 孔子說：「人的過錯，各屬於一定類型。因此，觀察人們的過錯，便可知是否具有仁德了。」

4·10 子曰：「君子之於天下也，無適也，無莫也⑧，義之與比⑨。」

4·11 子曰：「君子懷德，小人懷土；君子懷刑，小人懷惠⑩。」

❶尚：同「上」，動詞，高過。❷矣：語氣詞，表示停頓。❸「有能」二句：是說為仁雖難，但人人皆有能力為之，參見〔6•12〕，〔7•31〕。❹黨：類。❺仁：《後漢書．吳祐傳》引此文作「人」，於是有人認為此處「仁」同「人」，非是。《漢書．外戚傳》、《南史．張裕傳》引此皆作「仁」。「仁」指仁德，仁人亦難免無過，但仁人之過，無論從其過錯性質來看，還是從其對待過錯的態度來看，皆與不仁人之過迥別。因此孔子認為一個人的過錯，亦可作為判斷一個人是否具有仁德的根據，這裏含有從反面看問題的辯證思想。參見〔5•27〕，〔6•3〕，〔7•17〕，〔7•31〕，〔13•2〕，〔15•30〕，〔19•8〕，〔19•21〕。❻聞：知。道：孔子所說的道，有時指治道，有時指學說，這裏指後者。參見〔8•13〕「篤信好學，守死善道」。❼議：謀劃。本章反映了孔子安貧樂道的思想。❽「無適」二句：適：可。莫：不可。即〔18•8〕「無可無不可」之意。❾比：緊靠，挨着。❿本章的「君子」和「小人」，當為在位者和無位者之別。章旨可參〔4•16〕，〔14•2〕。又《孟子．梁惠王上》：「無恆產而有恆心者，唯士為能。若民則無恆產因無恆心。」

4·8 孔子說：「早晨悟得真理，即使當晚死去也可以。」

4·9 孔子說：「士人立志追求真理，卻以穿戴不好、飲食粗惡為恥辱，這類人不值得跟他共謀大事。」

4·10 孔子說：「君子對於天下的事，不盲目適從，也不盲目否定，永遠以義為依據。」

4·11 孔子說：「君子關心道德，小人關心田土；君子關心法度，小人關心實惠。」

4·12　子曰：「放於利而行①，多怨。」

4·13　子曰：「能以禮讓為國乎！何有②？不能以禮讓為國，如禮何？」

4·14　子曰：「不患無位，患所以立③。不患莫己知，求為可知也④。」

4·15　子曰：「參乎！吾道一以貫之。」曾子曰：「唯。」子出，門人問曰：「何謂也？」曾子曰：「夫子之道，忠恕而已矣⑤。」

4·16　子曰：「君子喻於義，小人喻於

4·12　孔子說：「依據實利行事，定會產生很多怨恨。」

4·13　孔子說：「能用禮讓治國啊！這有何難呢？不能用禮讓治國，又如何對待禮儀呢？」

4·14　孔子說：「不怕沒有官位，憂慮藉以立身的禮儀修養有差失。不怕無人了解自己，只追求可被別人了解的真才實學。」

4·15　孔子說：「參啊！我的學說有一個中心思想貫穿其中。」曾子說：「是。」孔子出去以後，

利⑥。」

4·17 子曰：「見賢思齊焉，見不賢而內自省也。」

4·18 子曰：「事父母幾諫⑦，見志不從⑧，又敬不違，勞而不怨⑨。」

❶放（fǎng）：依據。❷何有：不難之辭。說見黃式三《論語後案》、劉寶楠《論語正義》。❸所以立：用來立身的憑藉。指禮，參見〔2·4〕注❻。❹為可知：讓別人可以了解自己的依據。指學識、本領，參見〔14·30〕「不患人之不己知，患其不能也」，〔14·35〕「下學而上達，知我者其天乎」。孔子並不主張默默無聞，但又不追求炫耀自己，因此說「古之學者為己（為充實自己），今之學者為人（為顯示於人）」（〔14·24〕），並且能做到「人不知而不慍」（〔1·1〕）。本章說明孔子主張把名位看得很淡，重在追求實際的修養和學識。❺忠恕：是孔子待人的基本原則。「忠」就積極方面而言，即「己欲立而立人，己欲達而達人」（〔6·30〕）。「恕」就有所不為方面而言，即〔15·24〕所說：「其恕乎！己所不欲，勿施於人。」❻利：孔子並非概不言利，只是反對見利忘義，參見〔14·12〕、〔16·10〕、〔19·1〕。❼幾（jī）：微。❽志：指父母之志。❾勞：憂。

學生們問曾子：「這話是甚麼意思？」曾子說：「先生的學說，不過忠恕二字罷了。」

4·16 孔子說：「君子知曉的是義，小人知曉的是利。」

4·17 孔子說：「見到賢人就想和他看齊，見到不賢的人就對照着自我反省。」

4·18 孔子說：「侍奉父母對他們的過錯稍加規勸。見其意向不聽從規勸，也要恭敬如舊，不加違抗，只是擔憂，卻不怨恨。」

4·19 子曰：「父母在，不遠遊，遊必有方①。」

4·20 子曰：「三年無改於父之道，可謂孝矣②。」

4·21 子曰：「父母之年，不可不知也。一則以喜，一則以懼。」

4·22 子曰：「古者言之不出，恥躬之不逮也③。」

4·23 子曰：「以約失之者鮮矣④。」

4·19 孔子說：「父母在世，不離家遠行，出行必須有一定的去處。」

4·20 孔子說：「如果多年不改變父親傳下來的政道，就可以說是盡到孝了。」

4·21 孔子說：「父母的年歲，不可不記掛在心。一方面因其年高而高興，一方面又因其年高而憂懼。」

4·22 孔子說：「古時人話語不輕易出口，惟恐身體力行跟不

4·24 子曰：「君子欲訥於言而敏於行⑤。」

4·25 子曰：「德不孤，必有鄰⑥。」

4·26 子游曰：「事君數⑦，斯辱矣；朋友數，斯疏矣⑧。」

❶方：方向，去處。《禮記．玉藻》：「親老，出不易方，復不過時。」❷本章文字重出，已見〔1·11〕。❸躬：自身。這裏指自身實踐。逮：及。本章可與〔1·14〕，〔4·24〕，〔12·3〕，〔14·20〕，〔14·27〕諸章互參，都是強調不輕易說話，說到做到，言行一致。又《禮記．雜記下》：「有其言，無其行，君子恥之。」《禮記．緇衣》：「子曰：『……故君子寡言而行，以成其信。』」亦可與此互參。❹約：約束。指嚴於修身。參見〔6·27〕「約之以禮」，〔9·11〕「約我以禮」。《集解》引孔安國說，以約為儉約，非是。孔子認為，如不注重修養，儉約亦難免有失，如〔4·2〕「不仁者不可以久處約」。❺訥（nè）：言語遲鈍。本章思想與〔4·22〕同，可參見。❻舊說解此章有兩種意見：一種認為德者不孤立，必有同志為鄰，如《集解》說：「方以類聚，同志相求，故必有鄰，是以不孤。」朱熹《論語集注》亦主此說。另一種認為成德不孤，必有善鄰影響，如皇侃《論語義疏》說：「言人有德者，此人非孤，然而必有善鄰里故也。魯無君子者，子賤斯焉取斯乎？」以第二種意見為長，參見〔4·1〕，〔5·3〕。❼數（shuò）：頻繁。斯：則。「事君」二句：參見〔11·22〕「所謂大臣者，以道事君，不可則止」。❽「朋友」二句：參見〔5·17〕，〔12·23〕。

上而感到羞恥。」

4·23 孔子說：「由於嚴於律己而發生過失的，是很少有的。」

4·24 孔子說：「君子想要在說話上謹慎遲鈍，在行動上勤快敏捷。」

4·25 孔子說：「有德者不孤立存在，必有善鄰玉成其美。」

4·26 子游說：「服事君主頻繁無度，就會招來羞辱；與朋友相交頻繁無度，就會遭到疏遠。」

公冶長第五

本篇分章有異，楊伯峻《譯注》參考何晏《集解》及朱熹《集注》之説，分為二十八章（《集解》把第十章「子曰：吾始於人也」以下又分為一章，凡二十九章。《集注》不從，又把第一、第二章併為一章，凡二十七章），今從之。本篇內容評論人物較多，其中以孔子門人為主，亦涉及其他人。論及修養、處世、政事等問題。

5.1 子謂公冶長①：「可妻也②。雖在縲絏之中③，非其罪也。」以其子妻之④。

5.2 子謂南容⑤：「邦有道，不廢；邦無道，免於刑戮⑥。」以其兄之子妻之。

❶公冶長：孔子的學生，一説齊人（《史記．仲尼弟子列傳》），一説魯人（《孔子家語．七十二弟子解》及《集解》引孔安國注）。皇侃《義疏》引范寧云：「公冶長名芝，字子長。」❷妻（qì）：嫁與作妻。❸縲絏（léi xiè）：捆綁犯人的繩索，這裏指代監獄。❹子：古時兒女皆稱「子」，這裏指女兒。❺南容：孔子的學生，名适（括），字子容，魯人。《孔子家語．七十二弟子解》謂名縚（韜），當是別名。王引之《春秋名字解詁》：「魯南宮括，字子容。一名韜。括者，包容之稱也。韜亦容受之稱。……是容之為字，名括、名韜皆相應，其為一人無疑矣。」南容又稱南宮适，見〔14•5〕。❻免於刑戮：雖剛正不阿，而又善於巧處亂世，故可免於刑戮，與公冶長相比，略勝一籌。本章通過對南容的評論表現了孔子的處世態度，參見〔5•21〕，〔14•1〕，〔14•3〕，〔15•7〕。

5.1 孔子談論公冶長，説：「可以嫁給他作妻子。雖然被關在監獄之中，並不是他的罪過。」於是把自己的女兒嫁給他。

5.2 孔子談論南容，説：「國家政道清明，任官不廢；國家政道昏亂，又能免遭刑罰。」於是把其兄的女兒嫁給他。

5.3 子謂子賤①：「君子哉若人！魯無君子者，斯焉取斯？」

5.4 子貢問曰：「賜也何如？」子曰：「女，器也。」曰：「何器也？」曰：「瑚璉也②。」

5.5 或曰：「雍也仁而不佞③。」子曰：「焉用佞？禦人以口給④，屢憎於人。不知其仁⑤，焉用佞？」

5.6 子使漆彫開仕⑥。對曰：「吾斯之未能信。」子說⑦。

5.3 孔子談論宓子賤，說：「此人是君子啊！如果魯國沒有君子一類的人，他從哪裏學取這樣的好品德呢？」

5.4 子貢問道：「賜怎麼樣？」孔子說：「你是有用之器。」子貢說：「甚麼器物？」孔子說：「宗廟裏盛黍稷的瑚璉。」

5.5 有人說：「冉雍嘛，有仁德卻沒有口才。」孔子說：「為甚麼要有口才呢？靠能言善辯對付人，常常被人家厭惡。不懂得他是否稱得上仁，但為甚麼一定要有口

5·7 子曰：「道不行，乘桴浮于海⑧，從我者，其由與？」子路聞之喜。子曰：「由也好勇過⑨，我無所取材⑩。」

❶子賤：孔子的學生，姓宓，名不齊，字子賤。相傳曾做單父邑宰，有善政，被後世奉為地方官的楷模。《呂氏春秋・察賢》：「宓子賤治單父，彈鳴琴，身不下堂而單父治。」《説苑》中的《雜事》、《政理》兩篇也有宓子賤治單父的一些記載。本章是説宓子賤是受了周圍君子的薰陶而成為君子的，參見〔4•1〕，〔4•25〕，〔15•10〕。❷瑚璉（hú liǎn）：古代祭祀時用來盛黍稷的器物，在宗廟祭器中算是貴重的。本章是説子貢雖非全才，但也是可重用的專才。❸雍：孔子的學生，姓冉，名雍，字仲弓。在「四科十哲」中屬「德行」科。佞（nìng）：巧嘴利舌，口才好。仁而不佞：參見〔12•3〕，〔13•27〕。❹口給：應對敏捷，言詞博辯。給：完足。❺不知其仁：佯稱不知，實際諱稱其未達到仁。孔子一貫反對佞，參見〔11•23〕「是故惡夫佞者」，〔17•18〕「惡利口之復邦家者」。❻漆彫開：孔子的學生，姓漆彫，名開，字子開。《韓非子・顯學》把儒分為八派，漆彫氏居其一。本章是説孔子為漆彫開的謙虛謹慎而高興。❼説：通「悦」。❽桴（fú）：用竹或木編成的當船用的小筏（排）。大筏叫筏。❾好勇過：《經典釋文》據鄭玄説，連下「我」字斷句，作「好勇過我」，後人多從之。《經典釋文》注另説曰：「一讀『過』字絕句。」此説可從。好勇過，即好勇過頭，不以禮為節制之意。孔子一貫反對「勇而無禮」或「勇而不仁」、「勇而無義」，如〔8•2〕「勇而無禮則亂」，〔14•4〕「勇者不必有仁」，〔17•23〕「君子有勇而無義為亂，小人有勇而無義為盜」，〔17•24〕「惡勇而無禮者」。❿材：用。孔子認為子路有勇可恃，故加以讚揚。當見其沾沾自喜，好勝心切，故又加以抑止。由此既可見孔子對待「勇」的中庸之道，又可見孔子善於對學生因材、因時施教。

才呢？」

5·6 孔子讓漆彫開去做官。漆彫開回答説：「我對此事還未能樹立起信心。」孔子聽了很高興。

5·7 孔子説：「理想的治道不能實現，我將乘一小筏漂流海外，跟從我的人，大概是仲由吧？」子路聽到後很高興。孔子又説：「仲由好勇過頭，對他我無所取用。」

5.8　孟武伯問①：「子路仁乎？」子曰：「不知也。」又問。子曰：「由也，千乘之國，可使治其賦也②，不知其仁也。」

「求也何如？」子曰：「求也，千室之邑③，百乘之家④，可使為之宰也⑤，不知其仁也。」

「赤也何如⑥？」子曰：「赤也，束帶立於朝⑦，可使與賓客言也⑧，不知其仁也。」

5.9　子謂子貢曰：「女與回也孰愈⑨？」對曰：「賜也何敢望回⑩？回也聞一以知十，賜也聞一以知二。」子曰：「弗如也，吾與女⑪，弗如也。」

5.8　孟武伯問道：「子路仁嗎？」孔子說：「不知。」又問了一遍。孔子說：「仲由嘛，擁有一千輛兵車的國家，可讓子路掌管它的軍事，不知他是否達到了仁。」

又問：「冉求怎麼樣？」孔子說：「冉求嘛，千戶居民的大邑，擁有百輛兵車的采邑，可讓他做邑長，不知道他是否達到了仁。」

又問：「公西赤怎麼樣？」孔子說：「公西赤嘛，穿着整齊的禮服立於朝廷之上，可讓他用外交辭令接待賓客，不知道他是否達到了仁。」

❶孟武伯：見〔2•6〕。❷賦：兵賦，包括兵員及武備，泛指軍政。❸邑：古代居民聚落的通稱，小者只有十家，大者可有上萬家。這裏千家之邑，亦屬大邑，與都城相當。《左傳・莊公二十八年》：「凡邑有宗廟先君之主曰都，無曰邑。邑曰築，都曰城。」又這裏千室之邑與百乘之家對舉，邑當為公邑，與大夫之私邑相對，為國君所直轄。《公羊傳・昭公五年》：「不以私邑累公邑。」❹家：大夫的封地采邑，即私邑。百乘為其擁有的兵車數，與諸侯國之千乘相差一級。❺宰：長吏皆可稱宰，這裏指邑長、家臣。❻赤：孔子的學生，姓公西，名赤，字子華。❼束帶：整束衣帶。古人平時緩帶，低在腰部。在鄭重的場合則束帶，高在胸部。❽賓客：國君上卿之類的大客叫賓，國君上卿以下的小客叫客，散文（單舉）則通，對文（對舉）則異。這裏為泛指。本章說明孔子不輕以仁許人，可見仁是一種很高的道德標準。❾愈：較好，勝過。❿望：比。⓫與：贊同。一說「與」為連詞，此處不斷，是說我和你都不如他。本章說明孔子評價人的聰明，把能否舉一反三、引申發揮作為重要標準。參見〔2•9〕、〔7•8〕。

5.9　孔子對子貢說：「你跟顏回兩個人，誰強一些？」子貢回答說：「我嘛，怎敢跟顏回比？顏回，聽到一件事能推知十件事，我呢，聽到一件事只能推知兩件事。」孔子說：「不如他啊，我同意你的看法，不如他啊！」

5·10　宰予晝寢。子曰：「朽木不可雕也，糞土之牆不可杇也①，於予與何誅②？」子曰③：「始吾於人也，聽其言而信其行；今吾於人也，聽其言而觀其行。於予與改是。」

5·11　子曰：「吾未見剛者。」或對曰：「申棖④。」子曰：「棖也慾⑤，焉得剛？」

5·12　子貢曰：「我不欲人之加諸我也，吾亦欲無加諸人⑥。」子曰：「賜也，非爾所及也⑦。」

5·13　子貢曰：「夫子之文章⑧，可得而聞

5·10　宰予白天睡大覺。孔子說：「腐朽的木頭不堪雕刻，糞土打的牆不堪修飾，對於宰予，有甚麼可責備的呢？」又說：「起初我對於人，聽到他的話就相信他的行動；現在我對於人，聽到他的話卻要觀察他的行動。由於宰予，我改變了態度。」

5·11　孔子說：「我沒有見過剛毅的人。」有人回答說：「申棖就是啊。」孔子說：「申棖貪心，怎麼能剛毅不屈？」

5·12　子貢說：「我不願別人

也；夫子之言性與天道⑨，不可得而聞也⑩。」

❶ 杇（wū）：建築所用抹牆的工具叫杇，這裏作動詞用，指抹平、修飾。❷ 誅：責。❸ 子曰：此下孔子的話亦針對宰予晝寢而發，然與上文非連貫所言，故又標「子曰」。俞樾《古書疑義舉例》卷二有「一人之辭而加曰字例」條，歸納了這種修辭特點，可參看。❹ 申棖（chéng）：孔子的學生，即《史記．仲尼弟子列傳》中的申黨，「棖」、「黨」古音相近。❺ 慾：貪慾，見《說文解字》。孔子主張「欲而不貪」（〔20·2〕），申棖之慾恰屬貪慾。❻「我不」二句：即〔12·2〕及〔15·24〕「己所不欲，勿施於人」之意。❼「非爾」句：在〔12·2〕中孔子把「己所不欲，勿施於人」視作「仁」的內容，在〔15·24〕中又把「己所不欲，勿施於人」視作「終身行之」的「恕」道，而孔子不輕以仁許人，故這裏說子貢尚未做到這一點。此處「非爾所及」是「非爾所已及」的意思，不是「非爾所能及」的意思，否則就與〔15·24〕中對子貢說的話相矛盾，在那裏正是把「己所不欲，勿施於人」作為子貢終身努力的方向提出來的。❽ 文章：指文獻典籍。皇侃《義疏》引太史叔明云：「文章者，六籍是也。」❾ 性：性命，即命運。《史記．孔子世家》引述此句作「夫子言天道與性命，弗可得而聞也已」。又《禮記．中庸》說：「天命之謂性。」天道：當時多用來指決定人間吉凶禍福的天意，如《左傳．昭公十八年》載有子產的話：「天道遠，人道邇，非所及也。」昭公二十六年載有晏嬰的話：「天道不諂。」《易傳》中言天道者尤多。❿「不可」句：是說孔子很少跟學生談論命運與天道，故子貢「不可得而聞」。孔子很少談論性命與天道，並非說他不信天命，他實際是一個宿命論者，參見〔3·13〕、〔14·36〕、〔16·8〕、〔20·3〕等章。他很少談論性命與天道，只是因為這個問題神秘莫測，不便言說罷了，例如他積累了豐富的人生閱歷之後，「五十而知天命」（〔2·4〕），而且知天命又與學占卜用的《易》有關：「加我數年，五十以學《易》，可以無大過矣。」（〔7·17〕）

強加給我的事，我也不願強加給別人。」孔子說：「賜呀，這並非你已經做到的。」

5·13 子貢說：「先生關於文獻典籍的學問，我們可以聽得到；先生關於命運和天道的言論，我們聽不到。」

5·14　子路有聞，未之能行，唯恐有聞①。

5·15　子貢問曰：「孔文子何以謂之『文』也②？」子曰：「敏而好學③，不恥下問④，是以謂之『文』也。」

5·16　子謂子產⑤：「有君子之道四焉：其行己也恭⑥，其事上也敬，其養民也惠⑦，其使民也義⑧。」

5·17　子曰：「晏平仲善與人交⑨，久而敬之⑩。」

5·14　子路有所聞，還未能付諸實踐，唯恐另有所聞。

5·15　子貢問道：「孔文子為甚麼給他取謚叫做『文』呢？」孔子說：「勤勉好學，不以對下請教為恥，因此給他取謚叫做『文』。」

5·16　孔子談論子產說：「他具備君子之道的地方有四點：他自我修養嚴肅認真，他服事君上恭敬謹慎，他撫養人民多用恩惠，他役使人民合乎道義。」

5·17　孔子說：「晏平仲善於

❶本章反映了子路重於實踐和急於實踐的學習態度。在踐言上也是如此，參見〔12·12〕。❷孔文子：衛國大夫，名圉，「文」是他的謚號。《逸周書．謚法解》說：「經緯天地曰文，道德博厚曰文，學勤好問曰文，慈惠愛民曰文，愍民惠禮曰文，錫民爵位曰文。」可能因為取「文」為謚者歧義很多，故子貢有疑，而問孔子。舊說孔文子有穢行，故子貢有疑而問，孔子不沒其善，作了下文的回答，詳見朱熹《論語集注》引蘇氏曰（蘇轍《論語拾遺》），宦懋庸《論語稽》等，亦可參。❸敏：勤勉。❹下問：俞樾《羣經平議．論語平議》云：「下問者，非必以貴下賤之謂，凡以能問於不能，以多問於寡，皆是。」❺子產：春秋時鄭國大夫，姓公孫，名僑，字子產。在鄭簡公、鄭定公時執政二十二年，重大措施有三：一是整頓等級制與井田制，《左傳．襄公三十年》：「子產使都鄙有章，上下有服，田有封洫，廬井有伍（五家為伍）。」二是恢復井田按丘出軍賦的舊法，《左傳．昭公四年》：「鄭子產作丘賦，國人謗之……子寬以告。子產曰：『何害？苟利社稷，生死以（由）之。且吾聞為善者不改其度，故能有濟也。民不可逞，度不可改。《詩》曰：「禮義不愆，何恤於人言？」吾不遷矣。』」三是在鼎上鑄刑書，叔向標榜禮治加以反對，子產回答以「吾以救世也」，詳見《左傳．昭公六年》。叔向反對子產鑄刑書，只涉及重禮治還是重法治的問題，並不足以說明刑書有破壞舊制的內容，與孔子抨擊晉國趙鞅鑄刑鼎，著范宣子所為刑書，破壞了唐叔所受法度（見《左傳．昭公二十九年》），有根本上的不同。由以上三事，可見子產並不是一個革新的政治家。《論語》中孔子評及子產有三處，除此之外，另見〔14·8〕，〔14·9〕，皆為褒揚之詞。❻行己：自我修養。「其行」句即〔15·5〕「恭己」之意。❼「其養」句：參見〔20·2〕「君子惠而不費」，「因民之所利而利之，斯不亦惠而不費乎」。又〔14·9〕稱子產為「惠人」。❽「其使」句：參見〔20·2〕「（君子）勞而不怨」，「擇可勞而勞之，又誰怨」。又〔1·5〕「使民以時」，也是「使民也義」的內容。❾晏平仲：春秋時齊國大夫，名嬰。齊靈公、齊莊公、齊景公時執政。事蹟見《晏子春秋》、《史記．管晏列傳》。❿之：舊說或指所敬之人，或指晏嬰自己。以第二說為是，皇侃《義疏》本此句作「久而人敬之」，文字未必是原貌，「人」字或後人妄加，但其理解是對的。這裏用久而受人尊敬的效果說明晏嬰之善交。〔4·26〕「（事）朋友數，斯疏矣」，其意恰與此相反。又可參見〔12·23〕。

跟別人交朋友，交往越久，別人越尊敬他。」

5·18　子曰：「臧文仲居蔡①，山節藻梲②。何如其知也③？」

5·19　子張問曰：「令尹子文三仕為令尹④，無喜色；三已之，無慍色，舊令尹之政，必以告新令尹。何如？」子曰：「忠矣。」曰：「仁矣乎？」曰：「未知⑤，焉得仁？」「崔子弒齊君⑥，陳文子有馬十乘⑦，棄而違之⑧。至於他邦，則曰：『猶吾大夫崔子也！』違之。之一邦，則又曰：『猶吾大夫崔子也！』違之。何如？」子曰：「清矣。」曰：「仁矣乎？」曰：「未知，焉得仁？」

5·18　孔子說：「臧文仲造了一間房子給大龜居住，柱上斗拱雕成山形，樑上短柱畫着藻文。他的聰明怎麼樣呢？」

5·19　子張問道：「令尹子文三次就任令尹，臉色不顯得高興；三次罷免令尹，臉色不顯得怨怒，一定把舊時自己任令尹的施政之道毫無保留地告訴新到任的令尹。這人怎麼樣？」孔子說：「可以說是忠誠無私了。」子張說：「達到仁了嗎？」孔子說：「不知道，怎麼能算得上仁呢？」子張又問：「崔杼犯上殺掉齊莊

❶臧文仲：魯國大夫臧孫辰，「文」是諡號。歷仕莊、閔、僖、文四朝。居：此處是使動用法，使……居住。蔡：大龜。古時占卜用龜，養於龜室。《周禮．春官．龜人》：「凡取龜用秋時，攻龜用春時，各以其物入於龜室。」❷山：雕刻為山。節：柱上斗拱。藻：畫藻為飾。梲（zhuō）：梁上短柱。《禮記．明堂位》：「山節藻梲，複廟重檐，天子之廟飾也。」❸「何如」句：用疑問語氣否定其知。《左傳．文公二年》：「仲尼曰：『臧文仲其不仁者三，不知者三。下展禽（不用柳下惠，見（15·14）），廢六關，妾織蒲，三不仁也；作虛器（杜預注：「謂居蔡山節藻梲。有其器而無其位，故曰虛。」），縱逆祀（聽夏父躋僖公），祀爰居（海鳥曰爰居，止於魯東門外，文仲以為神，命國人祀之），三不知也。』」❹令尹：楚官名，上卿執政者，相當於其他諸國的相。《尚書．益稷》偽孔傳引薛瓚曰：「諸侯之卿，惟楚稱令尹，餘國稱相。」文子：姓鬬，名穀于菟，其身世見《左傳．宣公四年》。❺知：有二解：第一，知曉，《集解》引孔安國說及朱熹《論語集注》皆如此。第二，同「智」，鄭玄主此說，見《經典釋文》。作「知曉」解有文例可證，楊伯峻《譯注》注此「未知」說：「和上文第五章『不知其仁』，第八章『不知也』的『不知』相同，不是真的『不知』，只是否定的另一方式，因此下文接着又說『焉得仁』。」❻崔子：崔杼，齊國大夫。齊君：指齊莊公，名光。弒：居下位的人殺居上位的人叫做「弒」。「崔子弒齊君」一事，見《左傳．襄公二十五年》。❼陳文子：名須無，齊國大夫。有馬十乘：有馬四十匹。四馬駕一車，故四馬稱一乘。十乘：代表其財富，《禮記．曲禮下》：「問大夫之富，數馬以對。」❽違：離開。之：指代齊國。本章同樣說明孔子能恰當地評價別人的長處，但決不輕以仁許人。

公，陳文子有四十匹馬，毅然捨棄而離開齊國。到了別的國家，一看便說：『執政者跟我國的大夫崔子一路貨色！』於是離開所到之國。到了另一個國家，一看便又說：『執政者跟我國的大夫崔子一路貨色！』於是又離開所到之國。這人怎麼樣？」孔子說：「可以說是清白無瑕了。」子張說：「達到仁了嗎？」孔子說：「不知道，怎麼能算得上仁呢？」

5·20　季文子三思而後行①。子聞之，曰：「再②，斯可矣。」

5·21　子曰：「寧武子邦有道則知③，邦無道則愚。其知可及也，其愚不可及也。」

5·22　子在陳④，曰：「歸與！歸與！吾黨之小子狂簡⑤，斐然成章⑥，不知所以裁之⑦。」

5·23　子曰：「伯夷、叔齊不念舊惡⑧，怨是用希⑨。」

5·20　季文子遇事多番思考然後行動。孔子聽到，說：「思考兩次，也就可以了。」

5·21　孔子說：「寧武子在國家政道清明的時候，便發揮其聰明才智；在國家政道昏亂的時候，便裝作愚蠢傻笨。他那種聰明的情況，人們能夠趕得上，他那種裝傻的情況，人們是趕不上的。」

5·22　孔子在陳國，說：「歸去吧！歸去吧！我這一羣學生，狂放不羈，志向高遠，文采已斐然成章，可是還不懂得如何約束自身。」

5·23 孔子說：「伯夷、叔齊不記舊恨，怨恨因此很少。」

❶季文子：魯國大夫季孫行父，「文」是謚號。季文子歷仕魯國文公、宣公、成公、襄公，死於襄公五年。孔子生於襄公二十二年，與季文子不並世。三思：有二解，一指思考三次，一指思考多次，均可通。季文子素以謹慎多慮著稱，《左傳·文公六年》記有這樣一件事：「秋，季文子將聘于晉，使求遭（遇）喪之禮以行。其人（指隨從）曰：『將焉用之？』文子曰：『備豫不虞，古之善教也。』求而無之，實難。過求，何害？」由此可見其有備無患的思想。❷再：兩次。按孔子並不反對多思，但惟恐因多慮而在行動上產生遲疑，故對時人有此告誡。這裏在思與行的關係上反映了孔子「過猶不及」（11·16）的思想。❸寧武子：衛國大夫寧俞，「武」是謚號。仕於衛成公。知：同「智」。本章通過對寧武子的評論反映了孔子的處世態度，參見（5·2）。❹陳：國名，媯姓，周武王滅商後所封。始封之君為胡公，名滿，相傳是舜的後代。建都宛丘（今河南睢縣），擁有今河南開封以東、安徽亳州以北一帶地方，公元前478年為楚國所滅。孔子周遊列國，曾困於陳、蔡之間。❺狂：狂放。（13·21）「狂者進取」。簡：大，指志大。❻斐然：有文采的樣子。章：有條理的花紋。❼「不知」句：有兩種解釋，一種以孔子為主語，如《史記·孔子世家》直作「吾不知所以裁之」。另一種以弟子為主語，如《集解》引孔安國曰：「孔子在陳，思歸欲去，故曰：『吾黨之小子狂簡者，進取於大道，妄作穿鑿以成文章，不知所以裁制，我當歸以裁之耳。』遂歸。」以後一種說法為是，孔子對弟子並非「不知所以裁之」，他總是用禮來約束、修飭弟子的。如（9·11）顏回說：「夫子循循然善誘人，博我以文，約我以禮。」（6·27）孔子自云：「君子博學于文，約之以禮，亦可以弗畔矣夫。」這裏「斐然成章」，是說已達到「博學于文」。「不知所以裁之」，是說弟子尚不知「約之以禮」。❽伯夷、叔齊：商孤竹君的兩個兒子。伯夷名元（或作「允」），謚「夷」。其父將死，遺命立其弟叔齊。父卒，叔齊讓伯夷，伯夷曰：「父命也。」遂出走。叔齊也不肯立而出走。二人皆歸西伯昌（周文王）。武王伐紂，他們反對「以暴易暴」，曾攔車諫阻。周朝滅殷，統一天下，二人恥食周粟，餓死於首陽山。詳見《史記·伯夷列傳》。孔子稱伯夷、叔齊為「古之賢人」（見（7·15））。舊惡：宿怨舊恨。❾怨：指自己的怨恨。（7·15）孔子謂伯夷、叔齊：「求仁而得仁，又何怨？」是用：是以，因此。希：少。

5·24 子曰：「孰謂微生高直①？或乞醯焉②，乞諸其鄰而與之。」

5·25 子曰：「巧言，令色，足恭③，左丘明恥之④，丘亦恥之。匿怨而友其人⑤，左丘明恥之，丘亦恥之。」

5·26 顏淵、季路侍⑥。子曰：「盍各言爾志⑦？」

子路曰：「願車馬衣（輕）裘與朋友共，敝之而無憾⑧。」

顏淵曰：「願無伐善⑨，無施勞⑩。」

子路曰：「願聞子之志。」

5·24 孔子說：「誰說微生高直率？有人向他要些醋，他不直接說沒有，卻向他的鄰居要來交給討醋的人。」

5·25 孔子說：「花言巧語，態度偽善，奴顏卑膝，左丘明以此為恥辱，我也以此為恥辱。心底藏着怨恨，表面卻與人友好，左丘明以此為恥辱，我也以此為恥辱。」

5·26 顏淵、季路侍立於孔子身旁。孔子說：「何不各自談談你們的志向呢？」

子曰：「老者安之，朋友信之，少者懷之⑪。」

❶微生高：《集解》引孔安國曰：「微生姓，名高，魯人也。」一說即尾生高，「微」、「尾」古音相近可通，如《尚書．堯典》「鳥獸孶尾」，《史記．五帝本紀》採引此語，「尾」作「微」。尾生高相傳是一個守信的人物，據說他與一女子相約於橋下，女子未來，他一直等候，以至水漲後被淹死。見《莊子．盜跖》、《戰國策．燕策》等。❷或：有人。醯（xī）：醋。❸足恭：十足的恭敬。凡事十足而不加以節制，就難免過分而無當，這是孔子中庸思想的重要內容。孔子反對過分恭敬，奴顏卑膝，主張用禮加以節制，他曾說「恭而無禮則勞」（〔8•2〕）。有子也曾說過：「恭近於禮，遠恥辱也。」（〔1•13〕）❹左丘明：相傳即《左傳》的作者，可疑。❺匿怨而友其人：《集解》引孔安國曰：「心內相怨，而外詐親。」❻侍：指立侍。若坐侍，則稱侍坐。❼盍：何不。❽此句「衣」後原有一「輕」字，實為衍文，唐以前的本子均無「輕」字。或後人據〔6•4〕「乘肥馬，衣輕裘」而妄增。詳考見劉寶楠《論語正義》。❾伐：誇。《左傳．襄公十三年》「小人伐其技以馮君子」，杜預注：「自稱其能曰伐。」賈誼《新書．道術》：「功遂自卻謂之退，反退為伐。」❿施勞：有二解，一說把勞苦之事施加於人，《集解》引孔安國曰：「不以勞事置施於人。」一說自誇其功勞，朱熹《集注》：「施亦張大之意。勞為有功。《易》曰『勞而不伐』是也。」楊伯峻《論語譯注》：「《淮南子．詮言訓》：『功蓋天下，不施其美。』這兩個『施』字意義相同，《禮記．祭統注》云：『施猶著也。』即表白的意思。」兩說均可通，譯文據第二說。⓫「老者」三句：有二解，一為「老者」、「朋友」、「少者」對己而言，一為己對三者而言。以第二說為長。

子路說：「願把自己的車馬衣裘與朋友共用，即使用壞也不悔恨。」

顏淵說：「願不自誇好處，也不自誇功勞。」

子路說：「希望聽一聽先生的志向。」

孔子說：「對老者加以安撫，對朋友加以信任，對少者加以愛護。」

5·27 子曰：「已矣乎！吾未見能見其過而內自訟者也①。」

5·28 子曰：「十室之邑，必有忠信如丘者焉，不如丘之好學也。」

❶ 訟（sòng）：責。參見〔15·15〕「躬自厚而薄責於人」，〔15·30〕「過而不改，是謂過矣」，〔19·8〕，〔19·21〕。

5·27 孔子說：「算了吧！我沒有見到能夠發現自己的錯誤而作自我批評的人。」

5·28 孔子說：「十戶人家的小邑，一定有像我這樣忠誠信實的人，只是都不像我這樣好學罷了。」

雍也第六

本篇包括三十章，內容較為複雜，論及政治、倫理、哲學、人性、人才等。其中評論孔子門人的地方很多，尤以論顏回為突出。本篇有幾章反映了孔子思想的重要方面，如〔6·18〕關於文與質的關係，〔6·22〕關於鬼神，〔6·24〕關於歷史觀，〔6·29〕關於中庸，〔6·30〕關於仁與聖的區別等等。

6·1 子曰：「雍也可使南面①。」

6·2 仲弓問子桑伯子②。子曰：「可也，簡③。」仲弓曰：「居敬而行簡，以臨其民④，不亦可乎？居簡而行簡，無乃大簡乎？」子曰：「雍之言然。」

6·3 哀公問：「弟子孰為好學？」孔子對曰：「有顏回者好學，不遷怒⑤，不貳過。不幸短命死矣⑥，今也則亡，未聞好學者也。」

❶ 雍：冉雍，見〔5·5〕注❸。南面：泛指居官治民之位。包咸、鄭玄皆認為使南面係任諸侯治民（見《集解》引），朱熹《集注》謂「有人君之度也」，均不妥。王引之《經義述聞》：「南面，有謂天子及諸侯者，有謂卿大夫者。雍之可使南面，謂可使為卿大夫也，《大戴禮・子張問入官篇》『君子南面臨官』，《史記・樗里子傳》『請必言子

6·1 孔子說：「冉雍嘛，可讓他居官治民。」

6·2 仲弓問子桑伯子這個人怎麼樣。孔子說：「可以的，只是簡易了些。」仲弓說：「自處嚴肅恭敬，行事卻簡略不繁，用此來治理民眾，不也是可以的嗎？自處簡慢大意，行事又簡略不繁，不是太簡易了嗎？」孔子說：「冉雍的話是對的。」

6·3 魯哀公問：「你的弟子誰好學？」孔子回答說：「有個叫顏回的好學，從不把憤怒發洩

到別人身上，從不重犯同樣的過錯。不幸短命死了，如今則沒有這樣的弟子了，沒有聽到過好學的人了。」

於衛君，使子為南面』，蓋卿大夫有臨民之權，臨民者無不南面。仲子之德，可以臨民。」凌廷堪《禮經釋義》也有類似說法。本章不僅強調冉雍有治才，更強調其道德，因為孔子主張「恭己正南面」（〔15•5〕）。❷子桑伯子：難以確考。劉寶楠《論語正義》認為即《莊子》書中的桑雽（或作「桑戶」），說：「鄭玄曰：子桑，『秦大夫』。（按，見《經典釋文》）以公孫技字子桑，故為秦大夫。然《左傳》言子桑之忠，知人能舉善，並無行簡之事。鄭氏此說未可據也。《莊子・山木篇》『孔子問子桑雽』云云，『異日桑雽又曰舜之將死』云云，《釋文》：『雽音戶，本又作雩，音于。李云：桑姓，雽其名，隱人也。或云：稱桑雽，名隱。』《釋文》所載二說，以前說為是。至《大宗師》篇言桑戶與孟之反、琴張為友，《楚辭・九章・涉江》以接輿、桑扈並舉，雽、戶、扈音近通用，與孔子同時。」❸可也簡：應於「也」字斷句。「可也」，肯定其本質好，與下文「不亦可乎」相應；「簡」，又指出其過於簡易的缺點，與下文「無乃大簡乎」相應。故《集解》於下文引包咸曰：「伯子之簡，大簡。」又〔1•15〕「可也，未若貧而樂，富而好禮者也」，句法與此相似。關於子桑伯子「大簡」的事，《楚辭・九章・涉江》「桑扈裸行」，王逸注：「桑扈，隱士也。去衣裸裎，效夷狄也。」又《說苑・修文》：「孔子見子桑伯子，子桑伯子不衣冠而處，弟子曰：『夫子何為見此人乎？』曰：『其質美而無文，吾欲說而文之。』孔子去，子桑伯子門人不說，曰：『何為見孔子乎？』曰：『其質美而文繁，吾欲說而去其文。』故曰文質修者謂之君子，有質而無文謂之易野。子桑伯子易野，欲同人道於牛馬，故仲弓曰『太簡』。」❹居敬：自處嚴肅有禮。參見〔13•19〕「居處恭」、〔14•42〕「修己以敬」。「居敬」二句：即「恭己正南面」（〔15•5〕）之意。❺遷怒：將自己的憤怒推及於人。參見〔12•21〕「一朝之忿，忘其身，以及其親，非惑與」。❻短命：《公羊傳》記顏淵死於魯哀公十四年。據《史記・孔子世家》「伯魚年五十先孔子卒」及《孔子家語・七十二弟子解》「孔子年二十而生伯魚」，則伯魚死時孔子七十歲。又據〔11•8〕顏淵死在伯魚之後，哀公十四年，孔子七十一歲，正當伯魚死後一年，故《公羊傳》的記載是可靠的。關於顏淵卒時的年齡，據《史記・仲尼弟子列傳》「顏回少孔子三十歲」推之，應為四十一歲。《孔子家語・七十二弟子解》謂顏淵「三十一早死」，時孔子六十一歲，伯魚尚未卒，其說與《論語》本書矛盾。四十一歲稱「短命」並無不可。至於有人據「短命」之言，附會出顏淵十八而卒之說（見《列子・力命》及《淮南子・精神訓》高誘注等），更屬無稽。

6.4 子華使於齊①，冉子為其母請粟②。子曰：「與之釜③。」請益。曰：「與之庾④。」冉子與之粟五秉⑤。子曰：「赤之適齊也，乘肥馬，衣輕裘。吾聞之也：君子周急不繼富⑥。」

6.5 原思為之宰⑦，與之粟九百⑧，辭。子曰：「毋！以與爾鄰里鄉黨乎⑨！」

6.6 子謂仲弓曰：「犂牛之子騂且角⑩，雖欲勿用⑪，山川其舍諸⑫？」

6.7 子曰：「回也，其心三月不違仁⑬，

6.4 公西華出使齊國，冉有替他的母親請求小米。孔子說：「給他一釜。」冉有請求增加一些。孔子說：「再給他一庾。」冉有竟給他五秉小米。孔子說：「公西赤到齊國去，乘着肥馬駕的車輛，穿着高貴輕暖的皮袍。我聽說過：君子只周濟急需，不給人富上添富。」

6.5 原思任孔子的家宰，孔子給他小米九百作俸祿，原思辭謝不受。孔子說：「不要推辭！把它分給你的鄰里鄉親啊！」

其餘則日月至焉而已矣。」

❶子華：公西赤的字，見〔5·8〕注❻。❷冉子：冉有。《論語》中對孔子弟子稱「子」的只有曾參、有若、閔子騫、冉有四人。❸釜（fǔ）：古代量名，相當於當時的六斗四升，約合今量一斗二升八合。❹庾：古代量名，相當於當時的二斗四升，約合今量四升八合。❺秉：古代量名，相當於當時的十六斛（十斗為一斛）。❻周：救濟。❼原思：孔子的學生，姓原，名憲，字子思。之：指代孔子。宰：這裏指大夫的家宰。此事當為孔子做司寇時。❽粟：小米。九百：量詞省略，已不可考。❾鄰里鄉黨：古代地方居民單位名稱，五家為鄰，二十五家為里，一萬二千五百家為鄉，五百家為黨。❿犁牛：耕牛。春秋時已有牛耕，孔子的學生冉耕字伯牛，司馬耕字子牛，均說明耕與牛的聯繫。又《國語·晉語》：「中行、范氏子孫將耕於齊，宗廟之犧，為畎畝之勤。」不僅說明將宗廟祭祀用的犧牛用來耕田，而且說明犧牛比耕牛高貴，犧牛用作耕牛是降格。騂（xīn）：赤色。周朝以赤色為貴。角：指角長得周正。⓫勿用：指不用作祭祀。⓬其：同「豈」。舊解本章為評論仲弓之言（見《史記·仲尼弟子列傳》、何晏《集解》等），實際非是。《論語》中凡「謂……曰」的句型，都是「對……說」的意思，參見〔2·21〕「或謂孔子曰」，〔3·6〕「子謂冉有曰」，〔5·9〕「子謂子貢曰」，〔6·13〕「子謂子夏曰」，〔7·11〕「子謂顏淵曰」，〔9·21〕「謂弟子曰」，〔17·10〕「子謂伯魚曰」，〔19·25〕「陳子禽謂子貢曰」等。只有〔9·21〕「子謂顏淵曰」是例外。而「謂……」的句型，則為「評論……」的意思，參見〔3·1〕「子謂季氏」，〔3·25〕「子謂韶」，〔5·1〕「子謂公冶長」，〔5·2〕「子謂南容」，〔5·16〕「子謂子產」，〔13·8〕「子謂衛公子荊」等。本章告誡仲弓要不論貴賤舉賢，不要埋沒人才，與〔13·2〕的內容密切相關。⓭三：不一定實指三，泛言多數。違：離。此句可與〔4·5〕「君子無終食之間違仁，造次必於是，顛沛必於是」互參。

6.6　孔子對仲弓說：「耕牛生的小牛長着赤色的毛和周正的角，雖然想不用牠來作祭祀的犧牛，山川之神難道肯捨棄牠嗎？」

6.7　孔子說：「顏回嘛，他的心長年累月不離開仁道，其餘的學生只不過哪日哪月偶爾念及罷了。」

6·8　季康子問①：「仲由可使從政也與？」子曰：「由也果，於從政乎何有②？」曰：「賜也可使從政也與？」曰：「賜也達，於從政乎何有？」曰：「求也可使從政也與？」曰：「求也藝，於從政乎何有？」

6·9　季氏使閔子騫為費宰③。閔子騫曰：「善為我辭焉！如有復我者，則吾必在汶上矣④。」

6·10　伯牛有疾⑤，子問之，自牖執其手，曰：「亡之，命矣夫！斯人也而有斯疾也！斯

6·8　季康子問道：「仲由可以讓他治理政事嗎？」孔子說：「仲由為人果敢，對於治理政事有甚麼難的？」又問：「端木賜可以讓他治理政事嗎？」孔子說：「端木賜為人通達，對於治理政事有甚麼難的？」又問：「冉求可以讓他治理政事嗎？」孔子說：「冉求有才幹，對於治理政事有甚麼難的？」

6·9　季氏讓閔子騫做他的采地費邑的長官。閔子騫對來使說：「好好替我辭掉這事吧！如果

人也而有斯疾也！」

6·11 子曰：「賢哉，回也！一簞食⑥，一瓢飲，在陋巷⑦，人不堪其憂，回也不改其樂，賢哉，回也！」

❶季康子：見〔2·20〕注❻。❷何有：有甚麼呢。意思是有甚麼難的。本章論孔子學生的政治才幹，參見〔5·8〕、〔11·3〕。❸閔子騫：孔子的學生，姓閔，名損，字子騫。在「四科十哲」中屬「德行」科。費（bì）：故城在今山東費縣西北二十里。《集解》引孔安國說：「費，季氏邑，季氏不臣，而其邑宰數叛，聞子騫賢，故欲用之。」❹汶（wèn）：水名，即山東的大汶河。汶上：汶水之北，桂馥《札樸》：「水以陽為北，凡言某水上者，皆謂水北。」《集解》引孔安國說：「去之汶水上，欲北如齊。」❺伯牛：孔子的學生，姓冉，名耕，字伯牛。在「四科十哲」中屬「德行」科。疾：重病。本章反映了孔子安命的思想。❻簞（dān）：古時盛飯的圓形竹器，類似筐。❼陋巷：陋室。王念孫認為古人稱巷有二義，里中道謂之巷，人所居亦謂之巷，故《廣雅》兼列二訓。顏子陋巷，即《儒行》所云「一畝之宮，環堵之室」，解者以為街巷之巷，非也。見《經義述聞》。本章反映了孔子安貧樂道的思想，參見〔1·15〕「貧而樂」、〔4·5〕、〔7·12〕、〔7·16〕。

有人再來找我，那我一定會遠逃汶水之北。」

6·10 伯牛得了重病，孔子去慰問他，從窗戶裏握着他的手依依難捨，說道：「沒命了，命該如此啊！這個人竟得了這種病！這個人竟得了這種病！」

6·11 孔子說：「多麼有賢德啊，顏回這個人！一簞飯，一瓢水，居陋室，別人不堪忍受那樣的憂苦，顏回卻不改變他自得之樂。多麼有賢德啊，顏回這個人！」

6·12 冉求曰：「非不說子之道①，力不足也。」子曰：「力不足者，中道而廢。今女畫②。」

6·13 子謂子夏曰：「女為君子儒，無為小人儒③。」

6·14 子游為武城宰④。子曰：「女得人焉耳乎？」曰：「有澹台滅明者⑤，行不由徑⑥，非公事，未嘗至於偃之室也。」

6·15 子曰：「孟之反不伐⑦，奔而殿⑧，將入門⑨，策其馬，曰：『非敢後也，馬不

6·12 冉求說：「不是不喜歡您的學說，是做起來力量不夠。」孔子說：「力量不夠的人，會半路停止。現在你卻原地不動。」

6·13 孔子對子夏說：「你要做一個有修養的儒者，不要做一個無修養的儒者。」

6·14 子游做武城邑宰。孔子說：「你在此地得到人才了嗎？」子游說：「有個叫澹台滅明的人，走路從不抄小道，不是公事，從不到我居處來。」

進也！』」

❶子之道：指孔子「一以貫之」的「忠恕」之道（〔4·15〕），亦即仁道。❷畫：畫界為限，引申為止。冉求確有知難而退的弱點，如〔3·6〕不諫阻季氏僭禮，又如〔11·2〕孔子說：「求也退，故進之。」本章中冉求以「力不足」為由，提出修養仁德之難，當面受到孔子的駁斥。孔子認為人人有能力修養仁德，只有肯做與不肯做的區別，如在〔4·6〕中說：「有能一日用其力於仁矣乎？我未見力不足者。」❸「女為」二句：這裏的「君子」和「小人」為有德、無德之別。君子儒：有修養的儒者。小人儒：無修養的儒者。按子夏只重知識，喜務小道，往往忽視道德修養，故孔子有此告誡。參見〔19·4〕，〔19·5〕，〔19·6〕，〔19·12〕等。❹武城：魯國的公邑，在今山東費縣西南。❺澹（tán）台滅明：姓澹台，名滅明，字子羽，武城人。《史記·仲尼弟子列傳》認為他是孔子弟子，據本章內容似非是。❻徑：小路。行不由徑：指奉公守法，不貪便取巧。古有徑逾之禁，焦竑《筆乘續集》卷三「行不由徑」條說：「古井田之制，道路在溝洫之上，方直如棋枰，行必遵之，毋待斜冒取疾。《野廬氏》『禁野之橫行徑逾者』，《修閭氏》『禁徑逾者』，皆其證也。晚周此禁雖存，人往往棄蔑不守，獨澹台滅明不肯逾逸自便，則平日之操可知。子游舉以答聖人，正舉末明本，豈可謂末節不足以見人哉？」可備一說。但此處似不必坐實理解，當用比喻，言其行為端正。《大戴禮·曾子大孝》有「道而不徑」（行大道而不走小路）的話，以示行路不敢冒險，可參見。❼孟之反：魯國大夫孟之側。《左傳·哀公十一年》載：魯國與齊國作戰，魯軍右師逃跑。齊軍追趕，齊大夫陳瓘、陳莊渡過泗水，逼近魯國都城，「孟之側後入以為殿，抽矢策其馬，曰：『馬不進也』」。伐：自誇。❽殿：走在部隊最後叫「殿」。軍敗殿後為勇。❾門：指魯都城城門。

6·15 孔子說：「孟之反不自誇耀，軍敗逃跑時他勇於殿後，快入城門時，故意鞭打着他的馬，說：『不是我敢於殿後，是馬遲遲不前呀！』」

6·16 子曰：「不有祝鮀之佞①，而有宋朝之美②，難乎免於今之世矣。」

6·17 子曰：「誰能出不由戶？何莫由斯道也③？」

6·18 子曰：「質勝文則野④，文勝質則史⑤。文質彬彬⑥，然後君子。」

6·19 子曰：「人之生也直，罔之生也幸而免⑦。」

6·20 子曰：「知之者不如好之者，好之

6·16 孔子說：「沒有祝鮀那樣的口才，卻有宋朝那樣的美貌，則難以免禍於當今社會。」

6·17 孔子說：「誰能出屋而不經過門戶？甚麼事可不遵循仁道呢？」

6·18 孔子說：「質樸超過文采就會粗俗，文采超過質樸就會虛浮。文采和質樸搭配得當，然後才可以成為君子。」

6·19 孔子說：「人的生存靠正直，不正直的人也能生存，是

者不如樂之者⑧。」

6·21 子曰：「中人以上，可以語上也；中人以下，不可以語上也⑨。」

❶ 祝鮀（tuó）：衛國大夫，祝為宗廟官名，以官為氏，字子魚，仕衛靈公。《左傳·定公四年》作「祝佗」，並記載他善於辭令以助衛國的情況。佞：口才。❷ 宋朝：宋國的公子朝，有美貌。出奔衛國，仕為大夫。《左傳·昭公二十年》：「公子朝通於襄夫人宣姜（衛靈公嫡母），懼，而欲以作亂。」後出奔晉。本章中孔子慨歎世好佞言而薄美質，舉祝鮀以言佞，舉宋朝以言美，皆為取喻，不涉及對二人賢否的評價。❸ 何：甚麼。「何」與「誰」互文。斯道：指仁道。本章是說天下事不可能不遵循仁道，正如出屋不可能不經過門戶一樣。❹ 質：內在的本質。文：文采，文飾。對人而言，固有的好品質屬於質，禮樂的修養屬於文，參見〔14·12〕。❺ 史：虛浮不實。《儀禮·聘禮》：「辭多則史，少則不達。」❻ 彬彬：相雜適中的樣子。❼ 罔：指誣罔不直的人。❽《集解》引包咸說：「學問，知之者不如好之者篤，好之者不如樂之者深。」又按，恐不止限於為學，當也包括修養仁德在內。孔子平生所好，一為學，一為仁。又〔4·2〕「仁者安仁，知者利仁」，正說明了「樂仁」與「知仁」的區別。❾ 本章反映了孔子的人性論思想。他認為人的智力差別是先天的，參見〔16·9〕、〔17·3〕。又《穀梁傳·僖公元年》有「中知以上，中知以下」的話。

由於他僥倖而免於禍害。」

6·20 孔子說：「對於學問和仁德，懂得它的人不如喜好它的人，喜好它的人又不如以追求它為樂的人。」

6·21 孔子說：「中等智力以上的人，可以跟他講高深的學問；中等智力以下的人，不可以跟他講高深的學問。」

6·22 樊遲問知①。子曰：「務民之義②，敬鬼神而遠之③，可謂知矣。」問仁。曰：「仁者先難而後獲④，可謂仁矣。」

6·23 子曰：「知者樂水，仁者樂山。知者動，仁者靜。知者樂，仁者壽⑤。」

6·24 子曰：「齊一變⑥，至於魯⑦；魯一變，至於道⑧。」

6·22 樊遲問甚麼是聰明。孔子說：「致力於人事關係的合理、協調，敬奉鬼神但要離他們遠一些，可以說是聰明了。」又問甚麼是仁。孔子說：「有仁德的人總是先經過困難的實踐而後有所得，這樣便可以說是具備仁了。」

6·23 孔子說：「知者喜愛流動的水，仁者喜愛穩重的山。知者性動，仁者性靜。知者快樂，仁者長壽。」

6·24 孔子說：「齊國一變，就會達到魯國這樣的禮樂之邦；

❶ 樊遲：見〔2·5〕注⓭。❷ 民之義：即民之宜，指符合禮義的人際關係。《禮記·禮運》：「何謂人義？父慈、子孝、兄良、弟弟、夫義、婦聽、長惠、幼順、君仁、臣忠十者謂之人義。」❸ 敬鬼神而遠之：參見〔11·12〕「未能事人，焉能事鬼」。又《禮記·表記》：「子曰：『夏道尊命，事鬼敬神而遠之，近人而忠焉。……殷人尊神，

率民以事神，先鬼而後禮。……周人尊禮尚施，事鬼敬神而遠之，近人而忠焉。」這是當時通行的既不否定鬼神，又不迷信鬼神的一種進步觀念。但離無神論相差甚遠。❹先難：先經歷實踐的困難。參見〔12•3〕「仁者，其言也訒」，「為之難，言之得無訒乎」。先難而後獲：即〔12•21〕「先事後得」之意。孔子回答同一問題，不僅因人而異，如本章答樊遲問仁，與〔12•1〕答顏淵問仁、〔12•2〕答仲弓問仁有別，等等。而且往往因時而異，如本章與〔12•22〕答樊遲問仁、問知及〔13•19〕答樊遲問仁有別。但是基本精神和原則是一致的。❺本章從三個角度言知者、仁者之別：動、靜是直言；樂水、樂山是比喻，水性動，山性靜；樂、壽誠如皇侃《論語義疏》所云：「壽、樂為知仁之功。」朱熹《集注》深得本章旨義：「知者達於事理而周流無滯，有似於水，故樂水；仁者安於義理而厚重不遷，有似於山，故樂山。動、靜以體言，樂、壽以效言也。」至於《論語》的本證，可參〔4•2〕「仁者安仁，知者利仁」，〔6•20〕，〔15•33〕「知及之」、「仁能守之」。❻齊：指齊桓公稱霸後的齊國。孔子很重視齊國的強盛，對齊桓公有好感，認為他「公正而不譎」（〔14•15〕），對協助齊桓公稱霸的管仲也有好感，說：「管仲相桓公，霸諸侯，一匡天下，民到於今受其賜。微管仲，吾其被髮左衽矣。」（〔14•17〕）但齊國對周代的禮制和文化破壞太多，故孔子認為需要變，當齊景公向他問政時，他便說：「君君，臣臣，父父，子子。」（〔12•11〕）❼魯：魯是周公的封國，周公死後，「成王乃命魯得郊祭文王」，因此「魯有天子禮樂」（《史記．魯周公世家》）。春秋時的魯國，是保存周禮及周代文化最多的國家，韓宣子曾說：「周禮盡在魯矣！」（《左傳．昭公二十年》）孔子自幼生長在禮樂之邦魯國，受到傳統文化的薰陶，因此在恢復周禮方面，對魯國抱有很大希望。傳統觀念認為魯、齊之別是王、霸之別，《說苑．政理》：「伯禽與太公俱受封，而各之國。三年，太公來朝。周公問曰：『何治之疾也？』對曰：『尊賢，先疏後親，先義後仁也。』此霸者之跡也。周公曰：『太公之澤及五世。』五年，伯禽來朝。周公問曰：『何治之難？』對曰：『親親者，先內後外，先仁後義也。』此王者之跡也。周公曰：『魯之澤及十世。』故魯有王跡者，仁厚也。齊有霸跡者，武政也。」❽道：指周道。即「天下有道，則禮樂征伐自天子出」（〔16•2〕）。魯雖為禮樂之邦，但當時禮樂也有崩壞，故仍需變。孔子一向把魯國視為恢復周道的基地，《禮記．禮運》：「孔子曰：『於呼哀哉！我觀周道，幽、厲傷之，吾舍魯何適矣？』」本章反映了孔子保守的歷史觀。

魯國再一變，就會達到天下一統的周道。」

6·25 子曰：「觚不觚①，觚哉！觚哉！」

6·26 宰我問曰②：「仁者，雖告之曰：『井有仁焉③。』其從之也？」子曰：「何為其然也？君子可逝也④，不可陷也。可欺也，不可罔也⑤。」

6·27 子曰：「君子博學於文，約之以禮⑥，亦可以弗畔矣夫⑦！」

6·25 孔子說：「觚已不是觚了，還能算是觚嗎！還能算是觚嗎！」

6·26 宰我問道：「有仁德的人，假如告訴他說：『井裏有仁德。』他會追隨仁德而跳井嗎？」孔子說：「為甚麼一定那樣呢？君子可以摧折，不可以陷害；可以被合乎情理的言詞所欺騙，不可以被不近情理的言詞所迷惑。」

6·27 孔子說：「君子廣泛學習文化知識，並用禮來約束自己，就可以不離經叛道了！」

❶觚（gū）：青銅製的酒器，喇叭形口，細腰，高圈足，用以盛酒。本章孔子慨歎觚產生了變化，失去古制、古法。前人對此解釋紛紜，可參看《論語正義》所引。主要說法有二：一主形制之變，認為觚上圓下方，本有棱，春秋之世已有破觚為圓者，故孔子歎之（見楊慎《丹鉛錄》）。一主用法失道，認為觚量容二升，其稱本取寡義（聲訓），而當時沉湎於酒，雖用觚，但並不寡飲，名實相乖，故孔子歎之（見《五經異義》引《韓詩》說，皇侃《義疏》引王肅說，毛奇齡《論語稽術篇》及《四書改錯》等）。❷宰我：見〔3•21〕注❺。❸仁：有三解，一指仁德，一指仁人（見《集解》引孔安國說，皇侃本「仁」下有「者」字，或據孔注妄增），一說「仁」同「人」。以第一說為長，宰我假設此言，或就「殺身以成仁」（〔15•9〕）之義而發。俞樾《羣經平議》卷三十解此句說：「宰我之意，蓋謂仁者勇於為仁設也，於井之中而有仁焉，其亦從之否乎？孔注『仁人墮井』之說，殊有未安。」❹「君子」句：《集解》引孔安國說：「逝，往也。言君子可使往視之耳。」《羣經平議》卷三十說：「孔以可逝可使往視，其義迂曲。逝當讀為折。《周易．大有．釋文》曰：『晢，陸本作逝，虞作折。』是逝與折古通用。君子殺身成仁則有之矣，故可得而摧折，然不可以非理陷害之，故可折不可陷。」俞說是。❺罔：迷惑。關於「欺」與「罔」的區別，《孟子．萬章上》在解釋子產受騙的故事時，講得很明晰，原文是：「昔者有饋生（活）魚於鄭子產，子產使校人（管池塘之吏）畜之池。校人烹之，反命曰：『始舍之，圉圉焉（困而未舒的樣子），少則洋洋焉，攸然而逝。』子產曰：『得其所哉！得其所哉！』故君子可欺以方（合理的方法），難罔以非其道。」❻博學於文，約之以禮：前者指學習，後者指修身。約之以禮，即「非禮勿視，非禮勿聽，非禮勿言，非禮勿動」（〔12•1〕）。本章從君子自我學習和修養的角度而言，〔9•11〕顏淵的話「夫子循循然善誘人，博我以文，約我以禮」，是從孔子教育的角度而言。內容則是一致的。❼畔：同「叛」，指離經叛道。

6·28　子見南子①，子路不說。夫子矢之曰②：「予所否者③，天厭之！天厭之！」

6·29　子曰：「中庸之為德也④，其至矣乎⑤！民鮮久矣⑥。」

6·30　子貢曰：「如有博施於民而能濟眾，何如？可謂仁乎？」子曰：「何事於仁⑦！必也聖乎！堯舜其猶病諸！夫仁者，己欲立而立人，己欲達而達人。能近取譬，可謂仁之方也已。」

6·28　孔子見衞靈公夫人南子，子路不高興。孔子發誓說：「我若有不當之處，天厭棄我吧！天厭棄我吧！」

6·29　孔子說：「中庸作為一種道德，那是至高無上的了！老百姓缺少它已經很久了。」

6·30　子貢說：「如果有人能博施恩惠於老百姓，並且能周濟大眾，怎麼樣？可以說是達到仁了嗎？」孔子說：「怎麼可限止在仁上呢！那一定是達到了聖啊！堯舜對此或許還感到為難呢！至於仁，自己想成功，也使別人成功，自己想通達，也使別人通達。能將心比心，推己及人，可以說是行仁的方法了。」

❶ 南子：衛靈公夫人，操衛國之權。《集解》據孔安國等注，說她「淫亂，而靈公惑之。孔子見之者，欲因以說靈公，使行治道」。《史記．孔子世家》關於孔子見南子有詳細記載，雖不可盡信，亦可作參考。❷ 矢：誓，見《爾雅．釋言》。❸ 所：代詞，後面或與「者」字搭配相用。誓詞中對於指誓之事多用「所」字結構的詞組。閻若璩《四書釋地》：「《集注》：『所，誓辭也，如所不與崔慶之類（按，見《左傳．襄公二十五年》）。』因思僖二十三年『所不與舅氏同心者，有如白水（按，當為僖二十四年）』，文十三年『所不歸爾帑者，有如河』，宣十七年『所不此報，無能涉河』……皆有所字，足徵其確。但何以用所字，未解。曰：『所，指物之辭。』余欲易此注曰：『所，指物之辭，凡誓辭皆有。』」否：不當，不對。朱熹《集注》：「否，謂不合於禮，不由於道也。」❹ 中庸：後人解釋多有增衍附會之義。綜考《論語》中有關言論，中庸之義主要指折中、適當、不走極端。中庸即以中為用、取用其中的意思。如孔子反對過頭或不及：「過猶不及」（〔11•16〕），「樂而不淫，哀而不傷」（〔3•20〕）；主張執中、中行：「允執其中」（〔20•1〕），「不得中行而與之，必也狂狷乎」（〔13•21〕）；力戒片面：「我叩其兩端而竭焉」（〔9•8〕）。《禮記．中庸》本此而作，但發揮中庸思想不全符合孔子本意。孔子中庸思想的社會實踐標準是禮義，如非禮不得視、聽、言、動（〔12•1〕），「勇而不禮則勞，慎而無禮則葸，勇而無禮則亂，直而無禮則絞」（〔8•2〕），「禮樂不興，則刑罰不中」（〔13•3〕），「無適也，無莫也，義之與比」（〔4•10〕）等。❺ 至：指至高無上，至美無比。《論語》中稱至德處有三，此外兩處見〔8•1〕，（〔8•20〕）。❻「民鮮」句：參見〔15•4〕「知德者鮮矣」。《禮記．中庸》：「仲尼曰：『君子中庸，小人反中庸。』君子之中庸，君子而時中，小人之反（據《經典釋文》，王肅本有「反」字）中庸也，小人而無忌憚也。」❼ 事（zì）：同「傳」，置。由本章可知，孔子認為仁只是能近取譬，推己及人的同情和施恩，並不是博愛大眾，普施廣濟。如果是後者，那已達到了聖，不僅有修養的君子做不到，就連聖人如堯舜之類做起來也感到為難。關於仁與聖之別以及君子與聖人的區別，可參見〔7•26〕「聖人吾不得而見之矣，得見君子者斯可矣」。〔7•34〕「若聖與仁，則吾豈敢」。〔14•42〕中孔子認為君子可以做到「修己以安人」，「修己以安百姓，堯舜其猶病諸」，與本章語句不盡同，而意思全同。

述而第七

本篇包括三十八章，內容以論為學、修養、教育為主。

7·1 子曰：「述而不作①，信而好古②，竊比於我老彭③。」

7·2 子曰：「默而識之④，學而不厭，誨人不倦，何有於我哉⑤？」

7·3 子曰：「德之不修，學之不講，聞義不能徙⑥，不善不能改，是吾憂也。」

❶「述而」句：朱熹《集注》：「述，傳舊而已，作則創始也。故作非聖人不能，而述則賢者可及。……孔子刪《詩》、《書》，定禮樂，贊《周易》，修《春秋》，皆傳先王之舊而未嘗有作也。」又《禮記．中庸》：「仲尼祖述堯舜，憲章文（王）武（王）。」按孔子的許多重要思想皆有所述，如〔12·1〕「克己復禮為仁」，即出自古書記載，見《左傳．昭公十二年》。〔12·2〕答仲弓問仁說「出門如見大賓，使民如承大祭」，出自古之傳聞，見《左傳．僖公三十三年》。❷ 好古：參見〔7·20〕。❸ 老彭：商之賢大夫，見《大戴禮．虞戴德》。❹ 識（zhì）：記。❺ 何有：還有甚麼，意思是此外無他。這種句型又見〔9·16〕。本章可參見〔7·34〕。❻ 徙：趨赴。〔12·10〕有「徙義」一語，可參。「聞義」二句：可參〔7·22〕「擇其善者而從之，其不善者而改之」。

7·1 孔子說：「傳述而不創作，相信並喜愛古代文化，姑且私下把自己比為老彭。」

7·2 孔子說：「默默用心記下知識，勤奮學習而不厭煩，教誨別人永不倦怠，對我來說此外還有甚麼呢？」

7·3 孔子說：「對道德不修養，對學問不講論，聽到道義不能奔赴，聽到缺點不能改正，這些都是我的憂慮啊。」

7·4　子之燕居①，申申如也②，夭夭如也③。

7·5　子曰：「甚矣吾衰也！久矣吾不復夢見周公④！」

7·6　子曰：「志於道⑤，據於德⑥，依於仁，遊於藝⑦。」

7·7　子曰：「自行束脩以上⑧，吾未嘗無誨焉。」

7·8　子曰：「不憤不啟⑨，不悱不發⑩。

7·4　孔子在家閒居，整齊端莊，和舒自然。

7·5　孔子說：「我衰朽得多麼厲害啊！我已經好久不曾夢見周公了！」

7·6　孔子說：「信仰政治理想，執守道德修養，依據仁愛學說，廣泛涉獵文化技藝。」

7·7　孔子說：「從帶着束脩自願履行最基本進見禮儀以上的人，我沒有不加以教誨的。」

舉一隅不以三隅反⑪，則不復也。」

❶燕居：即宴居，古人退朝而處叫「燕居」。❷申申：整飭的樣子。❸夭夭：和舒的樣子。❹周公：姓姬，名旦，周文王之子，武王之弟，魯國的始封之君。曾輔佐周成王，制禮作樂，多有建樹。是孔子所敬仰的古聖人之一。孔子把周公視為周代文化的代表，把夢見周公視為盛世有望的瑞兆，把自己的命運與世道的興衰緊緊聯繫在一起，參見〔9·9〕。❺道：指典範的政治理想，即「天下有道」（〔16·2〕）的道。又《禮記．禮運》：「孔子曰：『大道之行也（指五帝時），與三代之英（指禹、湯、文王、武王、成王、周公），丘未逮也，而有志焉。』」❻據：執守。〔19·2〕「執德不弘，信道不篤」。可與以上兩句互參。❼遊：廣泛涉獵。藝：指禮、樂、射、御、書、數六藝。此句即「博學於文」（〔6·27〕、〔12·15〕）之意。本章講進德修業。前三句有關政治、道德的修養和實踐，是根本；後一句有關文化技藝的學習，居於從屬地位。從所用動詞字眼的輕重上，也能看出兩方面有主次之分，與〔1·6〕「行有餘力，則以學文」的思想是一致的。如果能分清主次，全面兼顧，就是「君子儒」；如果忽略根本，只知學文，就是「小人儒」（參見〔6·13〕）。另外可參見〔7·25〕、〔7·33〕等。❽束脩：十條乾肉。脩為脯，即乾肉。每條乾肉叫一脡（tǐng），十脡為一束。束脩算是微薄的拜見禮物。本章反映了孔子「有教無類」（〔15·39〕）的思想。❾憤：精神振奮，情緒飽滿。這裏形容求知慾望強烈。《集解》引鄭玄注「心憤憤」。朱熹《集注》：「憤者，心求通而未得之意。」啟：開導。❿悱（fěi）：《集解》引鄭玄注「口悱悱」。朱熹《集注》：「悱者，口欲言而未能之貌。」⓫隅：方。方位一般有四方。舉一隅：蜀石經、皇侃《論語義疏》本、《文選．西京賦》李善注引文，皆作「舉一隅而示之」，當為原貌。《集解》引鄭玄注：「說則舉一隅以語之」，則鄭注本當亦有「而示之」三字。反：還復。朱熹《集注》：「反者，還以相證之義。」本章體現了孔子啟發式的教學方法。

7.8 孔子說：「不到發憤求知的程度不進行開導，不到欲言不能的程度不進行啟發。舉示一方不能推知其他三方，對這樣的人就不再進行教誨了。」

7·9　子食於有喪者之側，未嘗飽也①。

7·10　子於是日哭，則不歌②。

7·11　子謂顏淵曰：「用之則行，舍之則藏，惟我與爾有是夫！」

子路曰：「子行三軍③，則誰與？」

子曰：「暴虎馮河④，死而無悔者，吾不與也；必也臨事而懼，好謀而成者也。」

7·12　子曰：「富而可求也⑤，雖執鞭之士⑥，吾亦為之。如不可求，從吾所好。」

7·9　孔子在家有喪事的人旁邊吃飯，從未吃飽過。

7·10　孔子如在這一天哭弔過，就不再唱歌了。

7·11　孔子對顏淵說：「如果被任用，就施展抱負；如果被捨棄，就藏身自愛。只有我和你能做到這樣吧！」

子路說：「老師如果統帥三軍，那麼跟誰共事呢？」

孔子說：「徒手搏虎，徒身渡河，雖死而不後悔的人，我不跟他共事；我跟他共事的，一定是

7·13 子之所慎：齊⑦，戰，疾。

7·14 子在齊聞《韶》⑧，三月不知肉味，曰：「不圖為樂之至於斯也。」

---

❶本章反映了孔子的同情心。❷《經典釋文》論本章說：「舊以為別章，今宜合前章。」朱熹《集注》從之。按，以不合為是。《禮記・曲禮上》：「哭日不歌。」《檀弓下》：「弔於人，是日不樂。」可見弔哭之日不再唱歌是一種致哀之禮。❸行：為。這裏是統帥、治理之義。三軍：古時王六軍，大國三軍，次國二軍，小國一軍，見《周禮・夏官》。❹暴虎：徒手搏虎。馮（píng）河：徒身渡河。《大戴禮・曾子大孝》談到不敢以身體冒險時，曾提到「舟而不游」。本章反映了孔子處世謀事的態度，他主張謹慎、靈活，反對魯莽無謀。參見〔5・2〕、〔9・13〕、〔14・1〕、〔15・7〕、〔15・12〕等。❺而：如。可求：不僅指求之可能，也指求之合乎道義。❻執鞭之士：士之賤者。《周禮・秋官・條狼氏》：「條狼氏掌執鞭以趨辟（趨而辟行人），王出入則八人夾道，公則六人，侯伯則四人，子男則二人。凡誓，執鞭以趨於前，且命之。」本章反映了孔子對待富貴的態度，參見〔4・5〕、〔7・16〕。❼齊（zhāi）：同「齋」，即齋戒，為祭祀之前潔身清志的整肅舉動。❽《韶》：見〔3・25〕注❶。本章反映了孔子對《韶》樂的欣賞和沉醉，參見〔3・25〕。

臨事謹慎小心，善於謀劃而取得成功的人。」

7·12 孔子說：「財富如果可以求得，即使是執鞭之士的賤職，我也願擔任。如果不可以求得，那就遂其心願，從我所好。」

7·13 孔子所謹慎對待的事有：齋戒，戰爭，疾病。

7·14 孔子在齊國聽到《韶》樂，三個月來不曉得肉味的鮮美，說：「不料欣賞音樂竟達到這種境界。」

7·15 冉有曰：「夫子為衛君乎①？」子貢曰：「諾，吾將問之。」

入，曰：「伯夷、叔齊何人也②？」曰：「古之賢人也。」曰：「怨乎？」曰：「求仁而得仁③，又何怨？」

出，曰：「夫子不為也。」

7·16 子曰：「飯疏食④，飲水，曲肱而枕之⑤，樂亦在其中矣。不義而富且貴，於我如浮雲⑥。」

7·17 子曰：「加我數年，五十以學《易》⑦，可以無大過矣。」

7·15 冉有說：「老師會贊助衛君嗎？」子貢說：「好吧，我將去問問他。」

子貢進到孔子屋裏，問道：「伯夷、叔齊是甚麼樣的人？」孔子說：「是古代的賢人。」又問道：「他們互相讓位，都未當成國君，會有悔恨嗎？」孔子說：「他們追求仁德而都得到了仁德，又有甚麼可悔恨的呢？」

子貢從孔子屋裏出來，說：「老師不贊助衛君。」

7·16 孔子說：「吃粗飯，喝白水，彎起胳膊枕着安歇，快樂

❶為：助。衛君：指衛出公輒，衛靈公之孫，太子蒯聵之子。魯定公十四年，太子蒯聵得罪衛靈公夫人南子，受衛靈公逐，逃往宋國。魯哀公二年，衛靈公死，南子立輒為君。宋國接納蒯聵的趙簡子企圖借武力把蒯聵送回衛國繼位為君，衛出公拒之。事見《左傳．宣公十四年》及《春秋》哀公二年、哀公三年，亦見《史記．衛康叔世家》。其時孔子在衛國，弟子們不知孔子是否贊助衛君輒拒其父蒯聵回國，故發此問。❷伯夷、叔齊：見〔5•23〕注❽。伯夷、叔齊兄弟在其父孤竹君死後，互相讓位，結果都逃出自己的國家。這裏子貢借伯夷、叔齊兄弟互相讓位的事試探孔子對衛出公與其父爭位一事的態度，並由孔子肯定伯夷、叔齊，而知孔子不贊助衛出公。❸「求仁」句：孔子認為伯夷、叔齊成全了孝悌，而孝悌為仁之根本（見〔1•2〕），故有此云。❹疏：粗。〔10•9〕及《孟子．萬章上》皆有「疏食菜羹」之語。❺肱（gōng）：上臂。這裏泛指胳膊。❻如浮雲：謂浮雲在天，與己無關。《集解》引鄭玄注：「於我如浮雲，非己之有。」本章反映了孔子安貧樂道的思想，參見〔4•5〕，〔7•12〕。❼易：《周易》。《經典釋文》：「如字。《魯》（《魯論語》）讀『易』為『亦』，今從《古》（《古文論語》）。」《釋文》所錄，為鄭玄注。可知今文經《魯論語》「易」作「亦」，連下讀，作「五十以學，亦可以無大過矣」。按，以古文為是。五十學《易》，與閱歷有關，朱熹《朱子語類》卷一一七：「此書（指《易》）自是難看，須經歷世故多，識盡人情物理，方看得入。」學《易》而無大過，與知天命有關，參見〔2•4〕「五十而知天命」。《集解》：「《易》窮理盡性以至於命。年五十而知天命，以知命之年，讀至命之書，故可以無大過。」

也就自在其中了。用不正當的手段得來的富貴，對於我就如同天際的浮雲一般。」

7·17　孔子說：「添我幾年壽數，到五十歲時去學習《周易》，便可以知天命而沒有大的過錯了。」

7·18 子所雅言①：《詩》、《書》、執禮，皆雅言也。

7·19 葉公問孔子於子路②，子路不對。子曰：「女奚不曰：其為人也，發憤忘食，樂以忘憂，不知老之將至云爾③。」

7·20 子曰：「我非生而知之者④，好古，敏以求之者也⑤。」

7·21 子不語怪、力、亂、神⑥。

7·22 子曰：「三人行，必有我師焉；擇

7·18 孔子用雅言的時候：誦《詩經》、讀《尚書》、主持禮儀，都用雅言。

7·19 葉公向子路問孔子是怎樣的一個人，子路不回答。孔子對子路説：「你為甚麼不這樣説：他的為人，發憤學習以致忘記吃飯，自得其樂以致忘記憂愁，不理會老衰之年快要到來，如此而已。」

7·20 孔子説：「我不是天生的智者，而是喜好古代文化，通過勤奮學習而求得知識的人。」

其善者而從之，其不善者而改之⑦。」

7·23　子曰：「天生德於予⑧，桓魋其如予何⑨？」

❶ 雅言：通行的標準語，又稱「正言」。❷ 葉（shè）：楚國地名，今河南葉縣南三十里古葉城即其地。葉公：楚國大夫沈諸梁，字子高，為葉地縣尹。《左傳》定公、哀公期間記有他的事蹟。❸ 云爾：如此罷了。❹ 生而知之者：孔子認為「生而知之者」是智力最上等的人，「學而知之者」是智力次等的人，「困而不學者」是智力最下等的人，參見〔16·9〕。由此可知，孔子自認為是中等之材。❺「好古」以下二句：參見〔7·1〕、〔7·28〕。❻ 本章反映了孔子崇尚道德和質實的思想。參見〔14·33〕「驥不稱其力，稱其德也」、〔17·23〕「君子尚勇乎」。❼ 本章說明孔子善於從正反兩方面進行學習，故隨時隨地都能發現老師。❽ 德：道德，指周代的道德傳統，〔8·20〕「周之德，其謂至德也已矣」。這裏孔子以周代的道德化身自居，與〔9·5〕中以周代的文化代表自居一樣。每當危急之時，孔子總是以替天行道的勇者面目出現，這種情況也可與〔9·5〕互參。❾ 桓魋（tuí）：宋國的司馬向魋，因為是宋桓公的後代，故又叫桓魋。關於本章的背景，《史記·孔子世家》云：「孔子去曹，適宋，與弟子習禮大樹下。宋司馬桓魋欲殺孔子，拔其樹。孔子去，弟子曰：『可以速矣。』孔子曰：『天生德於予，桓魋其如予何？』」

7·21　孔子從不談論怪異、強力、暴亂、鬼神。

7·22　孔子說：「三人同行，必有我可師法的人在其中；選擇他們的優點照着去做，借鑒他們的缺點而注意改正。」

7·23　孔子說：「天把道德降生在我身上，桓魋能把我怎麼樣呢？」

7·24 子曰：「二三子以我為隱乎①？吾無隱乎爾。吾無行而不與二三子者，是丘也。」

7·25 子以四教：文，行，忠，信②。

7·26 子曰：「聖人③，吾不得而見之矣；得見君子者④，斯可矣。」

子曰：「善人⑤，吾不得而見之矣；得見有恆者，斯可矣。亡而為有⑥，虛而為盈，約而為泰，難乎有恆矣。」

7·27 子釣而不綱⑦，弋不射宿⑧。

7·24 孔子說：「你們這些弟子以為我有所隱瞞吧？我沒有隱瞞於你們的啊。我沒有任何行為不向你們這些弟子公開的，這正是我孔丘的特點。」

7·25 孔子用四種內容來教育學生：文化技藝，禮義實踐，待人忠誠，辦事信實。

7·26 孔子說：「聖人，我是不能見到了；能見到君子，也就可以了。」

孔子又說：「善人，我是不能見到了；能見到有恆心向善的

7·28 子曰：「蓋有不知而作之者⑨，我無是也。多聞，擇其善者而從之，多見而識之⑩，知之次也⑪。」

❶隱：隱瞞。弟子們每每懷疑孔子在教學上有所隱瞞，〔16·13〕也是如此，可參看。其實這是一種誤會，孔子重身教，輕言教，即使言教，也往往引而不發（參見〔7·8〕），因此使弟子產生此疑。❷此四者包括德和才，其中行、忠、信屬於德，佔據其三，文屬於才，僅佔其一。孔子總是把德放在重要地位，把才放在次要地位。參見〔1·6〕，〔7·6〕。❸聖人：指「博施於民而能濟眾」的人，參見〔6·30〕，〔7·34〕。❹君子：指有仁德的人。在〔6·30〕及〔7·34〕中，孔子把「聖」與「仁」的區別説得非常明確。❺善人：相當於君子（仁人），參見〔11·19〕，〔13·11〕，〔13·29〕，〔20·1〕。❻亡：無。❼綱：用大繩（綱）橫遮流水，繩上再用生絲羅列繫鉤以取魚，這種方法叫「綱」。❽弋（yì）：用生絲繫矢而射叫「弋」。宿：指歸宿的鳥。《孟子．盡心上》説：「親親而仁民，仁民而愛物。」本章即反映了孔子的愛物美德。這種美德表現為遵守古代取物有節的資源保護的社會公約，《大戴禮．曾子大孝》：「草木以時伐焉，禽獸以時殺焉。夫子曰：『伐一木，殺一獸，不以其時，非孝也。』」賈誼《新書．禮》：「不合圍，不掩羣，不射宿，不涸澤，豺不祭獸，不田獵，獺不祭魚，不設網罟……取之有時，用之有節，則物蓄多。」《禮記．王制》也有類似記載。❾作：創造。❿識（zhì）：記。「多聞」二句：即「述而不作」、「敏以求之」之意。⓫知之次：孔子認為「生而知之者，上也；學而知之者，次也」（〔16·9〕）。知之次，即次於「生而知之者」的「學而知之者」。

人，也就可以了。無有卻裝作富有，空虛卻裝作充實，困約卻裝作侈泰，這樣的人便難以有恆心向善了。」

7·27 孔子釣魚而不用帶着許多鈎鈎的綱取魚，用帶絲繩的箭射鳥時從不射歸宿的鳥。

7·28 孔子説：「大概有不知其然而盲目創作的吧，我沒有這樣的情況。總是多多地聽，選擇其中好的東西加以遵從，多多地看，並且用心記下來，我這種知屬於次一等的知。」

7.29 互鄉難與言①，童子見，門人惑。子曰：「與其進也，不與其退也，唯何甚？人潔己以進，與其潔也，不保其往也②。」

7.30 子曰：「仁遠乎哉？我欲仁，斯仁至矣③。」

7.31 陳司敗問④：「昭公知禮乎⑤？」孔子曰：「知禮。」孔子退，揖巫馬期而進之⑥，曰：「吾聞君子不黨，君子亦黨乎？君取於吳⑦，為同姓⑧，謂之吳孟子⑨。君而知禮，孰不知禮？」巫馬期以告。子曰：「丘也幸，苟有過，人必知之⑩。」

7.29 互鄉人難於跟他們講話，卻有一童子被孔子接見，弟子們疑惑不解。孔子說：「贊同他的進步，不贊同他的倒退，這有甚麼過分？別人潔身自愛以求進步，就肯定人家的潔身自愛，不要死盯住人家有污點的過去。」

7.30 孔子說：「仁離我們很遠嗎？我想達到仁，那麼仁就會到來。」

7.31 陳司敗問：「魯昭公懂得禮嗎？」孔子說：「懂得禮。」孔子走了以後，陳司敗向

7·32 子與人歌而善，必使反之，而後和之。

❶互鄉：地名，不詳所在。這裏指互鄉人。❷保：守，拘守。❸「我欲」二句：參見〔12·1〕「為仁由己，而由人乎哉？」本章孔子勉勵人修養仁德，參見〔4·6〕，〔9·31〕。❹陳司敗：人名，齊國大夫，其詳無考（據《正義》引鄭玄注）。一說司敗為官名，陳國大夫（見《集解》引孔安國說）。❺昭公：魯昭公，名裯，襄公庶子，「昭」是謚號。❻巫馬期：孔子的學生，姓巫馬，名施，字子期。❼取：同「娶」。❽為同姓：魯為周公之後，吳為太伯之後，皆姬姓。❾吳孟子：當時國君夫人的稱號，一般是生長之國的國名加上本姓，魯昭公娶於吳，其夫人的名字應是吳姬。但「同姓不婚」，昭公娶於吳違背了禮，因此諱稱其夫人為吳孟子。❿「丘也」三句：君子於其過不加文飾，小人則相反，參見〔19·8〕，〔19·21〕，故孔子以人知其過為有幸。

巫馬期作揖請他走到自己面前，說道：「我聽說君子無所偏私，難道君子也偏私嗎？魯君娶夫人於吳國，因為是同姓，故諱稱夫人為吳孟子。魯君如果算是懂得禮，還有誰不懂得禮呢？」巫馬期把這番話告訴了孔子。孔子說：「我孔丘算是有幸，一旦有了過錯，人家一定會知道。」

7·32 孔子與別人一起唱歌，如果唱得好，一定請別人再唱一遍，然後和着一起唱。

7·33 子曰：「文莫①，吾猶人也。躬行君子，則吾未之有得。」

7·34 子曰：「若聖與仁②，則吾豈敢？抑為之不厭③，誨人不倦，則可謂云爾已矣。」公西華曰④：「正唯弟子不能學也。」

7·35 子疾病⑤，子路請禱。子曰：「有諸？」子路對曰：「有之。誄曰⑥：『禱爾于上下神祇⑦。』」子曰：「丘之禱久矣。」

7·36 子曰：「奢則不孫⑧，儉則固⑨。與其不孫也，寧固。」

7·33 孔子說：「論努力，我跟別人差不多。在實踐上完全達到君子的標準，那我未能做得到。」

7·34 孔子說：「至於聖和仁，那我怎敢當？還是學習實踐永不厭煩，教誨別人永不倦怠，只可說是如此罷了。」公西華說：「這正是我們弟子所不能學到的。」

7·35 孔子得了重病，子路請求為他祈禱。孔子說：「有這樣的事嗎？」子路答道：「有的。

7·37 子曰：「君子坦蕩蕩⑩，小人長戚戚⑪。」

7·38 子溫而厲⑫，威而不猛，恭而安。

❶文莫：通「忞慔」。《說文解字》：忞，強也。慔，勉也。忞慔為聯綿字，忞黽同音，慔勉雙聲，韻母陰陽對轉，「忞慔」猶言黽勉、努力。又《方言》說：「侔莫，強也。北燕之外郊，凡勞而相勉，若言努力者，謂之侔莫。」侔莫亦為聯綿字，與「文莫」、「黽勉」聲近義通。另一解，於「文」字斷句，「文」指文獻、文辭（《史記・孔子世家》、《集解》引孔安國說、朱熹《集注》），「莫」或解為否定詞（《集解》引孔安國說），或解為疑詞（朱熹《集注》），亦不無道理，如〔1・6〕將「入則孝，出則弟，謹而信，泛愛眾而親仁」（所謂「躬行君子」）與「行有餘力，則以學文」並提；〔7・6〕將「志於道，據於德，依於仁」（所謂「躬行君子」）與「遊於藝」（所謂「文」）並提。兩說相較，以前一說為優，參見下一章。❷聖：聖人的標準。仁：君子的標準。兩者的具體內容可參見〔6・30〕，兩者有別可參見〔7・26〕。❸抑：還是。「抑為」三句：參見〔7・2〕。❹公西華：即公西赤，見〔5・8〕注❻。❺疾病：《經典釋文》引鄭玄注本無「病」字，皇侃《義疏》本同。無「病」字當為原貌。《說文解字》：「疾，病也。」「病，疾加也。」籠統而論，二字意義無別。《論語》中此處之「疾」及〔8・3〕、〔8・4〕「曾子有疾」之「疾」，均指病重而言。❻誄（lěi）：禱文。《說文解字・言部》「讄」字下引此文作「讄」。讄，為生者祈禱之文。誄，為死者哀悼之文。此種區別不嚴格，讄亦可作「誄」。❼祇（qí）：地神。❽孫（xùn）：同「遜」。❾固：固陋。❿蕩蕩：寬廣的樣子。⓫戚戚：憂懼。⓬子：《經典釋文》校云：「一本作子曰。」皇侃《義疏》本作「君子」。存以備參。

誄文上說：『為你向天神地祇祈禱。』」孔子說：「那麼我早已祈禱過了。」

7·36 孔子說：「奢侈就會不謙讓，節儉就會固陋。與其不謙讓，寧肯固陋。」

7·37 孔子說：「君子心懷平坦寬廣，小人心懷憂懼不安。」

7·38 孔子溫和而嚴厲，威嚴而不兇猛，肅敬而安詳。

泰伯第八

本篇包括二十一章，論古聖賢的內容較為突出，從中可以看出孔子的政治理想。另外，記載曾參言行的內容較多，曾參在孔子的學生中，是比較注重道德修養的一個人。

8·1 子曰：「泰伯①，其可謂至德也已矣②。三以天下讓③，民無得而稱焉④。」

8·2 子曰：「恭而無禮則勞⑤，慎而無禮則葸⑥，勇而無禮則亂⑦，直而無禮則絞⑧。

❶泰伯：亦作「太伯」，周朝祖先古公亶父（周太王）的長子。他的兩個弟弟依次為仲雍和季歷。季歷的兒子為姬昌。傳說古公亶父想把君位通過賢子季歷傳給有聖端的姬昌。古公亶父得了重病，泰伯為實現父親的意願，便偕同仲雍出走到荊蠻之地，自號勾吳，立為吳太伯，成為吳國的始祖。古公亶父死後，季歷立為君，後傳位姬昌，即周文王。詳見《史記．周本紀》及《吳太伯世家》。❷至德：至高的道德。〔8•20〕「周之德，可謂至德也已矣」。❸天下：指君權。關於三讓，前人眾說紛紜，劉寶楠《論語正義》引鄭玄注說：「太王疾，泰伯因適吳越採藥，太王歿而不返，季歷為喪主，一讓也。季歷赴之，不來奔喪，二讓也。免喪之後，遂斷髮文身，三讓也。」其他《韓詩外傳》及《論衡．四諱》亦皆有說。按，三泛指多數，不必枉考史實以湊其數。❹無得：同「無能」，無法之義。此句與〔8•19〕「民無能名焉」同義。本章反映了孔子禮讓、讓賢的政治思想，可見他並不拘守嫡長子繼承的宗法制度。❺恭而無禮：即「足恭」，足恭是可恥的（〔5•25〕），而「恭近於禮，遠恥辱也」（〔1•13〕）。勞：憂煩不安。❻慎而無禮：即過分小心，如「季文子三思而後行」（〔5•20〕）就是其例。葸（xǐ）：畏懼。❼勇而無禮：即魯莽之勇，子路的行為多有此弊，常常受到孔子批評。❽直而無禮：即所謂憨直、愚直，如「其父攘羊，而子證之」（〔13•18〕）就是其例。絞：急切刺人。

8·1 孔子說：「論泰伯，那可以說具備至高無上的道德了。多次把天下讓給弟弟季歷，老百姓無法用語言充分稱讚他。」

8·2 孔子說：「恭敬而不符合禮就會憂煩不安，謹慎而不符合禮就會畏縮不前，勇敢而不符合禮就會違法作亂，直率而不符合禮就會尖刻傷人。

君子篤於親①，則民興於仁，故舊不遺②，則民不偷③。」

8.3 曾子有疾，召門弟子曰：「啟予足④！啟予手！《詩》云：『戰戰兢兢，如臨深淵，如履薄冰⑤。』而今而後，吾知免夫⑥！小子！」

8.4 曾子有疾，孟敬子問之⑦。曾子言曰：「鳥之將死，其鳴也哀；人之將死，其言也善。君子所貴乎道者三：動容貌⑧，斯遠暴慢矣；正顏色，斯近信矣；出辭氣⑨，斯遠鄙倍矣⑩。籩豆之事⑪，則有司存⑫。」

君子厚待自己的親族，老百姓就會興起仁德的修養，君子不遺棄自己的故舊，老百姓就不會待人薄情寡義。」

8.3 曾參得了重病，把自己的學生召到跟前說：「看看我的腳！看看我的手！《詩經》說：『總是戰戰兢兢，像面臨深淵一樣，像腳踩薄冰一樣。』從今以後，我才確知可以避免傷殘之害了！弟子們啊！」

8.4 曾參得了重病，孟敬子來探問他。曾參對孟敬子說：

8·5　曾子曰：「以能問於不能，以多問於寡，有若無，實若虛，犯而不校，

❶「君子」句：參見〔1·13〕、〔8·10〕。❷遺：棄。此句參見〔18·10〕。❸偷：薄。這裏指情意淡薄。「君子」四句：「親」指同姓而言，「故舊」指外姓而言，《左傳·宣公十二年》有「內姓選於親，外姓選於舊」的話。又此四句與前四句似不連貫，故有人認為當分為另一章。本章前四句反映了孔子把禮作為道德準則的重要思想。他認為恭、慎、勇、直都屬於好的品質，但必須「約之以禮」（〔12·15〕），否則就會「過猶不及」（〔11·16〕），走向反面，違背中庸之道；或「質勝文則野」（〔6·18〕），成不了「文質彬彬」的君子。參見〔14·12〕。❹啟：有二解，一說開義，當中又有指「開衾」以及指「展平手足」之區別。另一說啟為「䀘」之借字，《說文》：「䀘，視也。」《廣雅·釋詁》同。王念孫《廣雅疏證》引《論語》此文，謂啟與䀘同。以後一說為長。❺引《詩》出《詩·小雅·小旻》。❻免：指免於災難、刑戮，以保全身體。曾參以孝著稱，而保全身體為孝的重要內容，《孝經》說：「身體髮膚，受之父母，不敢毀傷。」《大戴禮·曾子大孝》載：「樂正子春下堂而傷其足，傷瘳，數月不出，猶有憂色。門弟子問曰：『夫子傷足瘳矣，數月不出猶有憂色，何也？』樂正子春曰：『善如爾之問也。吾聞之曾子，曾子聞諸夫子，曰：「天之所生，地之所養，人為大矣。父母全而生之，子全而歸之，可謂孝矣；不虧其體，可謂全矣。」故君子頃步之不敢忘也。今予忘夫孝之道矣，予是以有憂色也。』」身處亂世，能保全身體尤為不易，參見〔5·2〕「邦無道，免於刑戮」。❼孟敬子：魯國大夫孫捷。❽動：作，這裏指整肅。❾出：超特，高尚。❿鄙：粗野，鄙陋。倍：同「背」，乖戾。⓫籩（biān）：一種竹器，高腳，上面為寬闊碗形容器，祭祀時用來盛果實等食品。豆：形狀像籩一樣的器皿，木製，有蓋，用來盛有汁的食物。「籩豆之事」指禮儀的細微末節事宜。⓬有司：主管具體事務的小吏。本章是說君子對於禮儀應注重容態儀表等大的方面，而不要拘泥於煩瑣小事。參見〔15·17〕。

「鳥在快死的時候，牠的叫聲哀涼；人在快死的時候，他的話語美善。君子注重禮道的地方有三點：整肅容貌，就會遠離粗暴和怠慢；端莊臉色，就會近於信誠；講究言辭語調，就會遠離粗俗和乖戾。至於籩豆之類的具體小事，自有主管人員在那裏操持。」

8·5　曾參說：「以能者的身份向能力差的人請教，以博學多聞者的身份向淺學寡聞的人請教，有卻像沒有，充實卻像空虛，受到冒犯卻不計較，

昔者吾友嘗從事於斯矣①。」

8·6 曾子曰：「可以託六尺之孤②，可以寄百里之命③，臨大節而不可奪也④，君子人與？君子人也。」

8·7 曾子曰：「士不可以不弘毅⑤，任重而道遠。仁以為己任，不亦重乎？死而後已，不亦遠乎？」

8·8 子曰：「興於《詩》，立於禮，成於樂⑥。」

從前我的一位朋友曾經努力這樣做過。」

8·6 曾參說：「可以把幼年孤主託付給他，可以把國家政令託他代管，面臨重大關頭而又不能使他動搖，這算君子一類的人嗎？無疑是君子一類的人。」

8·7 曾子說：「士不可不志向遠大、意志堅毅，因為肩負重任，路途遙遠。以實行仁德為己任，不是很沉重嗎？直到死才能罷休，不是很遙遠嗎？」

8·9 子曰：「民可使由之⑦，不可使知之。」

8·10 子曰：「好勇疾貧，亂也⑧。

❶ 吾友：《集解》引馬融曰：「友謂顏淵。」本章曾子所稱讚的具有謙虛美德的人，與〔7·26〕中孔子所批評的「亡而為有，虛而為盈，約而為泰，難乎有恆」的人恰成鮮明的對照。❷ 六尺之孤：幼年孤兒。古時尺小，以身高七尺為成年。六尺指十五歲之下。託六尺之孤：指受前君之命輔佐幼主。❸ 百里：方圓百里之地，指諸侯大國。寄百里之命：指攝國政。❹ 大節：重大關頭、重大事情。《集解》：「大節：安國家，定社稷。」奪：改易，動搖。❺ 弘毅：《集解》引包咸注：「弘，大也。毅，強而能斷也。」又章炳麟《廣論語駢枝》說：「《說文》：『弘，弓聲也。』後人借『強』為之，用為『彊』義。此『弘』字即今之『強』字也。《說文》：『毅，有決也。』任重須彊，不彊則力絀；致遠須決，不決則志渝。」亦通。❻ 本章講學習、修養的內容和過程。孔子曾說「不學《詩》，無以言」，「不學禮，無以立」（〔16·13〕）。《集解》引包咸注：「興，起也，言修身當先學《詩》。禮者，所以立身。樂所以成性。」❼ 之：指道。下「之」字同。〔17·4〕「小人學道則易使」。本章是說老百姓可以遵道而行，但不知其所以然。因為孔子認為「民」屬於「中人以下」，而「中人以下，不可以語上也」（〔6·21〕）。《孟子．盡心上》：「行之而不著焉，習矣而不察焉，終身由之而不知其道者，眾也。」《禮記．中庸》：「百姓日用而不知。」皆發揮本章之義，可參。❽「好勇」句：是說不能安貧樂道，遵禮而行。參見〔8·2〕「勇而無禮則亂」，〔1·15〕「未若貧而樂」，〔14·10〕「貧而無怨難」，〔15·32〕「君子憂道不憂貧」。

8·8 孔子說：「感興在於《詩》，立身在於禮，完成在於樂。」

8·9 孔子說：「老百姓可使他們遵照道而行，不可使他們通曉道的真諦。」

8·10 孔子說：「勇敢好鬥卻憎惡貧困，就會造成禍亂。

人而不仁，疾之已甚，亂也①。」

8·11 子曰：「如有周公之才之美②，使驕且吝，其餘不足觀也已。」

8·12 子曰：「三年學，不至於穀③，不易得也。」

8·13 子曰：「篤信好學，守死善道④。危邦不入，亂邦不居。天下有道則見，無道則隱。邦有道，貧且賤焉，恥也；邦無道，富且貴焉，恥也⑤。」

別人不仁，如果憎恨他太過分，就會造成禍亂。」

8·11 孔子說：「假使有周公那樣的才能和美質，如果驕傲而吝嗇，那麼其餘的長處也就不足觀了。」

8·12 孔子說：「學了三年，還不念及做官受祿，這種人是不易得的。」

8·13 孔子說：「篤信不疑，勤奮好學，至死堅守真理。危難的國家不進入，動亂的國家不居

8·14 子曰：「不在其位，不謀其政⑥。」

8·15 子曰：「師摯之始⑦，《關雎》之亂⑧，洋洋乎盈耳哉⑨！」

❶「人而」句：《大戴禮．曾子立事》：「君子惡人之不善而弗疾也。」❷周公：即周公旦。❸穀（gǔ）：俸祿。因古代以穀米為俸祿，故稱。❹善道：指正確的學說。參見〔4·8〕「朝聞道，夕死可也」、〔19·2〕「信道不篤」。❺「邦有」數句：參見〔14·1〕「邦有道，穀；邦無道，穀，恥也。」本章表現了孔子的處世態度和富貴觀。參見〔4·5〕。❻「不在」二句：又見〔14·26〕。與《周易．艮卦．象辭》「君子以思不出其位」意思相同。❼師摯：魯國的太師（樂官之長），名摯。始：樂曲的開端，詳下注。❽《關雎》：《詩經．周南》的第一篇，這裏指樂章而言。亂：樂曲的終了。劉台拱《論語駢枝》對始、亂有所考證：始者，樂之始；亂者，樂之終。《樂記》（見《禮記》）曰：「始奏以《文》，復亂以《武》。」又曰：「再始以著往，復亂以飭歸。」皆以始、亂對舉，其義可見。凡樂之大節，有歌有笙，有間有合，是為一成。始於升歌，終於合樂，是故升歌為之始，合樂謂之亂。《周禮．太師職》：「大祭祀，帥瞽登歌。」《儀禮．燕》及《大射》皆太師升歌。摯為太師，是以云「師摯之始」也。合樂，《周南》之《關雎》、《葛覃》、《卷耳》，《召南》之《鵲巢》、《采蘩》、《采蘋》，凡六篇，而謂之「《關雎》之亂」者，舉上以該下。猶之言「《文王》之三」、「《鹿鳴》之三」云爾。升歌言人，合樂言詩，互相備也。❾洋洋：美盛的樣子。

留。天下政道清明就出仕，政道昏亂就隱居。國家政道清明，如果貧賤，便是恥辱；國家政治昏亂，如果富貴，便是恥辱。」

8·14 孔子說：「不居某一職位，不考慮那方面的政事。」

8·15 孔子說：「從太師摯開始時的升歌，直到《關雎》等最後的合樂，美盛已極，充耳不絕。」

8·16 子曰：「狂而不直①，侗而不愿②，悾悾而不信③，吾不知之矣！」

8·17 子曰：「學如不及，猶恐失之④。」

8·18 子曰：「巍巍乎！舜禹之有天下也，而不與焉⑤。」

8·19 子曰：「大哉！堯之為君也。巍巍乎！唯天為大，唯堯則之。蕩蕩乎！民無能名焉。巍巍乎！其有成功也⑥。煥乎！其有文章⑦。」

8·16 孔子說：「狂放卻不直率，無知卻不厚道，誠樸卻不信實，我不明白這種人何以如此！」

8·17 孔子說：「學習起來就好像總趕不上似的，還怕失掉應該學習的東西。」

8·18 孔子說：「舜禹是多麼高大啊！他們得到天下，卻不獨專其政。」

8·19 孔子說：「偉大啊！像堯那樣的君主。高大啊！只有天最大，只有堯能效法天。廣闊浩

8·20 舜有臣五人而天下治⑧。武王曰：「予有亂臣十人⑨。」孔子曰：「才難，不其然乎？唐虞之際⑩，於斯為盛。有婦人焉，九人而已。三分天下有其二⑪，以服事殷。周之德，其可謂至德也已矣。」

❶狂：狂放。參見〔5·22〕「吾黨之小子狂簡」，〔13·21〕「狂者進取」。❷侗（tóng）：無知。愿：謹厚。❸悾（kōng）悾：誠樸。本章當是慨歎今人不如古人，參見〔17·16〕。❹本章反映了孔子勤奮好學的態度。❺與（yù）：參與。不與：指不親預其事，為政以德，任賢使能，無為而治。參見〔2·1〕，〔8·21〕，〔15·5〕。❻成功：大功。❼文章：據朱熹《集注》，指禮樂法度。❽五人：《集解》引孔安國注，謂五人為禹、稷、契、皐陶、伯益。❾亂臣：皇侃《論語義疏》本無「臣」字。《經典釋文》作「予有亂十人」，謂：「本或作亂臣十人，非。」《唐石經》亦無「臣」字，旁增「臣」字。宋本、宋殘本《左傳．襄公二十八年》「武王有亂十人」，亦無「臣」字。《尚書．泰誓》亦作「予有亂十人」。可見本無「臣」字，「臣」字當是涉上文而妄增。亂：治。指治天下的人才。十人：《集解》引馬融注：「治官者十人，謂周公旦、召公奭、太公望、畢公、榮公、大顛、閎夭、散宜生、南宮适，其一人為文母。」❿唐：堯的國號。虞：舜的國號。際：下。劉寶楠《正義》：「唐虞之際者，際猶下也，後也。」引《淮南子．修務訓》及《潛夫論．遏利篇》文字為證。⓫「三分」句：據史載，周文王原是殷商的諸侯，居雍州，號西伯。由於行仁政，天下三分之二的地區皆歸從之。詳見《史記．殷本紀》。

大啊！老百姓無法用語言充分稱讚他。高大啊！他有那麼偉大的功勞業績。光彩啊！他有那麼完美的禮樂典章。」

8·20 舜有臣下五人，使天下大治。周武王說：「我有治才十人。」孔子曰：「人才難得，不確是如此嗎？堯舜以來，武王時人才最為興盛。然而其中尚有一個婦女，男人不過九人罷了。文王為諸侯時得到天下的三分之二，仍然稱臣服事於殷商。周的道德，可說是至高無上的道德了。」

8·21　子曰：「禹，吾無間然矣①！菲飲食而致孝乎鬼神②，惡衣服而致美乎黻冕③，卑宮室而盡力乎溝洫④。禹，吾無間然矣！」

❶ 間（jiàn）：非議。❷ 菲：薄。❸ 黻（fú）：祭祀時穿的禮服。冕：帽子。這裏指祭祀時戴的禮帽。❹ 溝洫：指疏導河流治水。

8·21　孔子說：「禹嘛，我對他沒有可非議的了！緊縮飲食卻用豐盛的祭品向鬼神盡孝心，穿粗惡的衣服卻把祭祀的禮服做得華美，造簡陋的宮室卻為導河治水盡力。禹嘛，我對他沒有可非議的了！」

子罕第九

本篇包括三十一章，以論學的內容為多，偶及道德修養。

9.1 子罕言利，與命，與仁①。

9.2 達巷黨人曰②：「大哉孔子！博學而無所成名③。」子聞之，謂門弟子曰：「吾何執？執御乎，執射乎？吾執御矣。」

9.3 子曰：「麻冕④，禮也；今也純⑤，儉⑥，吾從眾。拜下⑦，禮也；今拜乎上⑧，泰也⑨。雖違眾，吾從下。」

9.4 子絕四：毋意⑩，毋必⑪，毋固，毋我。

9.1 孔子很少談到利，相信命，宗奉仁。

9.2 達巷的一個人說：「博大啊，孔子！學問廣博而無法稱他為某一方面的專家。」孔子聽到後，對自己的學生說：「那麼我專掌哪一門技能呢？專掌駕車呢，還是專掌射箭呢？我專掌駕車好了。」

9.3 孔子說：「麻料做的禮帽，是合乎禮的；現今都用絲做，這樣工料儉省，我跟從眾俗。臣見君，先在堂下拜，是合乎禮的；現今都只在堂上拜，這樣驕縱。雖然違背眾俗，我還是照老樣子先在堂下拜。」

9.4 孔子杜絕四種思想毛病：不憑空揣度，不鑽牛角尖，不拘泥固執，不主觀武斷。

❶與：許，贊同。或解作連詞，則不應點斷，是說孔子很少談到利、命和仁，與孔子思想不符，因為孔子談仁的情況很多。同時連詞的用法也沒有在幾個並列成分間連舉者，如〔9·10〕「子見齊衰者、冕衣裳者與瞽者」，〔2·20〕「使民敬、忠以（連詞，義同「而」、「與」）勸」。本章反映了孔子重命、重仁而輕利的思想。孔子並不否定功利，他也談富貴，也談富民、利民，但必須以義為準，以義為先，反對見利忘義，見小利而誤大事。參見〔4·16〕，〔7·16〕，〔13·17〕，〔14·12〕，〔16·10〕等。孔子相信天命，可參見〔2·4〕注❽。❷達巷黨：名叫做「達」的里巷。《禮記．曾子問》有「昔者吾從老聃助葬於巷黨」的話，參照此章，可知「巷黨」為一個詞，即里巷。❸成名：定名。「無所成名」即沒有根據給以確定某一專家的名稱。參見〔9·6〕「多能」，〔2·12〕「君子不器」。本章反映了孔子主張博學、反對偏廢的思想。❹麻冕：用麻布做的帽子。《白虎通義．紼冕篇》：「麻冕者何？周宗廟之冠也。」❺純：黑色的絲。❻儉：朱熹《論語集注》：「儉，為省約。緇布冠以三十升布為之，升八十縷，則其徑兩千四百縷矣，細密難成，不如用絲之省約。」❼拜下：拜於堂下。按，古臣見君之禮，先行堂下拜，然後行堂上拜。❽拜乎上：指省去堂下拜，僅存堂上拜。❾泰：侈泰。本章說明孔子在禮節儀文上的折中、變通，以維護禮的本質為原則，不完全以時俗為轉移。參見〔3·4〕，〔17·9〕。❿意：同「億（臆）」，憑空揣度。〔11·18〕「億則屢中。」⓫必：非怎麼不可，鑽牛角尖而不知變通。本章反映了孔子實事求是、靈活權變的思想方法。

9.5　子畏於匡①，曰：「文王既沒，文不在茲乎②？天之將喪斯文也，後死者不得與於斯文也③；天之未喪斯文也，匡人其如予何？」

9.6　大宰問於子貢曰④：「夫子聖者與⑤？何其多能也⑥？」子貢曰：「固天縱之將聖⑦，又多能也。」

子聞之，曰：「大宰知我乎？吾少也賤，故多能鄙事。君子多乎哉？不多也。」

9.7　牢曰⑧：「子云：『吾不試⑨，故藝。』」

9.5　孔子被拘禁在匡邑，說：「文王已經死了，周代的文化傳統不都在我這裏嗎？天如果要消滅這種文化，我這晚死之人便不能得到這種文化；天如果不想消滅這種文化，匡人將能把我怎麼樣呢？」

9.6　大宰向子貢問道：「孔老夫子應該是個聖人吧？為甚麼他會那麼多技藝呢？」子貢說：「這本是上天任其發展而成為一個大聖人，並且又會很多技藝。」

孔子聽到後，說：「大宰了解我嗎？我少時低賤，因此才會那麼多技藝。君子所會的技藝多嗎？不多的。」

9.7 牢說：「孔子說：『我不曾被重用，因此學得技藝。』」

❶畏：拘囚。俞樾《羣經平議》認為這一「畏」字與《禮記．檀弓》「死而不弔者三：畏，厭，溺」的「畏」意義相同。子畏於匡：《史記．孔子世家》載：孔子由衛國到陳國，路經匡地，匡人曾遭到魯國陽貨的殘害，而孔子相貌又與陽貨相似，於是便把孔子誤認作陽貨加以囚禁，「拘焉五日」。《荀子．賦篇》說：「比干見刳，孔子拘匡。」均可證「畏」有「拘」義。匡：邑名，見於《左傳》有數處，此處當為見於《左傳．僖公十五年》的衛邑，今河南長垣西南十五里的匡城或即其地。說詳閻若璩《四書釋地》、顧棟高《春秋大事表》。❷文：指禮樂制度。❸與（yù）：及，接觸，得到。本章中孔子又一次以周文化的代表自居，參見〔7·23〕。子貢也曾把孔子視作周文化的代表，說：「文（王）武（王）之道，未墜於地，在人。……莫不有文武之道焉，夫子焉不學？」（〔19·22〕）❹大宰：本天子六卿之一，這裏是諸侯國的散位從卿，為大夫官名。具體所指，眾說不一，鄭玄注以為是吳大宰嚭，後人引《左傳》（哀公七年、十二年）、《說苑．善說篇》證成其說，詳見劉寶楠《論語正義》。❺聖：是一個最高的道德標準，居仁之上。詳見〔7·34〕注❷。❻能：指技藝。技藝為小道，屬鄙賤之事，不足與聖人聯繫在一起，故引起此大宰的疑惑。《集解》引孔安國注：「疑孔子多能於小藝。」❼將：大。❽牢：人名。《集解》引鄭玄注：「牢，弟子牢也。」但不見《史記．仲尼弟子列傳》，當是缺漏。《孔子家語．七十二弟子解》說：「琴牢，衛人，字子開，一字子張。」恐不可信。❾試：用。指用世、做官。

9.8 子曰：「吾有知乎哉？無知也。有鄙夫問於我，空空如也①，我叩其兩端而竭焉②。」

9.9 子曰：「鳳鳥不至③，河不出圖④，吾已矣夫！」

9.10 子見齊衰者⑤、冕衣裳者與瞽者⑥，見之，雖少，必作⑦；過之，必趨⑧。

9.11 顏淵喟然歎曰⑨：「仰之彌高，鑽之彌堅。瞻之在前，忽焉在後⑩。夫子循循然善誘人，博我以文，約我以禮⑪，欲罷不能。既

9.8 孔子說：「我有知識嗎？沒有知識啊。有個粗魯人來向我問事，顯出非常誠懇的樣子，我便就其所疑從事情的兩方面反問，窮盡全貌讓他明白。」

9.9 孔子說：「鳳凰不來了，河也不出圖了，我的命要完結了吧！」

9.10 孔子遇見穿喪服的人、戴禮帽穿禮服的人以及瞎了眼睛的人，見到他們時，雖是少年，也必定肅立起敬；經過他們時，一定快行幾步表示敬慎。

竭吾才，如有所立⑫，卓爾，雖欲從之，末由也已⑬。」

❶空空：有二解，一說孔子自謙空空無所知，一說形容問者空無所知。或作「悾悾」（見《經典釋文》引鄭注），形容問者的誠懇。均可通，以後說為長。❷叩：有二解，一說叩發之義（見《集解》、《集注》），一說反問之義（見江聲《論語竢質》、劉寶楠《論語正義》）。以後說為長。本章不僅反映了孔子的謙虛，也反映了他兩點論的思想方法和啟發式的教育方法。❸鳳鳥：鳳凰，雄的叫鳳，雌的叫凰，通稱「鳳」。《說文解字》：「鳳，神鳥也。」❹河：黃河。圖：一種自然而又神秘的畫紋。《尚書·顧命》有河圖，與大玉、夷玉、天球並列東序，當是玉石之類，自然成文（《論語正義》引元俞琰說）。又《周易·繫辭上》說：「河出圖，洛出書，聖人則之。」古人認為鳳鳥至、河出圖為聖人受命的祥瑞，意味着將出現太平盛世。孔子追求「有道」的盛世，而時無瑞兆，故有無望之歎。本章可與〔7·5〕「不復夢見周公」互參。❺齊衰（zī cuī）：古代喪服，用熟麻布做成，下邊縫齊。齊衰服輕，又分幾等，有齊衰三年、齊衰期（一年）、齊衰三月。比齊衰重的叫斬衰，用粗生麻布做成，左右及下邊均不縫齊。舉言齊衰可兼斬衰，舉言斬衰不兼齊衰。❻冕：禮帽。衣裳：上曰衣，下曰裳。瞽：瞎眼。❼作：起。❽趨：快行。作、趨均為表示敬意的動作。本章與〔10·23〕有雷同處，可參見。❾喟（kuì）然：歎氣的樣子。❿「仰之」四句：寫孔子的學說高深難測，無所不在。⓫博我以文，約我以禮：見〔6·27〕注❻。⓬所立：有二說，《集解》引孔安國注，以為指孔子創立的新說；朱熹《集注》以為「此顏子自言其學之所至」。以孔說為是。⓭末：無。

9.11　顏淵深深地讚歎道：「老師的學說，越仰望越覺得高大，越鑽研越覺得堅實。眼看着它在前面，忽然又在後面。老師循序漸進善於誘導人，用廣博的文化知識充實我，用言行必遵的禮約束我，想停止歇息一下也不可能。我已經用盡了自己的才能，而他一旦有所創立，又是那麼高遠，雖然想去追求它，但無路可遵循了。」

9.12 子疾病，子路使門人為臣①。病間②，曰：「久矣哉，由之行詐也！無臣而為有臣③，吾誰欺？欺天乎？且予與其死於臣之手也，無寧死於二三子之手乎④！且予縱不得大葬，予死於道路乎！」

9.13 子貢曰：「有美玉於斯，韞櫝而藏諸⑤？求善賈而沽諸⑥？」子曰：「沽之哉！沽之哉！我待賈者也。」

9.14 子欲居九夷⑦。或曰：「陋，如之何？」子曰：「君子居之，何陋之有⑧？」

9.12 孔子得了重病，子路讓孔子的學生充當治喪之臣。孔子病癒以後，得知此事，說：「仲由在這事上搞欺騙，無奈太久了啊！不該有治喪之臣，卻偏偏設治喪之臣，讓我欺騙誰呢？這不是欺騙老天嗎！況且我與其死在治喪之臣手裏，還不如死在你們學生們手裏呢！我縱然不得用君臣隆重的葬禮，我難道會死在道路上嗎？」

9.13 子貢問道：「假如有一塊美玉在這裏，是放在匣子裏藏起來呢，還是找一個識貨的商人

❶臣：治喪的專人。《禮記．喪大記》說：「小臣楔齒用角柶（狀如匕，勺類，盛飯用），綴足用燕几。」又說：「浴，小臣四人抗衾」，「小臣爪足翦須」。使門人為臣：使弟子充當治喪之臣。❷間：愈。❸「無臣」句：按禮的規定，諸侯、大夫死時才有臣治喪。孔子雖曾做過大夫，但當時已退位，只能享受士的待遇。據士喪禮，為士治喪，臨時派人司事，叫做有司。因此孔子認為用臣給自己治喪是僭越。❹無寧：寧。「無」為發語詞。本章說明孔子一生謹慎，尤其以禮為大防，至死不肯有半點差池。❺韞（yùn）：藏。櫝（dú）：匣子。諸：兼詞，這裏相當於「之（代詞）乎（疑問詞）」。❻賈：有二解，一說音 gǔ，商人。一說同「價」，價錢。善賈即好價錢。均可通，此取前一說。本章反映了孔子的處世態度，他主張等待時機積極用世。參見〔7•11〕「用之則行，舍之則藏」。❼夷：古時東方的落後部族稱夷。九夷：即東方諸夷。❽「君子」二句：是說君子可用禮樂教化開發其地。孔子非常注意保持和發揚中原先進文化，因此十分強調華夷之限（參見〔14•17〕「微管仲，吾其被髮左衽矣」）。本章說明孔子對四裔落後部族又不是簡單地採取鄙視、排斥的態度，而是主張用中原的先進文化去開發，參見〔15•6〕「言忠信，行篤敬，雖蠻貊之邦，行矣」。甚至孔子有時慨歎中原禮壞樂崩，還引夷狄作比，深愧不如，參見〔3•5〕。

把它賣掉呢？」孔子說：「賣掉它啊！賣掉它啊！我正是在等待買主呢。」

9.14 孔子想移居九夷。有人說：「那裏太粗陋，怎麼辦？」孔子說：「君子住在那裏，還有甚麼粗陋的？」

9·15　子曰：「吾自衛反魯①，然後樂正②，《雅》、《頌》各得其所。」

9·16　子曰：「出則事公卿，入則事父兄，喪事不敢不勉，不為酒困③，何有於我哉④？」

9·17　子在川上，曰：「逝者如斯夫⑤！不舍晝夜。」

9·18　子曰：「吾未見好德如好色者也⑥。」

9·19　子曰：「譬如為山，未成一簣⑦，

9·15　孔子說：「我從衛國回到魯國，然後音樂才得到釐正，使已經錯亂的《雅》、《頌》各歸其應在的部居。」

9·16　孔子說：「出外就服事公卿，入家就侍奉父兄，辦喪事不敢不盡力，不被酒所惑亂，對我來說此外還有甚麼呢？」

9·17　孔子在河邊，說道：「一去不復返的就像這河水吧！晝夜不停地奔流向前。」

9·18　孔子說：「我未見過喜

止，吾止也。譬如平地，雖覆一簣，進，吾往也。」

❶自衛反魯：在魯哀公十一年，同年《左傳》曾詳載其緣由，可參見。❷樂正：音樂得到釐正。《集解》引鄭玄注：「是時道衰樂廢，孔子來還乃正之，故《雅》、《頌》各得其所。」關於所正之樂，有二解，一指樂章，毛奇齡《四書改錯》：「正樂，正樂章也，正《雅》、《頌》之入樂部也。部者，所也。如《鹿鳴》一雅詩，奏於鄉飲酒禮，則鄉飲酒禮其所也；又用之鄉射禮、燕禮，則鄉射、燕禮亦其所也。然此三所，不止《鹿鳴》，又有《四牡》、《皇皇者華》兩詩。則以一雅分數所，與聯數雅合一所，總謂之各得其所。」一指樂音，包慎言《敏甫文鈔》：「《論語》、《雅》、《頌》以音言，非以詩言也。樂正而律與度協，聲與律諧，鄭衛不得而亂之，故曰得所。……蓋自新聲既起，音律以乖，先王《雅》、《頌》皆因以亂，詩則是也，聲則非也，故曰『惡鄭聲之亂雅樂也』。孔子所正，兩方面當兼而有之。」❸困：亂。本句即〔10·6〕「唯酒無量，不及亂」之意。❹何有：參〔7·2〕注❺。❺逝者：指流逝的光陰。參見〔17·1〕「日月逝矣，歲不我與」。本章為孔子傷逝惜時的感歎。另一種解釋是勉人為學，一往無前，鍥而不捨，即〔9·21〕「吾見其進也，未見其止也」之意，亦可通。❻這句話又見〔15·13〕。色：有二解，一指女色，一指容態。按，喜好道德與喜好女色似無關聯，無緣類比。當以後一解為長，因一般人喜好故作姿態，假裝有德，故孔子才說了本章這句話。實際《論語》中在「德」（或「仁」或「賢」或「君子」）與「色」關聯對舉的情況下，「色」專指容態，參見〔1·3〕、〔1·7〕「賢賢易色」、〔11·19〕「君子者乎？色莊者乎」、〔12·20〕「色取仁而行違」。❼簣（kuì）：盛土的筐子。未成一簣：差一筐未成。此為古時常喻，《尚書·旅獒》：「為山九仞，功虧一簣。」本章勸人自強不息。將成而止，前功盡棄，始為而進，終將成功，關鍵不在力量大小，而在意志是否堅定。參見〔4·6〕、〔6·12〕。

好實際道德像喜好裝模作樣一樣的人。」

9.19 孔子說：「好比堆土造山，只差一筐土未成，停止不做，這是自己主動停止的。好比平地堆山，雖然剛剛倒下一筐土，有進無已，這是自己主動前進的。」

9·20　子曰：「語之而不惰者，其回也與①！」

9·21　子謂顏淵，曰：「惜乎！吾見其進也，未見其止也。」

9·22　子曰：「苗而不秀者有矣夫！秀而不實者有矣夫②！」

9·23　子曰：「後生可畏，焉知來者之不如今也？四十、五十而無聞焉③，斯亦不足畏也已。」

9·20　孔子說：「跟他講學問而始終不懈怠的，大概只有顏回一個人吧！」

9·21　孔子談到顏淵，說：「可惜早亡啊！我只見他進取不息，從未見他停止不前。」

9·22　孔子說：「出苗而不秀穗的情況有的吧！秀穗而不結實的情況有的吧！」

9·23　孔子說：「後生可怕，怎麼知道後來人趕不上現今的人呢？但是，如果四十歲、五十

9·24 子曰：「法語之言④，能無從乎？改之為貴。巽與之言⑤，能無說乎？繹之為貴⑥。說而不繹，從而不改，吾末如之何也已矣。」

9·25 子曰：「主忠信，毋友不如己者，過則勿憚改⑦。」

❶本章讚美顏回學而不厭。❷關於本章，有兩種解釋：一說喻成材。如《集解》引孔安國注：「言萬物有生而不育成者。喻人亦然。」一說喻進學。如《論語集注》：「蓋學而不至於成有如此者，是以君子貴自勉也。」以朱熹說為長。〔9·30〕即論進學有不同境界。❸「四十」句：參見〔17·26〕。❹法：嚴正。語（yù）：告訴。❺巽（xùn）：通「遜」，謙恭。❻繹：理出頭緒，分析。本章告誡人們要善於聽言，不以順耳逆耳為好惡根據，要辨別是非，以決棄取。要做到這點是不容易的，參見〔2·4〕「六十而耳順」。❼本章已見〔1·8〕，注譯從略。

歲還沒有名聲，也就不值得可怕了。」

9·24 孔子說：「正告的話，能不順從嗎？但以確實改正錯誤為可貴。恭維的話，能不高興嗎？但以冷靜分析為可貴。一味高興而不冷靜分析，表面順從而不實際改正，這種人我是拿他沒有辦法了。」

9·25 孔子說：「恪守忠誠信實，不要跟不如自己的人交朋友，犯了過錯就不要怕改正。」

9·26 子曰：「三軍可奪帥也①，匹夫不可奪志也。」

9·27 子曰：「衣敝縕袍②，與衣狐貉者立，而不恥者，其由也與？『不忮不求③，何用不臧④？』」子路終身誦之。子曰：「是道也，何足以臧？」

9·28 子曰：「歲寒，然後知松柏之後彫也⑤。」

9·29 子曰：「知者不惑，仁者不憂⑥，勇者不懼。」

9·26 孔子說：「浩浩蕩蕩的軍隊，可以強取它的主帥；一個男子漢，不能強迫他放棄志向。」

9·27 孔子說：「穿着破絮袍，與穿狐貉裘的人並立，卻不感到恥辱的人，大概只有仲由吧？《詩經》說：『不嫉妒，不貪求。為甚麼不好？』」子路於是總把這兩句詩掛在嘴邊唸個不停。孔子又說：「僅僅這樣怎能算充分稱得上好呢？」

9·28 孔子說：「時到嚴寒季節，然後方知曉松柏是最後落

9·30 子曰：「可與共學，未可與適道⑦；可與適道，未可與立⑧；可與立，未可與權⑨。」

❶三軍：軍隊的通稱。《集解》引孔安國注説：「三軍雖眾，人心不一，則其將帥可奪而取之。匹夫雖微，苟守其志，不可得而奪也。」本章當是勉人守志。❷衣（yì）：穿。縕（yùn）：舊絮。當時尚無棉花，絮指絲棉。❸忮（zhì）：嫉妒。❹臧：善。以上兩句見《詩經．衛風．雄雉》。本章讚揚安貧樂道，參見〔4·9〕。又，孔子對子路先稱讚後貶抑，是因為他怕子路沾沾自喜，忘乎所以。子路往往經不起表揚，例子無獨有偶，參見〔5·7〕。❺彫：同「凋」，凋謝。松柏為常青樹，但並非不落葉，只是新舊交替無間斷而已。❻仁者不憂：仁者安貧樂道，故不憂，參見〔6·11〕、〔7·16〕。仁者心安理得，故不憂，參見〔12·4〕。❼適：至。❽立：指立於道，亦即立於禮，參見〔2·4〕注❻。❾權：權衡，引申為權變。《孟子．盡心上》：「執中無權，猶執一也。所惡執一者，為其賊（害）道也，舉一而廢百也。」本章歷述了學道的三個層次、三種境界，孔子主張由達道而至守道，由守道而知權變。

葉的。」

9·29 孔子說：「智者不疑惑，仁者不憂愁，勇者不恐懼。」

9·30 孔子曰：「可以跟他一起學習，但未必可以跟他一起達到道；可以跟他一起達到道，但未必可以跟他一起堅守道；可以跟他一起堅守道，但未必可以跟他一起權衡變通。」

9·31 「唐棣之華①，偏其反而②。豈不爾思？室是遠而。」子曰：「未之思也，夫何遠之有？」

❶ 唐棣：植物名，有人以為是郁李（見陸璣《毛詩草木鳥獸蟲魚疏》，為薔薇科落葉灌木）；有人以為是扶移（見《集解》及李時珍《本草綱目》，為薔薇科落葉喬木）。華：同「花」。以下四句為逸詩。❷ 偏：同「翩」。反：同「翻」。翩翻：搖動翻轉的樣子。《集解》解「偏反」為「華反而後合」，即先開後合之意。關於本章章旨，蘇軾以為是「思賢不得之辭」（見《論語解》），朱熹以為是比喻思仁（見《集注》）。以朱說為長，參見〔7·30〕。

9·31 《詩經》說：「唐棣樹的花，翩翩搖顫。哪是不想念你啊？只因你家太遠。」孔子說：「根本沒有想念他，果真想念，有甚麼遠的呢？」

鄉黨第十

本篇本不分章，就其內容，尚可分節。朱熹《集注》分為十七節。劉寶楠《正義》略本皇侃、邢昺二疏，分為二十五節，今從之。全篇內容為孔子踐履禮儀的情況，從中可略見古禮概貌。

10·1　孔子於鄉黨①，恂恂如也②，似不能言者。

其在宗廟朝廷，便便言③，唯謹爾。

朝，與下大夫言，侃侃如也④。與上大夫言，誾誾如也⑤。君在，踧踖如也⑥，與與如也⑦。

10·2　君召使擯⑧，色勃如也⑨，足躩如也⑩。揖所與立⑪，左右手⑫，衣前後⑬，襜如也⑭。趨進⑮，翼如也。賓退，必復命曰：「賓不顧矣。」

10·3　入公門⑯，鞠躬如也⑰，如不容。立不中門⑱，行不履閾⑲。

10·1　孔子在鄉里之中，非常恭順，好像不能講話的樣子。

他在宗廟、朝廷之上，講話明辨，只是很恭謹。

上朝的時候，跟下大夫說話，溫和歡悅。跟上大夫說話，和悅而中正。君主在朝的時候，他恭恭敬敬，威儀鄭重而又自然。

10·2　君主召孔子讓他接待賓客，孔子臉色矜持莊重，舉足逡巡小心。向並立的人作揖，忽而向左拱手，忽而向右拱手，衣裳隨着身體俯仰一前一後，整齊地擺動。快步前進，動作像鳥展翅

過位⑳，色勃如也，足躩如也，其言似不足者㉑。

❶鄉黨：見〔6·5〕注❾，為父兄宗族所在之地。❷恂（xún）恂：恭順的樣子。❸便便：明辨。❹侃侃：和樂的樣子。❺誾（yín）誾：和悅有諍，中正的樣子。❻踧（cù）踖（jí）：恭敬的樣子。❼與與：威儀中適的樣子。即容態儀表既不緊張，又不懈怠，鄭重而自然。❽擯：迎接賓客。❾色：面色。勃：矜持莊重的樣子。❿躩（jué）：盤旋、逡巡的樣子，為謹慎的表現。另一解為迅速的樣子，見皇侃《義疏》引江熙說。⓫所與立：指左右並立的人。⓬左右手：向左右拱手。⓭衣前後：指衣裳隨着作揖時的身體俯仰而前後擺動。⓮襜（chān）：搖動的樣子。⓯趨進：快步前進，是一種行走時表示敬意的舉動。賈誼《新書·容經》：「趨以微磬（輕微折腰）之容，飄然翼然，肩狀右流，足如射箭。」⓰公門：君門。諸侯之室有庫門，有雉門，有路門。入公門當指由外朝入庫門。⓱鞠躬：謹慎恭敬的樣子。⓲立不中門：不正當門中間而立。《禮記·曲禮上》：「為人子者……立不中門。」門中間為尊者之跡。⓳閾（yù）：門檻。⓴位：君位。這裏指君在治朝（路門之外）與羣臣揖見時所立之位。治朝退，此位已虛，過位即指由治朝經路門入內朝議政時經過此位。㉑「其言」句：是說寡言少語，以示敬慎。

一樣端正美好。賓客退下以後，一定向君主回報說：「賓客不再回頭看望了。」

10·3　孔子走進朝廷的門，恭恭敬敬，斂縮着身子，好像不能自容一樣。

站立時，不正當門的中間；行走時，不踩門檻。

經過君主所居之位，臉色矜持莊重，舉足逡巡小心，言語好像不能盡吐的樣子。

攝齊升堂①，鞠躬如也，屏氣似不息者②。

出，降一等③，逞顏色④，怡怡如也。

沒階⑤，趨進，翼如也。

復其位⑥，踧踖如也。

10·4 執圭⑦，鞠躬如也，如不勝⑧。上如揖，下如授⑨，勃如戰色⑩，足蹜蹜如有循⑪。

享禮⑫，有容色⑬。

私覿⑭，愉愉如也⑮。

10·5 君子不以紺緅飾⑯，紅紫不以為褻服⑰。當暑，袗絺綌⑱，必表而出之⑲。

牽衣登階升堂，恭恭敬敬，屏住氣好像不能呼吸一樣。

出來時，下了一級堂階，臉色便放鬆起來，顯出怡然自得的樣子。

下盡堂階，快步前進，動作像鳥展翅一樣端正美好。

回來時經過君位，照樣恭恭敬敬。

10·4 孔子出使聘問，拿着國君授與的玉圭，恭恭敬敬，仿佛不能承受其重一樣。上執時相當於手作揖的位置，下執時相當於手授物的位置，臉色矜持端莊，腳步很小，踵趾相接，每動一腳，微抬前趾，拖着後踵，蹭地而行，好像有所遵循一樣。

舉行享禮的時候，一片盛情，滿面悦色。

以個人身份相見的時候，則是輕鬆愉快的樣子。

10.5 君子不用紺色緅色作衣領衣袖的邊飾，紅色紫色不用來做家常衣服。正值暑天，穿粗的或細的葛布單衣，但外出時一定再加一件上衣。

❶攝：提起。齊（zī）：縫了邊的衣裳下擺。攝齊是為了避免讓腳踩着傾跌失容。堂：指路寢（正室）之堂。❷屏（bǐng）：抑止。息：呼吸時進出的氣。這裏指呼吸。❸等：階。❹逞：放。❺沒：盡。❻位：《集解》引孔安國注：「來時所過位。」❼圭：一種玉器，上圓或劍頭形，下方。為君使臣聘問鄰國，執國君之圭作為信物。❽不勝：不能勝任其重。執輕如不勝其重，表示敬慎。《禮記．曲禮下》：「凡執主器，執輕如不克。」❾「上如」二句：是說執圭的上下位置。執圭一般與心平，上位如拱手的位置，下位如以手授物的位置。過高過低則失敬。❿戰色：戰戰兢兢的面色。⓫蹜（suō）蹜：同「縮縮」，腳步很小，踵趾相接；每動一腳，微抬前趾，拖着後踵，蹭地而行。《禮記．曲禮下》：「執主器……行不舉足，車輪曳踵。」⓬享禮：獻禮。在聘問之後，把所帶的禮物陳列滿庭。⓭有容色：即《儀禮．聘禮》所謂「及享，發氣焉盈容」。⓮私覿（dí）：以私禮見。⓯愉愉：和顏悦色的樣子。⓰紺（gàn）：稍微帶紅的黑色，即後世所稱的天青、紅青。緅（zōu）：也是帶紅的黑色，比紺的黑多而紅少，顏色更暗。飾：領、袖的緣邊。紺、緅皆近於古時禮服之黑色，故不能作緣邊。⓱紅紫：皆為貴重的正服之色。褻服：平常家居的衣服。⓲袗（zhěn）：單衣。絺（chī）：細葛布。綌（xì）：粗葛布。⓳表：上衣。出：指出門。

緇衣①，羔裘②；素衣，麑裘③；黃衣，狐裘。褻裘長，短右袂④。必有寢衣⑤，長一身有半。狐貉之厚以居⑥。去喪，無所不佩⑦。非帷裳⑧，必殺之⑨。羔裘玄冠不以弔。吉月⑩，必朝服而朝。齊，必有明衣⑪，布⑫。

10·6 齊必變食⑬，居必遷坐⑭。食不厭精⑮，膾不厭細⑯。食饐而餲⑰，魚餒而肉敗⑱，不食。色惡，不食。臭惡⑲，不食。失飪⑳，不食。不時㉑，不食。割不正㉒，不食。不得其醬㉓，不食。肉雖多，不使勝食氣。唯酒無量，不及亂。沽酒市脯，不食。不撤薑食㉔，不多食。

黑色外衣，內配黑羔皮裘；白色外衣，內配小鹿皮裘；黃色外衣，內配狐狸皮裘。家常的皮裘身較長，把右邊的袖子做得短一些。睡覺一定有被子，長短相當一個半人的身長。用毛厚的狐貉皮做坐褥。喪服期滿以後，沒有甚麼飾物不可以佩帶。不是帷裳，一定剪裁縫製得上窄下寬。紫羔裘和黑禮帽都不用來弔喪。正月初一，一定穿着上朝的禮服去上朝。齋戒，一定有浴衣，用布做的。

10·6 齋戒時一定改變平常

的飲食，居處也要變動，暫到正寢安歇。飯食不貪吃精粹，魚肉不貪吃細美。飯食變質餿臭，魚爛肉腐，不吃。顏色變壞了，不吃。味道變臭了，不吃。火候不當，不吃。不按時，不吃。肉食刀工不合度，不吃。沒有合適的醬，不吃。肉雖然多，不使吃肉的分量超過糧食的分量。只有酒沒有一定用量，以不至醉倒失於檢點為限。買來的酒和乾肉，不吃。雖不去掉薑，但也不多吃。

---

❶緇（zī）：黑色。衣：指反毛裘外罩的上衣，稱作「裼（xī）衣」。下同。❷羔裘：古時所謂羔裘，一律指黑羊羔皮裘。❸麑（ní）：小鹿。毛為白色。❹袂（mèi）：袖子。短其右袂以便於做事。❺寢衣：被子。古時大被叫衾，小被叫被。❻居：坐。以居：用為坐褥。❼佩：佩帶的飾物，繫於大帶，垂於左右。❽帷裳：上朝、祭祀時穿的禮服。用正幅布做，於腰間褶疊收縮，緊以着身，像百褶裙一樣。❾殺（shài）：減，差。殺之：指對正幅布進行裁剪縫製，使上腰減小，半於下擺。❿吉月：舊注均解為每月之朔（初一）。程樹德《論語集釋》從夏炘《學禮管釋》之說，釋「吉」為「始」義，吉月為正月。⓫明衣：浴衣。⓬布：古無草棉，布指麻布、葛布。⓭變食：指改變日常的飲食，不飲酒，不吃葷，葷指蒜韭等辛辣食物，不包括魚肉等腥膻食物。凌曙《典故核》説：「變食者，謂盛饌也。君子敬其事則感其禮，故不餕（jùn）餘（吃剩下的食物）。」⓮遷坐：改變平常的居處，由「燕寢」遷到「外寢」（也叫「正寢」）。⓯食：飯食。厭：足，貪飽。此句與〔1·14〕「食無求飽」同義。⓰膾（kuài）：切得很細的魚和肉。⓱饐（yì）：食物腐敗變味。餲（è）：與「饐」同義，而程度較深。⓲餒（něi）：魚腐爛叫「餒」。敗：肉腐爛叫「敗」。⓳臭（xiù）：氣味。⓴飪：生熟的火候。㉑不時：不是吃飯的時候。古時三餐，朝、夕、日中。《呂氏春秋·盡數篇》：「食能以時，身必無災。」㉒割不正：古時膳饈有「割、烹、煎、和之事」（見《周禮·內饔》）。牲肉及可食器官，切割有一定法度，不合法度叫「不正」。如《儀禮·特牲饋食禮》：「肵俎心舌，皆去其本末，午割之。」鄭玄注：「午割，縱橫割之。」㉓醬：有肉醬，如醢（hǎi），有芥醬。古人吃魚、肉各佐以相宜的醬。如《集解》引馬融注：「魚膾，非芥醬不食。」牛、羊、豬肉則用醢（見《禮記·內則》）。㉔撤：去。《集解》引孔安國注：「齋禁葷物，薑辛而不葷，故不去。」

10·7 祭於公，不宿肉①。祭肉不出三日。出三日，不食之矣。

10·8 食不語，寢不言。

10·9 雖疏食菜羹瓜祭②，必齊如也。

10·10 席不正③，不坐。

10·11 鄉人飲酒④，杖者出⑤，斯出矣。

10·12 鄉人儺⑥，朝服而立於阼階⑦。

10·7 助祭於公家，所得祭肉不過夜就分下去。祭肉不超過三天。超過三天，就不吃它了。

10·8 吃飯時不交談，睡覺時不講話。

10·9 雖然是吃粗飯、喝菜湯、吃瓜時的祭祀，也一定要像齋戒了一樣鄭重。

10·10 坐席鋪得不端正，不坐。

10·11 參加鄉人飲酒之禮，

10·13 問人於他邦⑧，再拜而送之⑨。

10·14 康子饋藥⑩，拜而受之。曰：「丘未達，不敢嘗。」

❶不宿肉：指不使分賜的祭肉過宿。古時大夫、士都有助君祭祀之禮，須帶助祭之肉。天子、諸侯祭祀，當天清早宰殺牲畜，然後舉行祭典。第二天還要祭祀一次，叫做「繹祭」。繹祭之後，助祭之臣可以把助祭之肉帶回，同時可以分到天子、國君的祭肉。這些祭肉還得向下分賜，以均神惠。因牲已宰割兩日，為保肉鮮，同時不拖延神惠的下達，故規定分賜所得祭肉不過宿。❷瓜：《魯論語》作「必」（見《經典釋文》引鄭玄注），雖亦通，未必原貌。古有祭食之禮，《禮記・玉藻》有「瓜祭上環」的話，是說吃瓜時用瓜柄祭祀。❸席不正：古人席地而坐，席移動偏斜不坐，故有正席之禮，參見〔10・16〕。又《禮記・曲禮上》：「主人跪正席，客跪撫席而辭。」❹鄉人飲酒：古有鄉飲酒禮，儀式有四：一、每三年飲宴賢能一次。二、鄉大夫飲宴國中賢者。三、州長習射飲酒。四、黨正蠟（zhà）祭（年終祭祀）飲酒。見《儀禮・鄉飲酒義》。這裏主於敬老，當指臘祭飲酒。❺杖者：老者。據《禮記・王制》，五十杖於家，六十杖於鄉，七十杖於國，八十杖於朝。此為鄉飲酒，六十以上均可用杖。❻儺（nuó）：驅逐疫鬼祭於道上的一種儀式。❼阼（zuò）階：東邊的台階，主人所立之地。《集解》引孔安國注：「恐驚先祖，故朝服而立於廟之阼階。」❽問：送禮問候。❾再拜：拜兩次。拜：以手據地，首俯而不至手。首若至手着地則為稽首。送之：送使者。拜送使者是表示對問候之人的敬重。❿康子：季康子，見〔2・20〕注❻。

結束時等老年人出去以後，自己再出去。

10·12 鄉人舉行驅逐疫鬼的儀式，自己穿着朝服立在東邊台階上。

10·13 派使者到別國問候人，一定拜兩拜以送別使者。

10·14 季康子送來藥，拜了一拜，把它接受下來。說：「孔丘我還不了解藥性，不敢嚐用。」

10·15 廄焚。子退朝，曰：「傷人乎？」不問馬①。

10·16 君賜食，必正席先嘗之②。君賜腥③，必熟而薦之④。君賜生⑤，必畜之。侍食於君，君祭，先飯⑥。

10·17 疾，君視之，東首⑦，加朝服，拖紳⑧。

10·18 君命召，不俟駕行矣。

10·19 入太廟，每事問⑨。

10·15 馬棚失火。孔子恰好退朝，忙問：「傷人了嗎？」不問馬的情況。

10·16 君主賜給飯食，必先端正坐席鄭重地嚐一嚐。君主賜給生肉，做熟後必供奉先祖。君主賜給活的牲畜，必把牠畜養起來。陪君主一起吃飯，君主進行飯前之祭時，自己先吃飯。

10·17 孔子病了，君主來探視他，便頭朝東躺着，把上朝穿的禮服加在身上，還拖着一條大帶。

10·20 朋友死，無所歸，曰：「於我殯[10]。」

10·21 朋友之饋，雖車馬，非祭肉，不拜[11]。

10·22 寢不尸，居不容[12]。

❶ 不問馬：馬與人相較，以人為重，故不問馬。❷ 先嘗之：是說先嚐一嚐，然後分賜下屬。雖未提「後」，由「先」字而知。❸ 腥：生肉。❹ 薦：進供。之：代指先祖。❺ 生：活的。❻ 先飯：先吃飯。《集解》引鄭玄注：「於君祭，則先飯矣。若為君先嘗食然。」❼ 東首：頭朝東躺着。古禮規定，室內西面為尊，君主或君使入室之後，一定背西面東，故病者一定要頭朝東，以表示面向君主或君使。❽「加朝」二句：是說以此示意穿着朝服，服飾整齊以見君主或君使。❾ 此節已見《八佾篇》，注譯從略。❿ 殯：停放靈柩待葬叫「殯」，埋葬也叫「殯」。這裏當是泛指喪葬之事。⓫ 不拜：《集解》引孔安國注：「不拜者，有通財之義。」是說朋友之間財物交往是理所當然，故車馬雖重，仍不必拜謝。拜謝祭肉之贈，是為了表示敬其祖考。⓬ 容：《經典釋文》、《唐石經》校訂作「客」。

10·18 君主有命召喚，孔子不等駕好車，立刻徒步先行。

10·19 到了太廟，每件事都要問一問。

10·20 朋友死了，沒有歸屬之人，孔子說：「我給他料理喪葬。」

10·21 朋友的饋贈，即使是貴重的車馬，只要不是祭祀過的牲肉，也不行拜禮以答謝。

10·22 睡覺時不直挺得像死屍，居家時不嚴肅地保持儀容。

10·23 見齊衰者，雖狎必變①。見冕者與瞽者，雖褻必以貌②。凶服者式之③。式負版者④。有盛饌⑤，必變色而作⑥。迅雷風烈必變。

10·24 升車，必正立，執綏⑦。車中不內顧⑧，不疾言⑨，不親指⑩。

10·25 色斯舉矣⑪，翔而後集。曰：「山梁雌雉。時哉！時哉！」子路共之⑫，三嗅而作⑬。

10·23 見到穿喪服的人，即使是親近的人也一定鄭重變容。見到穿禮服的人和盲人，即使是朝夕相見的人，也一定以禮貌待之。乘車時，對穿孝衣的人行式禮。對持國家圖籍的人也行式禮。遇有別人以豐盛的飯食款待，一定改變容色而起身示敬。遇到疾雷、大風，一定改變容色。

10·24 上車時，一定端正站着，手挽綏帶。在車上不回頭看，不高聲快速講話，不親自用手指點。

❶狎：親近。變：改容變色，以示同情。❷褻：屢屢相見，熟識。以上已見（9·10），文稍異。❸凶服：喪服。式：同「軾」，車前橫木。這裏指在車上的一種敬禮方式。古人乘車皆立在車上，有所敬，微俯其身，以手伏軾，叫做「式」。❹負版：持邦國之圖籍。❺盛饌（zhuàn）：豐盛的飯食。❻作：起立，以示敬意。❼綏：用來挽着上車的帶索。❽內顧：回頭看。❾疾：快而高。❿親指：親自指揮、指點。劉寶楠《論語正義》據《禮記·曲禮上》云「車上不妄指」，疑「親」字為「妄」字之誤。⓫色：作色，動容。斯：則。舉：飛去。《呂氏春秋·審應》：「孔思對曰：『蓋聞君子猶鳥也，駭則舉。』」⓬共：同「拱」。⓭嗅：同「臭」，「臭」當作「狊（xù）」，指鳥張開兩翅。

10·25 山雞驚疑作色就高高飛起，迴翔一陣，然後又降落集在一起。孔子說：「山澗橋上的雌雉，識其時啊！識其時啊！」子路便向牠們拱了拱手，牠們張了張翅膀，飛翔而去。

先進第十一

本篇包括二十四章，內容以評論自己的學生為主，論及顏淵、子路的地方尤其多。從中可以得知孔子某些弟子的性格、言行、志向，也可以窺見孔子因材施教的具體實踐和揚善、抑惡、助其不足的待人態度。

11·1 子曰：「先進於禮樂，野人也；後進於禮樂，君子也①。如用之，則吾從先進。」

11·2 子曰：「從我於陳、蔡者②，皆不及門也③。」

11·3 德行：顏淵，閔子騫④，冉伯牛⑤，

❶「先進」二句：《正義》引鄭玄注：「先進後進，謂學也。」鄭玄說是。《周易．乾卦．文言》：「君子進德修業。」孔子對學生「約之以禮」，「文之以禮樂」，禮樂作為德育的重要內容，把德育放在智育之前，因此評價人以德為重。野人：沒有貴族身份、地位低賤的人。君子：有地位的貴族。這裏野人與君子之別，指地位而言，與孟子所說的「無君子，莫治野人；無野人，莫養君子」（《孟子．滕文公上》）同義。孔子主張「有教無類」（〔15·39〕），故接受學生不分野人、君子。❷於陳、蔡：孔子周遊列國曾厄於陳、蔡之間，〔15·2〕說：「在陳絕糧，從者病，莫能興。」《孟子．萬章上》：「孔子不悅於魯、衛，遭宋桓司馬將要而殺之，微服而過宋。是時孔子當厄，主司城貞子，為陳侯周（陳君）臣。」《史記．孔子世家》有詳細記載，多可疑，崔述《洙泗考信錄》有考辨。❸不及門：《集解》引鄭玄注：「皆不及仕進之門。」《集注》則謂不在孔子之門。以朱說為是，這裏的「門」即〔11·15〕的「丘之門」。❹閔子騫：見〔6·9〕注❸。❺冉伯牛：見〔6·10〕注❺。

11·1 孔子說：「先修養好禮樂而後做官的，是沒有貴族身份的人；先有官位而後修養好禮樂的，是有地位的貴族。如果選用人才，那我主張選用先修養好禮樂的人。」

11·2 孔子說：「跟隨我在陳、蔡兩國受困的學生，都不在我的門下了。」

11·3 孔子的學生，道德修養好的：顏淵，閔子騫，冉伯牛，

仲弓①。言語②：宰我，子貢。政事：冉有，季路。文學③：子游，子夏。

11.4 子曰：「回也非助我者也，於吾言無所不說④。」

11.5 子曰：「孝哉閔子騫！人不間於其父母昆弟之言⑤。」

11.6 南容三復白圭⑥，孔子以其兄之子妻之。

11.7 季康子問：「弟子孰為好學？」孔

仲弓。善於辭令的：宰我，子貢。善於政事的：冉有，季路。文化修養好的：子游，子夏。

11.4 孔子説：「顏回嘛，不是一個有助於我的人，他對我的話沒有不心悦誠服的。」

11.5 孔子説：「閔子騫真孝順啊！別人從不非議他父母兄弟稱許他孝順的話。」

11.6 南容反覆誦讀「白圭之玷，尚可磨也。斯言之玷，不可為也」的詩，孔子便把他哥的女兒

子對曰：「有顏回者好學，不幸短命死矣，今也則亡⑦。」

11·8 顏淵死，顏路請子之車以為之椁⑧。子曰：「才不才，亦各言其子也。鯉也死⑨，有棺而無椁。吾不徒行以為之椁，以吾從大夫之後⑩，

❶仲弓：見〔5·5〕注❸。❷言語：辭令。❸文學：文獻及文化。❹說：同「悅」。此句可參見〔2·9〕「吾與回言終日，不違，如愚。」本章對顏回從不質疑問難以啟發增益自己，感到遺憾。❺間：非議。❻南容：見〔5·2〕注❺。又見〔14·5〕。白圭：指《詩經·大雅·抑》中的詩句：「白圭之玷，尚可磨也。斯言之玷，不可為也。」由此可知南容慎言寡過。❼亡：同「無」。❽顏路：顏回的父親，名無繇，字路，也是孔子的學生，見《史記·仲尼弟子列傳》。椁（guǒ）：同「槨」。古時棺材分兩重，裏面一重叫棺，外面套着的一重叫椁。《集解》引孔安國注：「路，顏淵父也，家貧，欲請孔子之車賣以作椁。」❾鯉：字伯魚，孔子的兒子。年五十死，其時孔子七十歲。❿從大夫之後：隨從大夫之後。孔子曾做過司寇，為大夫之位。當時雖已去位，但身份尚居大夫之列，因此說「從大夫之後」。

嫁給他。

11·7 季康子問：「弟子中誰最好學？」孔子答：「有個叫顏回的好學，可惜不幸短命死了，現在就沒有這樣好學的人了。」

11·8 顏淵死了，其父顏路請求孔子把自己的車賣了來替顏淵備葬槨。孔子說：「無論有無才能，對各人來說都是自己的兒子。我兒子鯉死時，也只有內棺而無外槨。我之所以不能賣掉車徒步來替他備葬槨，乃因我還忝居大夫之列，

不可徒行也①。」

11·9 顏淵死。子曰：「噫②！天喪予！天喪予！」

11·10 顏淵死。子哭之慟③。從者曰：「子慟矣。」曰：「有慟乎？非夫人之為慟而誰為④？」

11·11 顏淵死，門人欲厚葬之。子曰：「不可。」

門人厚葬之。子曰：「回也視予猶父也，予不得視猶子也⑤。非我也，夫二三子也。」

是不可以徒步行路的。」

11·9 顏淵死了。孔子說：「唉！老天爺要我的命！老天爺要我的命！」

11·10 顏淵死了。孔子為他哭喪，悲痛非常。跟隨的人說：「先生悲傷得有些過分了。」孔子說：「是悲傷得過分了嗎？不為這樣的人悲痛欲絕還為誰呢？」

11·11 顏淵死了。孔子的學生們想用豐厚的禮來葬顏淵。孔子說：「不可以。」

11·12 季路問事鬼神。子曰：「未能事人，焉能事鬼？」曰：「敢問死⑥。」曰：「未知生，焉知死？」

❶不可徒行：《禮記・王制》：「君子耆老不徒行。」大夫擁有車乘，是禮的規定。孔子堅持不賣車「以為之椁」，正是在維護禮，《左傳・成公二年》：「仲尼曰：『……唯器（車服）與名（爵號）不可以假（借）人。』」故去掉車乘，等於丟掉器名。而顏淵葬時有棺無槨則不為非禮，《禮記・檀弓下》：「子路曰：『傷哉貧也！生無以為養，死無以為禮也。』孔子曰：『啜菽飲水，盡其歡，斯之謂孝矣。斂手足形，還葬而無椁，稱其財（《檀弓上》孔子説喪具「稱家之有亡」），斯之謂禮。』」對雙親尚且根據家財情況安排喪葬，對子女更應如此，故孔子反對厚葬顏淵，參見〔11·11〕。❷噫：傷歎之聲。❸慟（tòng）：過分哀痛。過哀為非禮，參見〔3·4〕注⓫。❹夫（fú）：指示代詞。❺「予不」句：孔子主張愛人以德，厚葬顏淵不合於禮，孔子未能阻止，則等於對顏淵失愛，因此有「不得視猶子」的話。本章可與〔11·8〕互參。❻敢：謙詞，表示冒昧地請求別人。本章反映了孔子半信半疑的鬼神、生死觀念，參見〔6·22〕「務民之義，敬鬼神而遠之」及注。

學生們還是用豐厚的禮葬了顏淵。孔子説：「顏回看待我如同父親，我卻不能看待他如同兒子。不是我要這樣的呀，是那些學生要這樣的呀。」

11·12 子路問服事鬼神的事。孔子説：「還不能服事活人，又怎能服事鬼神呢？」

子路又説：「敢問死是怎麼回事。」孔子説：「還不懂得生，又怎麼懂得死呢？」

11·13 閔子侍側，誾誾如也①。子路，行行如也②。冉有、子貢，侃侃如也③。子樂④。「若由也，不得其死然⑤。」

11·14 魯人為長府⑥。閔子騫曰：「仍舊貫⑦，如之何？何必改作？」子曰：「夫人不言，言必有中。」

11·15 子曰：「由之瑟⑧，奚為於丘之門？」門人不敬子路。子曰：「由也升堂矣，未入於室也⑨。」

11·16 子貢問：「師與商也孰賢⑩？」子

11·13 閔子騫侍奉在孔子身旁，和悅而中正的樣子。子路呢，十分剛強的樣子。冉有、子貢呢，溫和歡悅的樣子。各盡其性，孔子非常高興。但又說：「像仲由那樣，恐怕不得好死。」

11·14 魯國人翻修長府。閔子騫說：「照老樣子，怎麼樣？為甚麼一定要改建呢？」孔子說：「這個人不講話則罷，一講話一定說中要害。」

11·15 孔子說：「仲由彈的那手瑟，哪一點配在我的門下彈？」

曰：「師也過，商也不及。」曰：「然則師愈與？」子曰：「過猶不及。」

❶誾誾：和悅有諍，中正的樣子。❷行（hàng）行：剛強的樣子。❸侃侃：和樂的樣子。❹子樂：《集解》引鄭玄注：「各盡其性。」❺不得其死：不能盡其天年，死於非命。❻為：指翻修。府：藏貨財的處所。長府：魯國藏所之名。據《左傳．昭公二十五年》載，魯昭公曾居長府以伐季氏。❼貫：事。❽瑟（sè）：古代絃樂器，類似琴。這裏指子路鼓瑟的技巧和內容。《集解》引馬融注：「子路鼓瑟，不合雅頌。」❾升堂入室：用來比喻學道的深入程度。「升堂」喻已有所成就，「入室」喻已得其奧妙。❿師：顓孫師，即子張，見〔2·18〕注❶。商：卜商，即子夏，見〔1·7〕注❾。本章反映了孔子的中庸思想。

學生們於是不尊重子路。孔子又說：「仲由嘛，也可以說是登堂了，只是尚未入室罷了。」

11·16 子貢問道：「顓孫師和卜商誰強一些？」孔子說：「顓孫師過頭，卜商不足。」子貢說：「那麼顓孫師強一些嗎？」孔子說：「過頭與不足同樣是差失。」

11·17 季氏富於周公①，而求也為之聚斂而附益之②。子曰：「非吾徒也，小子鳴鼓而攻之可也！」

11·18 柴也愚③，參也魯④，師也辟⑤，由也喭⑥。子曰：「回也其庶乎⑦，屢空。賜不受命⑧，而貨殖焉⑨，億則屢中⑩。」

11·19 子張問善人之道⑪。子曰：「不踐跡，亦不入於室⑫。」子曰：「論篤是與⑬。君子者乎，色莊者乎⑭？」

11·17 季氏比周公富有，而冉求還為他搜刮民財進而增加他的財富。孔子說：「他不是我們一夥志同道合的人了，後生們儘管敲起鼓來聲討他好啦！」

11·18 高柴愚直，曾參遲鈍，顓孫師偏激，仲由魯莽。孔子說：「顏回學問道德差不多了，只是常常空乏困頓。端木賜不安身立命，卻偏偏去經商，而貨財不斷增加，揣度行情常常猜中。」

11·19 子張問作為善人的準則。孔子說：「不踩着前人的足跡走，但也尚未完全修養到家。」孔子又說：「言論篤實的人可以稱許他為善人。但也要進一步判斷，是真正的君子呢，還是裝模作樣的偽君子呢？」

❶周公：有二說：一說指周公旦，根據是孔子反對季氏改革賦制，加重搜刮，屢舉周公典籍為據（詳下注）；另一說指周公旦次子及其後代世襲周公采地在周王朝做卿士的人，如春秋時稱周公的人便是。兩說均可通。❷「而求」句：事實可參見《左傳》哀公十一年、十二年和《國語．魯語下》的記載。大意是：哀公十一年，季康子想按田畝征賦（「以田賦」），派冉有（求）訪問孔子徵求意見。孔子表面不置可否，加以迴避，而私下對冉有說：「君子之行也，度於禮：施取其厚，事舉其中，斂從其薄。如是，則以丘（指丘甲法）亦足矣。若不度於禮，而貪冒無厭，則雖以田賦，將又不足。且子季孫若欲行而法，則周公之典（《國語》作『國公之籍』）在；若欲苟而行，又何訪焉？」結果季氏不聽從其說。第二年魯國便「用（以）田賦」。❸柴：高柴，字子羔，孔子的學生。❹魯：遲鈍。❺辟：黃式三《論語後案》：「辟讀若《左傳》『闕西辟』之辟，偏也。以其志過高而流於一偏也。」❻喭（yàn）：粗魯。❼庶：庶幾，差不多。❽賜：端木賜，即子貢，見〔1•10〕注❶。不受命：有幾種說法：一說不受祿命，而子貢並非不曾做官；一說不受教命，即不專守士業，而兼從商，違背士農工商各習其業的原則，似可通；一說不受天命，與顏回安貧樂道成對比，與下文「億則屢中」亦相呼應，故近理；一說不受官命而以私財經商，因古時商賈皆官主之，如《呂氏春秋．上農篇》說：「凡民自七尺以上，屬諸三官，農攻粟，工攻器，賈攻貨。」亦持之有據。今參考後三種說法譯作「不安身立命」。❾貨殖：做買賣以增值貨財。《史記．貨殖列傳》說子贛（同「貢」）「既學於仲尼，退而仕於衛，廢著鬻財於曹、魯之間」。❿億：同「臆」，揣度。⓫善人：相當於君子（仁人），參見〔7•26〕注❺。⓬道：這裏指行為準則。⓬入於室：見〔11•15〕注❾。⓭論篤：言論篤實。與：許。此句即「與論篤」的賓語提前形式，「是」起將賓語提前的作用，或與「唯」字連用。「與論篤」即讚許論篤者為善人的意思。孔子認為不誇誇其談是仁人的特點之一，參見〔12•3〕、〔13•27〕，故論篤者可認為是善人。朱熹《集注》將這一段話分為另一章，認為與「善人之道」無關，不妥。⓮色莊：容色莊嚴。這裏指故作姿態，偽裝君子，參見〔1•3〕「巧言令色，鮮矣仁」、〔12•20〕「色取仁而行違」。

11·20 子路問：「聞斯行諸？」子曰：「有父兄在，如之何其聞斯行之①？」冉有問：「聞斯行諸？」子曰：「聞斯行之。」公西華曰：「由也問：『聞斯行諸？』子曰：『有父兄在。』求也問：『聞斯行諸？』子曰：『聞斯行之。』赤也惑，敢問。」子曰：「求也退②，故進之；由也兼人③，故退之。」

11·21 子畏於匡④，顏淵後。子曰：「吾以女為死矣。」曰：「子在，回何敢死⑤？」

11·22 季子然問⑥：「仲由、冉求可謂大

11·20 子路問：「聽到以後便去實踐它嗎？」孔子說：「有父兄在世，如何能不奉命行事，聽到以後便去實踐它呢？」冉有問：「聽到以後便去實踐它嗎？」孔子說：「聽到以後便去實踐它。」公西華說：「仲由問：『聽到以後便去實踐它嗎？』先生說：『有父兄在世。』冉求問：『聽到後便去實踐它嗎？』先生說：『聽到以後便去實踐它。』我疑惑不解，冒昧請問。」孔子說：「冉求退縮不前，因此使他勇進；仲由好強爭勝，因此使他謙退。」

臣與？」子曰：「吾以子為異之問⑦，曾由與求之問⑧。所謂大臣者，以道事君，不可則止。今由與求也，可謂具臣矣⑨。」

11·21　孔子被拘禁在匡邑，顏淵落在後面。重逢時孔子說：「我以為你死了呢。」顏淵說：「先生還在，我顏回怎敢輕易死呢？」

11·22　季子然問：「仲由、冉求可稱為大臣嗎？」孔子說：「我以為您是在問別人呢，原來是問仲由和冉求啊。所謂大臣，用道義事奉君主，不可諫阻時就作罷。現今的仲由和冉求，可稱為有才幹的辦事之臣了。」

❶「有父」二句：是說父兄在世，不得自專。參見〔1·11〕。❷求也退：參見〔6·12〕。❸兼人：倍人。這裏指子路在敢作敢為方面相當於兩個人。子路無所顧忌，急於實踐的實例很多，最明顯的可參見〔5·14〕，〔12·12〕。本章表現了孔子善於因材施教。❹子畏於匡：見〔9·5〕注❶。❺死：指輕死。《禮記·曲禮》：「父母在，不許友以死。」兒子有奉養父母之責，故不敢輕死。顏淵事奉孔子如同父親一樣，所以說了這樣的話。❻季子然：《集解》引孔安國注：「子然，季氏子弟。」《史記·仲尼弟子列傳》作「季孫」。❼異之問：即問異，問別的。「之」起到了把賓語「異」提前的作用。❽曾：乃。❾具臣：材具之臣，有才幹的辦事之臣。

曰：「然則從之者與？」子曰：「弒父與君，亦不從也。」

11.23 子路使子羔為費宰①。子曰：「賊夫人之子②。」

子路曰：「有民人焉，有社稷焉。何必讀書，然後為學？」子曰：「是故惡夫佞者③！」

11.24 子路、曾皙④、冉有、公西華侍坐。

子曰：「以吾一日長乎爾，毋吾以也。居則曰⑤：『不吾知也！』如或知爾，則何以哉⑥？」

子路率爾而對曰⑦：「千乘之國，攝乎大

季子然又問：「那麼，他們是絕對服從長上的人嗎？」孔子說：「如果長上弒父弒君，也不會服從的。」

11.23 子路讓子羔做費邑的長官。孔子說：「這是坑害別人的兒子。」

子路說：「有老百姓在那裏可以治理，有土神穀神在那裏可以祭祀，為甚麼一定去讀書，然後才算學習呢？」孔子說：「由於你這般狡辯，我更討厭那些巧嘴利舌的人了！」

國之間，加之以師旅，因之以饑饉；由也為之，比及三年⑧，可使有勇，且知方也⑨。」夫子哂之⑩。

「求！爾何如？」

❶子羔：高柴，見〔11·18〕注❸。費：見〔6·9〕注❸。❷賊：害。《集解》引包咸注：「子羔學未熟習而使為政，所以為賊害。」❸是故：所以。惡（wù）：厭惡。本章說明孔子主張學好之後再從政，這是當時有眼光的思想家的共同觀點。《左傳．襄公三十一年》載：子皮想讓尹何做邑長，子產反對，認為他年少未知可否。子皮認為可讓尹何在工作中學習，子產說：「僑聞學而後入政，未聞以政學者也。若果如此，必有所害。」❹曾皙（xī）：孔子的學生，名點，曾參之父。❺居：閒居，平常。❻何以：何用，何為。❼率爾：急遽的樣子。按《禮記．曲禮》：「長者問，不辭讓而對，非禮也。」❽比及：等到。❾方：義。❿哂（shěn）：微笑。

11·24 子路、曾皙、冉有、公西華陪坐在孔子身旁。

孔子說：「因為我比你們年長一些，不要因為我而拘束。你們平常總是說：『不了解我啊！』如果有人了解你們，那麼你們將怎樣做呢？」

子路輕率地答道：「擁有一千輛兵車的國家，局促地處在大國中間，外面受到軍事進犯，裏面發生災情饑荒；我來治理它，等到三年，可使民眾勇敢有力，並且明白道義。」孔夫子微微一笑。

孔子又問：「冉求！你如何？」

對曰：「方六七十，如五六十①，求也為之，比及三年，可使足民。如其禮樂，以俟君子。」

「赤！爾何如？」

對曰：「非曰能之，願學焉。宗廟之事，如會同，端章甫②，願為小相焉③。」

「點！爾何如？」

鼓瑟希④，鏗爾，舍瑟而作⑤，對曰：「異乎三子者之撰⑥。」

子曰：「何傷乎？亦各言其志也。」

曰：「莫春者⑦，春服既成⑧，冠者五六人⑨，童子六七人⑩，浴乎沂⑪，風乎舞雩⑫，詠而歸。」

答道：「疆土縱橫六七十里，或者縱橫五六十里的小國，我來治理它，等到三年，可使民眾富足。至於禮樂教化，有待君子推行了。」

又問：「公西赤！你如何？」

答道：「不敢說能幹甚麼，願意學習。宗廟祭祀之事，或者外交會見儀式，自己穿戴好禮服禮帽，願做一個小司儀。」

又問：「曾點！你如何？」

曾皙正在彈瑟，瑟聲漸漸稀落，鏗的一聲，放下瑟站起來，答道：「我的志向不同於前面三君所講的。」

夫子喟然歎曰：「吾與點也⑬！」三子者出，曾皙後。曾皙曰：「夫三子者之言何如？」

孔子說：「何妨呢？也不過是各自談談志向。」

曾皙說：「暮春時節，春服已經換上，約上青年五六人，少年六七人，在沂水裏洗一洗，在舞雩壇上吹吹風，然後唱着歌歸來。」

孔夫子長長歎了一聲說：「我讚賞曾點的志向！」

子路、冉有、公西華三人出去了，曾皙留在最後。曾皙向孔子問道：「他們三人的話怎麼樣？」

❶如：或。❷端：玄端，古代禮服之名。章甫：古代禮帽之名。這裏用為動詞。❸相：主持禮儀的人，即司儀。❹希：同「稀」。❺作：站起來。❻撰：述。❼莫：同「暮」。❽春服：夾衣。❾冠者：成人，年二十而冠。❿童子：指成童，年十五以上、二十以下。⓫沂（yí）：水名，源出山東鄒城東北，西流經曲阜與洙水合，入於泗水。⓬舞雩（yú）：祭天求雨之處，有壇有樹。雩祭有歌舞，故稱舞雩。《水經注》：「沂水北對稷門，一名高門，一名雩門。南隔水有雩壇，壇高三丈，即曾點所欲風處也。」以上二句，宋翔鳳《論語發微》：「然建巳之月（夏曆四月），亦不可浴水中而風乾身」。浴沂，言祓（fú，除災求福之祭）濯於沂水，而後行雩祭。⓭與：贊同。

子曰：「亦各言其志也已矣。」

曰：「夫子何哂由也？」

曰：「為國以禮，其言不讓，是故哂之。」

「唯求則非邦也與①？」

「安見方六七十如五六十而非邦也者？」

「唯赤則非邦也與？」

「宗廟會同，非諸侯而何？赤也為之小②，孰能為之大？」

孔子說：「也不過是各自談談志向罷了。」

曾皙問：「老師為甚麼笑仲由呢？」

孔子說：「治理國家靠的是禮讓，他出言不遜，所以笑他。」

曾皙問：「難道冉求講的就不是國家嗎？」

孔子說：「怎見得疆土縱橫六七十里或者五六十里不是國家呢？」

曾皙問：「難道公西赤講的就不是國家嗎？」

孔子說：「宗廟祭祀，外交會見，不是諸侯國的事又是甚麼？

公西赤做一個國家的小司儀，誰還能做一個國家的大司儀？」

❶唯：句首語氣詞，無義。❷之：其。

顏淵第十二

本篇包括二十四章，有論仁、論政、論修養等方面的內容。尤其以論仁的內容較為集中，較為重要。論政的內容也多與仁有關，偏重在德政、禮治方面。

12·1 顏淵問仁。子曰：「克己復禮為仁①。一日克己復禮，天下歸仁焉②。為仁由己，而由人乎哉③？」

顏淵曰：「請問其目。」子曰：「非禮勿視，非禮勿聽，非禮勿言，非禮勿動④。」顏淵曰：「回雖不敏，請事斯語矣。」

❶克：克制，約束。復：返。克己復禮：即「約之以禮」（〔6·27〕）、「約我以禮」（〔9·11〕）、「能自曲直以赴禮」（《左傳·昭公二十五年》）之意。孔子講這句話，是述而不作，《左傳·昭公十二年》：「仲尼曰：『古也有志：克己復禮，仁也。』」❷歸：等於說「與」，讚許。❸「為仁」二句：是說修養仁德全靠自己主觀努力。參見〔4·6〕，〔6·7〕，〔7·30〕，〔8·7〕，〔15·21〕。❹「非禮」四句：是說「禮」是視、聽、言、行的準則。此語亦非獨創，《周易·大壯》：「君子以非禮弗履。」

12·1 顏淵問甚麼是仁。孔子說：「約束自己而復歸於禮就是仁。一旦約束自己而復歸於禮，天下人就會用仁來稱讚他了。修養仁德全靠自己，難道是靠別人嗎？」

顏淵說：「請問修養仁德的具體條目。」孔子說：「不符合禮的事不看，不符合禮的話不聽，不符合禮的話不說，不符合禮的事不做。」顏淵說：「我雖然不聰敏，請讓我按照這話努力去做吧。」

12·2　仲弓問仁。子曰：「出門如見大賓，使民如承大祭①。己所不欲，勿施於人②。在邦無怨，在家無怨③。」仲弓曰：「雍雖不敏，請事斯語矣。」

12·3　司馬牛問仁④。子曰：「仁者，其言也訒⑤。」曰：「其言也訒，斯謂之仁矣乎？」子曰：「為之難，言之得無訒乎⑥？」

12·4　司馬牛問君子。子曰：「君子不憂不懼⑦。」曰：「不憂不懼，斯謂之君子已乎？」子

12·2　仲弓問甚麼是仁。孔子說：「出門在外要像接見貴賓一樣敬慎，役使老百姓要像承當大的祭典一樣小心。自己不願承受的事物，不要加給別人。在諸侯之國做官不招致怨恨，在大夫之家做官也不招致怨恨。」仲弓說：「我雖然不聰敏，請讓我按照這話努力去做吧。」

12·3　司馬牛問甚麼是仁。孔子說：「仁人，他的言語遲鈍。」司馬牛又問：「言語遲鈍，這就能叫做仁了嗎？」孔子說：「做起來難，說起來能不遲鈍嗎？」

曰：「內省不疚⑧，夫何憂何懼？」

12.5 司馬牛憂曰：「人皆有兄弟，我獨亡⑨。」

子夏曰：「商聞之矣：死生有命，富貴在天。君子敬而無失，與人恭而有禮，四海之內皆兄弟也。君子何患乎無兄弟也？」

❶「出門」二句：《左傳．僖公三十三年》載晉國臼季的話：「臣聞之：出門如賓，承事如祭，仁之則也。」由此可見，孔子這兩句話亦據古語。❷「己所不欲」二句：《管子．小問》引「語曰」：「非其所欲，勿施於人，仁也。」可見亦屬古語。❸家：《集解》引包咸注：「在家為卿大夫。」包咸說是，當指大夫之采邑。參見〔19•25〕「夫子之得邦家者」。有人理解為家庭，不妥。《論語》中凡是提到「怨」的地方，均與家庭之外的待人接物有關。無怨與「克己」有關，參見〔15•15〕，因此屬於「仁」的內容。❹司馬牛：《史記．仲尼弟子列傳》：「司馬耕，字子牛。牛多言而躁，問仁於孔子。孔子曰：『仁者其言也訒。』」❺訒（rèn）：遲鈍。❻「為之」二句：說明了言和行的關係，因為做起來難，所以不能誇誇其談。參見〔2•13〕，〔4•22〕，〔6•22〕，〔14•27〕等。❼「君子」句：參見〔14•28〕。❽疚（jiù）：由於犯錯誤而感到內心痛苦。❾亡：無。本章反映出子夏既是宿命論者，同時又強調事在人為，這種矛盾的思想，與孔子是一致的。說明在當時天命觀念已有所動搖。

12.4 司馬牛問甚麼是君子。孔子說：「君子不憂愁不恐懼。」

司馬牛又問：「不憂愁，不恐懼，這就能叫做君子了嗎？」孔子說：「內心反省不感到有錯而悔恨，那又愁甚麼、怕甚麼呢？」

12.5 司馬牛擔憂地說：「別人都有兄弟，唯獨我沒有。」

子夏說：「我聽到過這樣的話：死生有命運主宰，富貴全在於天意。君子敬慎而沒有過失，待人恭敬而有禮儀，那麼四海以內的人都是自己的兄弟。君子為何要擔憂沒有兄弟呢？」

12·6　子張問明①。子曰：「浸潤之譖②，膚受之愬③，不行焉，可謂明也已矣。浸潤之譖，膚受之愬，不行焉，可謂遠也已矣。」

12·7　子貢問政。子曰：「足食，足兵④，民信之矣。」

子貢曰：「必不得已而去，於斯三者何先？」曰：「去兵。」

子貢曰：「必不得已而去，於斯二者何先？」曰：「去食。自古皆有死，民無信不立⑤。」

12·6　子張問怎樣才是明察。孔子說：「如水浸潤、潛移默化的讒言，親身感受、有切膚之痛的控告，一律行不通，可以稱得上明察了。如水浸潤、潛移默化的讒言，親身感受、有切膚之痛的控告，一律行不通，可以稱得上遠見卓識了。」

12·7　子貢問國家的政道。孔子說：「備足糧食，充實軍備，取信於民。」

子貢說：「如果迫不得已要去掉一方面，在糧食、軍備、民信這三方面中先去掉哪一方面？」孔子說：「去掉軍備。」

子貢說：「如果迫不得已還要去掉一方面，在剩下的兩方面中先去掉哪一方面？」

孔子說：「去掉糧食。自古以來誰都難免於死，無糧頂多餓死，如果老百姓沒有對政府的信任，國家根本站不住腳。」

---

❶明：明察。〔16•10〕「視思明」。❷譖（zèn）：誣陷，讒言。❸膚受：有二解：一為膚淺，表面；一為肌膚所受，利害切身之意。以後解為長。愬：同「訴」，控告。❹足食、足兵：食指糧食儲備，兵指軍備。《漢書．刑法志》：「稅以足食，賦以足兵。」❺民無信不立：孔子非常強調取信於民，參見〔13•4〕，〔17•6〕，〔19•10〕。

12·8 棘子成曰①：「君子質而已矣，何以文為？」子貢曰：「惜乎，夫子之說君子也！駟不及舌②。文猶質也，質猶文也③。虎豹之鞟猶犬羊之鞟④。」

12·9 哀公問於有若曰：「年饑，用不足，如之何？」

有若對曰：「盍徹乎⑤？」

曰：「二⑥，吾猶不足，如之何其徹也？」

對曰：「百姓足，君孰與不足？百姓不足，君孰與足？」

12·10 子張問崇德辨惑。子曰：「主忠

12·8 棘子成說：「君子有其美質也就罷了，要文飾又有甚麼用呢？」子貢說：「可惜啊，先生你竟這樣來解說君子！一言出口，駟馬難追。文飾如同本質一樣重要，本質如同文飾一樣重要。如果去掉毛色花紋，虎豹之革如同犬羊之革。」

12·9 哀公向有若問道：「年景饑荒，用度不足，怎麼辦？」

有若答道：「為甚麼不用十分抽一的徹法呢？」

哀公說：「十分抽二，我還感到不足，怎能用那個徹法呢？」

信，徙義，崇德也。愛之欲其生，惡之欲其死。既欲其生，又欲其死，是惑也。『誠不以富，亦祇以異⑦。』」

❶棘子成：衛國大夫。❷駟：四匹馬。古時四馬駕一車。此句是說動舌出言，駟馬追不上。❸「文猶」二句：參見〔6·18〕「文質彬彬，然後君子。」❹鞟（kuò）：皮去毛叫「鞟」，即革。此句是說虎豹之皮與犬羊之皮毛色花紋不一，如果去毛，便無區別。❺盍：何不。徹：十分抽一的田稅制度。《孟子·滕文公上》：「夏后氏五十而貢，殷人七十而助，周人百畝而徹，其實皆什一也。」徹是由勞役地租轉化來的實物地租，崔述《三代經界通考·徹與助不能相兼》：「通其田（不分公田、私田）而耕之，通其粟而析之謂徹。」（《崔東壁遺書·王政三大典考卷之三》）❻二：指十分之二。晚周行什二之稅，《史記·蘇秦列傳》：「周人之俗，治產業，力工商，逐什二以為務。」關於什二之稅的起始有二說：一說始自魯宣公十五年「初稅畝」（見《左傳》）。杜預《左傳注》說：「公田之法，十取其一。今履其餘畝復十收其一，故哀公曰：『二，吾猶不足。』」朱熹《集注》本此說。另一說始自魯哀公十二年「用田賦」（見〔11·17〕注❷），即在什一稅之外另加軍賦，遂成什二。❼「誠不」二句：出《詩經·小雅·我行其野》。《集解》引鄭玄注：「祇，適也。言此行誠不可以致富，適足以為異耳。取此詩之異義以非之。」朱熹《集注》從鄭說，又存程頤之異說：「程子曰：此錯簡（因竹簡編次錯亂而造成的文字錯亂），當在十六篇『齊景公有馬千駟』（〔16·12〕）之上，因此下文有『齊景公』字（〔12·11〕）而誤也。」程說可供參考。本章可與〔12·21〕互參。

有若答：「老百姓富足了，君上會跟誰受累而不富足呢？老百姓不富足，君上會跟誰沾光而富足呢？」

12·10　子張問甚麼是崇德、辨惑。孔子說：「依仗忠誠信實，唯義是從，這就是崇德。喜愛一個人便想要他活，厭惡一個人便想要他死。既想要他活，又想要他死，這就是疑惑。這正如《詩》所說：『誠然不足以致富，而恰恰足以生異。』」

12·11 齊景公問政於孔子①。孔子對曰：「君君，臣臣，父父，子子。」公曰：「善哉！信如君不君，臣不臣，父不父，子不子，雖有粟，吾得而食諸？」

12·12 子曰：「片言可以折獄者②，其由也與？」子路無宿諾③。

12·13 子曰：「聽訟④，吾猶人也。必也使無訟乎？」

12·14 子張問政。子曰：「居之無倦，行之以忠。」

12·11 齊景公向孔子問政道。孔子答道：「君盡君道，臣盡臣道，父盡父道，子盡子道。」景公說：「好極了！誠然，如果君不盡君道，臣不盡臣道，父不盡父道，子不盡子道，即使有糧食儲備，我能吃得到嗎？」

12·12 孔子說：「可據片面之辭斷案的人，大概就是仲由吧？」子路沒有拖延未兑現的舊諾言。

12·13 孔子說：「聽訟判案，我跟別人的本事差不多。能不能一定讓人們沒有訴訟呢？」

12·15　子曰：「博學於文，約之以禮，亦可以弗畔矣夫⑤！」

12·16　子曰：「君子成人之美⑥，不成人之惡。小人反是。」

12·17　季康子問政於孔子⑦。孔子對曰：「政者，正也。子帥以正，孰敢不正？」

❶齊景公：名杵臼。齊莊公的異母弟。大夫崔杼殺死莊公後，立他為君，公元前 547 年至前 490 年在位。見《史記．齊太公世家》。本章孔子告誡齊景公要正名分，以維護宗法等級制度。參見〔1•2〕，〔2•21〕。❷片言：片面之辭。《太平御覽》六三九引鄭玄注：「片讀為半，半言單辭。」單辭即打官司原告與被告兩方面中的一面之辭。此句表現了子路的急躁和輕率。❸宿諾：拖延未實現的舊諾言。此句說明子路勇於實踐，同時也是急躁的一種表現。《經典釋文》說有的本子此句另分一章。❹聽訟：聽訴訟以判案。本章表現了孔子的禮治理想，參見〔2•3〕。孔子提倡禮治，但又不排斥刑罰，他主張禮治為主，刑罰為輔，參見〔13•3〕。❺本章的話已見〔6•27〕，注譯從略。❻成人之美：助成別人的好處。參見〔16•5〕「樂道人之善」。❼季康子：見〔2•20〕注❻。

12·14　子張問為政之道。孔子說：「在位盡職不要倦怠，執行政令要忠誠。」

12·15　孔子說：「君子廣泛學習古代文化典籍，又以禮來約束自己，也就能不背離正道。」

12·16　孔子說：「君子助成別人的好處，不助成別人的壞處。小人則與此相反。」

12·17　季康子向孔子問為政之道。孔子答：「政就是端正。您帶頭端正，誰還敢不端正？」

12·18 季康子患盜，問於孔子。孔子對曰：「苟子之不欲，雖賞之不竊。」

12·19 季康子問政於孔子曰：「如殺無道①，以就有道，何如？」孔子對曰：「子為政，焉用殺？子欲善而民善矣。君子之德風，小人之德草。草上之風②，必偃③。」

12·20 子張問：「士何如斯可謂之達矣④？」子曰：「何哉，爾之所謂達者？」子張對曰：「在邦必聞，在家必聞⑤。」子曰：「是聞也，非達也。夫達也者，質直而好義，察言而觀色，慮以下人。在邦必達，在家必

12·18 季康子苦於盜賊的擾亂，向孔子詢問對策。孔子說：「假如你不貪求財物，即使獎勵他們盜竊，他們也不會盜竊。」

12·19 季康子向孔子問政道，說：「如果殺掉無德無才的奸人，來親近有德有才的好人，怎麼樣？」孔子答：「您治理國政，何必用殺戮？您從善，那麼老百姓也就會從善了。君子的道德好比風，小人的道德好比草。草受到風，一定隨風倒伏。」

12·20 子張問：「士怎樣才

達。夫聞也者，色取仁而行達，居之不疑。在邦必聞，在家必聞。」

❶無道：無德無才的奸人。❷上：加。❸偃：仆，倒伏。這裏比喻被折服，被感化。本章表現了孔子的德治思想。❹達：通達。❺在家：見〔12•2〕注❸。

可稱得上達？」孔子問：「你所說的達是甚麼意思？」子張答：「在諸侯之國做官一定有名望，在大夫之家做官也一定有名望。」孔子說：「這是聞，不是達。至於達，品質正直，喜好大義，察其言語而觀其容色，又總是自覺謙讓於人。那麼，在諸侯之國做官一定通達，在大夫之家做官也一定通達。至於聞，表面上裝出有仁德的樣子，實際行動卻違背仁德，以仁人自居而從不懷疑自己。那麼，在諸侯之國做官一定會騙取名望，在大夫之家做官也一定會騙取名望。」

12·21 樊遲從遊於舞雩之下①，曰：「敢問崇德，修慝②，辨惑。」子曰：「善哉問！先事後得③，非崇德與？攻其惡，無攻人之惡④，非修慝與？一朝之忿，忘其身，以及其親，非惑與？」

12·22 樊遲問仁。子曰：「愛人。」問知。子曰：「知人。」樊遲未達。子曰：「舉直錯諸枉⑤，能使枉者直。」

樊遲退，見子夏曰：「鄉也吾見於夫子而問知⑥，子曰：『舉直錯諸枉，能使枉者直。』何謂也？」子夏曰：「富哉言乎！舜有天下，選於眾，舉皋陶⑦，不仁者遠矣。湯有

12·21 樊遲陪從孔子在舞雩台下閒遊，說：「敢問怎樣崇尚道德，整治過錯，辨明迷惑。」孔子說：「問得好啊！先去做，然後有所獲，不是崇尚道德的方法嗎？批判自己的過錯，不去批判別人的過錯，不是整治過錯的方法嗎？由於一時的忿怒，忘掉自身的安危得失，以至連累自己的父母，不是執迷不悟嗎？」

12·22 樊遲問甚麼是仁。孔子說：「愛人。」又問甚麼是知。孔子說：「知人。」樊遲不明白是甚麼意思。孔子說：「選拔正

天下⑧，選於眾，舉伊尹⑨，不仁者遠矣。」

直之人，把他們放在歪邪之人上面進行統治，能使歪邪之人正直起來。」

樊遲退下以後，去見子夏，說：「剛才我進見老師，詢問甚麼是知，老師說：『選拔正直之人，把他們放在歪邪之人上面進行統治，能使歪邪之人正直起來。』這話甚麼意思？」子夏說：「這話多麼富有寓意呀！舜得了天下，在眾人中選拔人才，舉用皋陶，不仁的人紛紛遠離而去。湯得了天下，在眾人中選拔人才，舉用伊尹，不仁的人紛紛遠離而去。」

❶舞雩（yú）：祭天求雨之處，有壇有樹。雩祭有歌舞，故稱「舞雩」。《水經注》：「沂水北對稷門，一名高門，一名雩門。南隔水有雩壇，壇高三丈，即曾點所欲風處也。」以上二句，宋翔鳳《論語發微》：「然建巳之月（夏曆四月），亦不可浴水中而風乾身」。浴沂，言祓（fú，除災求福之祭）濯於沂水，而後行雩祭。❷修：整治而加以消除。慝（tè）：邪惡。❸先事後得：孔子強調「見得思義」（〔16•10〕，〔19•1〕），而「先事後得」不僅符合義，更進而達到了仁，參見〔6•22〕「仁者先難而後獲，可謂仁矣」。❹「攻其」二句：攻：批判，指責。其：指代自己。這兩句可參見〔15•15〕「躬自厚而薄責於人，則遠怨矣」。攻人之惡不難做到，攻己之惡則難以做到，故孔子特別強調攻己之惡。❺錯：同「措」，置。❻鄉（xiàng）：同「向」，剛才。❼皋陶（yáo）：傳說中的東夷族首領，舜時做掌管刑法的官，後被禹選為繼承人，因早死，未繼位。❽湯：商族首領，後來伐夏桀滅夏，建立商朝。舜、湯均被儒家視為聖王。❾伊尹：曾助湯滅夏建立商朝，湯死後，又佐卜丙、仲壬二王。皋陶、伊尹均被儒家視為賢臣。

12·23 子貢問友。子曰：「忠告而善道之，不可則止，毋自辱焉①。」

12·24 曾子曰：「君子以文會友，以友輔仁②。」

❶ 自辱：自取其辱。孔子認為待人接物如不節制，易招致羞辱和疏遠，參見〔4·26〕。孔子把歷時久而受尊敬作為善於交友的表現，參見〔5·17〕。❷ 以友輔仁：參見〔15·10〕。

12·23 子貢問交友之道。孔子說：「忠言相告，好話勸導，不聽就作罷，不要死乞白賴而自討羞辱。」

12·24 曾子說：「君子用文章學問來聚會朋友，用朋友來輔助仁德的修養。」

子路第十三

本篇以論政的內容居多，反映了孔子禮治、德政、舉賢、治者先正己、悅近來遠、不可急功近利以及富民教民等思想。

13·1 子路問政。子曰：「先之勞之①。」請益。曰：「無倦。」

13·2 仲弓為季氏宰②，問政。子曰：「先有司，赦小過，舉賢才。」曰：「焉知賢才而舉之？」子曰：「舉爾所知。爾所不知，人其舍諸？」

13·3 子路曰：「衛君待子而為政③，子將奚先④？」子曰：「必也正名乎⑤？」子路曰：「有是哉，子之迂也！奚其正？」子曰：「野哉，由也！君子於其所不知，蓋闕如也。名不正，則言不順；言不順，則事不成；事不

13·1 子路問為政之道。孔子說：「做表率取信於民，然後再役使人民。」子路請求再多講一些。孔子說：「不要倦怠。」

13·2 仲弓做季氏的家臣，向孔子問為政之道。孔子說：「給辦事人員做表率，寬免別人小的錯誤，選拔賢良人才。」仲弓又說：「怎樣才能了解賢良人才而把他們選拔出來呢？」孔子曰：「選拔你所了解的。你所不了解的，別人難道會把他們捨棄嗎？」

13·3 子路說：「如果衛君等

成，則禮樂不興；禮樂不興，則刑罰不中；刑罰不中，則民無所錯手足。故君子名之必可言也，

❶先：率先。之：指代老百姓。先之：做老百姓的表率。參見〔12•17〕「子帥以正，孰敢不正」及〔13•6〕。勞：役使。這一句即〔19•10〕「君子信而後勞其民」之意。又《周易．兑卦．彖辭》：「説（悦）以先民，民忘其勞。」亦可與此互參。本章孔子的話針對子路性急好勝、魯莽為政的弱點而發，參見〔11•20〕。❷仲弓：冉雍，見〔5•5〕注❸。冉雍有治政之才，見〔6•1〕。❸衛君：一般認為指衛出公輒。衛靈公寵妃南子，驅逐世子蒯聵，立己所生子輒為出公。❹奚：何。❺名：名稱，名義，名分。當時禮壞樂崩，名稱、名義、名分混亂，與舊的現實不相符。馬克思在《摩爾根〈古代社會〉一書摘要》中說：「借更名稱以改變事物，乃是人類天賦的詭辯法！當直接利益十分衝動時，就尋找一個縫隙以便在傳統的範圍以內打破傳統！」為維護傳統的關係必須正名，《國語．晉語》説：「信於名則上下不干（犯）。」孔子正名的具體例子，見於《論語》者，如〔12•11〕，〔12•20〕，〔13•14〕；見於他書者，如《左傳．成公二年》所載孔子的話：「唯器（禮器）與名不可以假人。」《韓詩外傳》卷五：「孔子侍坐於季孫，季孫之宰通曰：『君使人假馬，其與之乎？』孔子曰：『吾聞：君取於臣曰取，不曰假。』季孫悟，告宰通曰：『今以往，君有取謂之取，無曰假。』孔子曰：『正假馬之言而君臣之義定矣。』」

待先生去治理國政，先生將先做甚麼？」孔子說：「那一定是糾正混亂的名稱。」子路說：「先生的迂闊竟如此嚴重啊！有甚麼可糾正的呢？」孔子說：「好粗野啊，子由！君子對他不了解的事情，大概應該闕而不論吧。混亂的名稱不糾正，那麼說話就不順當；說話不順當，那麼事情就辦不成；事情辦不成，那麼禮樂就不能重興；禮樂不能重興，那麼刑罰就不能適中；刑罰不能適中，那麼百姓連手腳都被束縛住，沒有合適的地方放了。因此君子關於稱呼的事情定能順當說出來，

言之必可行也。君子於其言，無所苟而已矣。」

13·4 樊遲請學稼①。子曰：「吾不如老農。」請學為圃。曰：「吾不如老圃。」樊遲出。子曰：「小人哉，樊須也！上好禮，則民莫敢不敬②；上好義，則民莫敢不服；上好信，則民莫敢不用情③。夫如是，則四方之民襁負其子而至矣，焉用稼？」

13·5 子曰：「誦《詩》三百，授之以政，不達④；使於四方，不能專對⑤；雖多，亦奚以為？」

順當說出來的事情定能行得通。君子對於自己的言詞，力求沒有一點馬虎的地方才作罷。」

13·4 樊遲請求學種莊稼。孔子說：「我不如經驗豐富的老農民。」又請求學種菜。孔子說：「我不如經驗豐富的老菜農。」

樊遲退出。孔子說：「樊須啊純粹是粗俗小人！居上位的人喜好禮，那麼老百姓就沒有人敢不尊敬；居上位的人喜好義，那麼老百姓就沒有人敢不服從；居上位的人喜好信，那麼老百姓就沒有人敢不真誠效勞。若能如此，

13·6　子曰：「其身正，不令而行；其身不正，雖令不從⑥。」

❶樊遲：孔子的學生，名須，見〔2·5〕注⑬。❷「上好禮」二句：參見〔14·41〕。❸「上好信」二句：參見〔19·10〕。❹「授之」二句：達，通曉。孔子認為《詩》可以興、觀、羣、怨、事父、事君（〔17·9〕），故與政有關。❺專對：擅自應對。外交辭令多借賦詩言志。又〔16·13〕「不學《詩》，無以言」。❻本章可參見〔12·17〕，〔13·13〕。

那麼四方的老百姓就會背負着襁褓中的子女來投靠了。哪用得着親自種莊稼呢？」

13·5　孔子說：「誦讀《詩》三百餘篇，授給政事，卻不通曉；到四方出使，卻不能獨立應對；即使讀得多，又有甚麼用呢？」

13·6　孔子說：「在位者自身端正，不下命令，事情也能行得通；在位者自身不端正，即使下命令老百姓也不服從。」

13·7 子曰：「魯衛之政，兄弟也①。」

13·8 子謂衛公子荊②：「善居室。始有，曰：『苟合矣③。』少有，曰：『苟完矣。』富有，曰：『苟美矣。』」

13·9 子適衛，冉有僕。子曰：「庶矣哉！」冉有曰：「既庶矣，又何加焉？」曰：「富之。」曰：「既富矣，又何加焉？」曰：「教之④。」

13·10 子曰：「苟有用我者，期月而已可也⑤，三年有成。」

13·7 孔子說：「魯國衛國的政治，像兄弟一樣相近。」

13·8 孔子評論衛國公子荊說：「他善於持家過日子。剛有一點財產，便說：『實在是足夠了。』稍稍增加一些，便說：『實在太完備了。』富有以後，便說：『實在太華美了。』」

13·9 孔子到衛國，冉有給他駕車。孔子說：「人口好多啊！」冉有說：「人口已經很多了，再該採取甚麼措施呢？」孔子說：「使人民富裕起來。」冉有又說：「已

13·11 子曰：「善人為邦百年，亦可以勝殘去殺矣。誠哉是言也⑥！」

13·12 子曰：「如有王者，必世而後仁⑦。」

❶兄弟：像兄弟一樣相近。《集解》引包咸說：「魯，周公之封。衛，康叔之封。周公、康叔既為兄弟，康叔睦於周公，其國之政亦如兄弟。」其實孔子的着眼點並不在兩國始封之君的兄弟關係，而在於兩國政治文化傳統的相近。孔子對魯國抱有很大的希望，曾說：「魯一變，至於道。」（〔6•24〕）對衛國也抱有希望，曾先後多次到衛國謀求參政，稱讚衛國「庶矣哉」。（〔13•9〕）❷荊：衛國的公子。吳國的公子季札到衛國時，曾就他和蘧瑗、史狗、史鰌、公叔發、公子朝說：「衛多君子，未有患也。」見《左傳‧襄公二十九年》。❸苟：誠然。合：給，足。依俞樾《羣經平議》說。❹本章表現了孔子主張在富民的基礎上進行教化。❺期(jī)月：一年的月份週而復始，即一年。❻本章可參見〔12•19〕。❼世：三十年為一世。

經富裕起來了，再該採取甚麼措施呢？」孔子說：「教育人民。」

13·10 孔子說：「如果有人用我治理國家，一年就能治理得差不多，三年就能卓有成效。」

13·11 孔子說：「善人治理國家一百年，也可以克服殘暴，消除殺戮了。這話說得真對呀！」

13·12 孔子說：「如果有稱王天下的人出現，也一定要經過三十年才能使仁德普行。」

13·13　子曰：「苟正其身矣，於從政乎何有？不能正其身，如正人何①？」

13·14　冉子退朝②。子曰：「何晏也③？」對曰：「有政。」子曰：「其事也。如有政，雖不吾以，吾其與聞之④。」

13·15　定公問：「一言而可以興邦，有諸？」孔子對曰：「言不可以若是。其幾也⑤，人之言曰：『為君難，為臣不易。』如知為君之難也，不幾乎一言而興邦乎？」曰：「一言而喪邦，有諸？」孔子對曰：「言不可以若是。其幾也，人之言曰：『予無

13·13　孔子說：「如果自身的行為端正了，對於參政治國有甚麼難的？不能端正自身的行為，怎能去端正別人呢？」

13·14　冉有從季氏辦公內朝退下。孔子問：「為甚麼這樣晚呢？」回答說：「有政務。」孔子說：「那是事務呀。如果有政務，即使不用我了，我也該知道的。」

13·15　魯定公問：「一句話就可以使國家興盛，有這樣的話嗎？」孔子回答：「話語不可以像這樣起作用。跟這相近的情況

樂乎為君，唯其言而莫予違也。』如其善而莫之違也，不亦善乎？如不善而莫之違也，不幾乎一言而喪邦乎？」

❶本章可參見〔12•17〕，〔13•6〕。❷朝：指季氏之私朝。家臣無朝國君之事。❸晏：晚。❹與（yù）：參與。本章是孔子正名以別等級的一個事例。❺幾：近。

是，人們常說：『做君主難，做臣下也不容易。』如果曉得為君的難處，不是近於一句話就會使國家興盛嗎？」

定公又說：「一句話就可以使國家喪亡，有這樣的話嗎？」孔子回答：「話語不可以像這樣起作用。跟這相近的情況是，人們常說：『我沒有甚麼樂於做君主的，只有一點，我無論說甚麼話都沒有人違抗我。』如果說的話好而沒有人違抗他，不也是很好的嗎？如果說的話不好而沒有人違抗他，不是近似於一句話就會使國家喪亡嗎？」

13·16　葉公問政①。子曰：「近者悅，遠者來②。」

13·17　子夏為莒父宰③，問政。子曰：「無欲速，無見小利。欲速，則不達；見小利，則大事不成。」

13·18　葉公語孔子曰：「吾黨有直躬者，其父攘羊，而子證之④。」孔子曰：「吾黨之直者異於是：父為子隱，子為父隱，直在其中矣。」

13·19　樊遲問仁。子曰：「居處恭，執事

13·16　葉公問為政之道。孔子說：「境內的人使他們歡悅，遠方的人使他們來歸。」

13·17　子夏做莒父邑的長官，問為政之道。孔子說：「不要貪圖快，不要只見小利。貪圖快，就不能達到目的；只見小利，那麼大事就不能成功。」

13·18　葉公告訴孔子說：「我們鄉黨有個行為耿直的人，他的父親偷了別人的羊，他親自告發了父親。」孔子說：「我們鄉黨的直率人與此不同：父親為兒子隱

敬，與人忠。雖之夷狄，不可棄也⑤。」

13·20　子貢問曰：「何如斯可謂之士矣？」子曰：「行己有恥，使於四方，不辱君命，可謂士矣。」

曰：「敢問其次。」

❶葉公：見〔7·19〕注❷。❷遠者來：參見〔13·4〕、〔16·1〕。❸莒父：魯國邑名，今地不詳。《山東通志》認為在今山東高密東南。本章説明孔子反對為政急功近利。他主張務本，為政以德，富民而教民。❹證：告發，見《説文解字》。本章説明孔子關於直的觀念不是絕對的直率，而是有條件的，即必須符合禮的規範，尤其是不可違背禮的根本——孝、悌。參見〔8·2〕、〔17·8〕、〔17·24〕。❺本章可參見〔15·6〕。

瞞，兒子為父親隱瞞，直率也就在裏面了。」

13·19　樊遲問甚麼是仁。孔子說：「居處要端莊嚴肅，辦事要認真敬慎，待人要誠心實意。即使到了落後的夷狄之國，也不可放棄這些。」

13·20　子貢問：「怎樣才可以叫做士？」孔子說：「用羞惡之心來約束自己的行為，出使外國，能維護國家尊嚴而不使君命受辱，便可以叫做士了。」

子貢說：「敢問次一等的。」

曰：「宗族稱孝焉，鄉黨稱弟焉。」

曰：「敢問其次。」曰：「言必信，行必果，硜硜然小人哉①！抑亦可以為次矣。」

曰：「今之從政者何如？」子曰：「噫！斗筲之人②，何足算也③？」

13·21 子曰：「不得中行而與之④，必也狂狷乎⑤！狂者進取，狷者有所不為也。」

13·22 子曰：「南人有言曰：『人而無恆⑥，不可以作巫醫⑦。』善夫！」「不恆其德，或承之羞⑧。」子曰：「不占而已矣。」

孔子說：「宗族稱讚他孝順父母，鄉黨稱讚他尊敬兄長。」

子貢說：「敢問再次一等的。」孔子說：「說話一定信實，做事一定果敢，淺薄固執，是不知權變的小人呀！不過也可算是再次一等的士了。」

子貢又說：「現在執政的那些人怎麼樣？」孔子說：「唉！這班器量狹小的人，算得上甚麼呢？」

13·21 孔子說：「不能得到按中庸行事的人與他結交，那一定是結交狂與狷這兩種人囉！狂者肯於進取，狷者不肯做壞事。」

13·23 子曰：「君子和而不同⑨，小人同而不和。」

13·24 子貢問曰：「鄉人皆好之，何如？」子曰：「未可也。」

❶硜硜（kēng）：淺薄固執的樣子。「言必」三句：孔子曾說：「信近於義，言可復也。」（〔1·13〕）《孟子·離婁下》：「孟子曰：『大人者，言不必信，行不必果，唯義所在。』」即闡發此處之義。❷筲（shāo）：古代的飯筐，容量五升。斗筲之人：器量狹小的人。❸算：數。❹中行：依中庸而行。與：黨與。❺狂：志向遠大而不切實際。狷（juàn）：性情褊急而有所謹畏。《孟子·盡心下》對本章作了具體而準確的解釋：「萬章問曰：『孔子在陳，何思魯之狂士？』孟子曰：『孔子不得中道而與之，必也狂狷乎？狂者進取，狷者有所不為也。孔子豈不欲中道哉？不可必得，故思其次焉。』」❻無恒：《周易·益卦·上九爻辭》：「立心勿恒，凶。」❼巫醫：古代醫和巫集於一人之身，故稱巫醫。《公羊傳·隱公四年》注：「巫者，事鬼神禱解以治病請福者也。」❽「不恒」二句：見《周易·恒卦·九三爻辭》。《周易·繫辭下》說：「恒，德之固也。」❾和：調和。同：等同。用現代哲學術語來說，和就是矛盾的統一，同就是絕對的統一。孔子主張「和」而反對「同」，就是主張在等級制度的前提下進行調和，而反對取消等級的混同。可參見〔1·12〕有子的話以及〔2·14〕。

13·22 孔子說：「南方人有句話說：『人如果沒有恒心，不可以做巫醫。』這話太好啦！」

《周易·恒卦》中有這樣的話：「不操守德行，有可能受到羞辱。」孔子說：「這是告訴不操守德行的人不必去占卜罷了。」

13·23 孔子說：「君子調和而不混同，小人混同而不調和。」

13·24 子貢問：「鄉人都喜歡他，怎麼樣？」孔子說：「還不能認可。」

「鄉人皆惡之，何如？」子曰：「未可也。不如鄉人之善者好之，其不善者惡之①。」

13·25 子曰：「君子易事而難說也②。說之不以道，不說也；及其使人也，器之③。小人難事而易說也。說之雖不以道，說也；及其使人也，求備焉。」

13·26 子曰：「君子泰而不驕④，小人驕而不泰。」

13·27 子曰：「剛、毅⑤、木⑥、訥⑦，近仁⑧。」

子貢又問：「鄉人都厭惡他，怎麼樣？」孔子說：「還不能認可。不如鄉人中的好人喜歡他，鄉人中的壞人厭惡他。」

13·25 孔子說：「在君子手下做事容易，卻難以討他喜歡。不用正當的方法討他喜歡，他是不會喜歡的；等到他使用別人時，總是量才而用。在小人手下做事難，卻容易討他喜歡，即使不用正當方法討他喜歡，他也會喜歡的；等到他使用別人時，總是求全責備。」

13·28 子路問曰：「何如斯可謂之士矣？」子曰：「切切偲偲⑨，怡怡如也⑩，可謂士矣。朋友切切偲偲，兄弟怡怡。」

❶「不如」二句：孔子主張好惡必須有是非標準，可參見〔4·3〕「唯仁者能好人，能惡人」，〔15·28〕「眾好之，必察焉；眾惡之，必察焉」。❷事：侍奉。由下文「使人」可知「事」的具體意義。《說苑·雜言》：「曾子曰：『夫子見人之一善而忘其百非，是夫子之易事也。』」這是「君子易事」的一個實例。說：同「悅」。❸器：量才而用。即〔18·10〕所說「無求備於一人」。❹泰：雍容大方。何晏《集解》釋本章說：「君子自縱泰似驕而不驕，小人拘忌而實自驕矜。」可參考。❺毅：果敢。❻木：質樸。❼訥：見〔4·24〕注❺。又可參見〔4·22〕，〔12·3〕。❽近仁：近於仁。參考《論語》本書有關篇章，孔子是說以上四種品質中的任何一種都近於仁。❾切切偲偲（sī）：互相批評和幫助的樣子。❿怡怡：和順的樣子。

13·26 孔子說：「君子雍容大方，卻不驕傲自大；小人驕傲自大，卻不雍容大方。」

13·27 孔子說：「剛強、果敢、樸實、謹言，這四種品質都近於仁。」

13·28 子路問：「怎樣才可以叫做士？」孔子說：「互相批評，和睦相處，可以叫做士了。朋友之間互相批評，兄弟之間和睦相處。」

13·29 子曰：「善人教民七年，亦可以即戎矣①。」

13·30 子曰：「以不教民戰②，是謂棄之。」

❶ 即：就。戎：兵事。即戎：參軍作戰。本章強調善人教民，而且為時要七年之久，主要指政治、思想方面的教育，孔子雖然提倡仁愛，主張「勝殘去殺」，但並不籠統地反對戰爭。他支持正義戰爭，反對不義戰爭，這裏強調用善人所教之民從戎，正是為了保證戰爭的正義性。❷ 不教民：未經教育訓練的人民。教，既包括政治、思想教育，又包括技術訓練。沒有思想，只能盲目賣命；不懂技術，只能魯莽戰死。

13·29 孔子說：「善人教育人民達七年之久，也就可以讓他們參軍作戰了。」

13·30 孔子說：「用未經教育訓練的人民作戰，這等於說拋棄他們。」

憲問第十四

本篇包括四十四章，內容較雜，論德、論政、論學，兼而有之。尤以評論人物的內容為突出，在論及一些著名歷史人物如子產、管仲、晉文公、齊桓公、衛靈公等時，表現出孔子的政治、倫理觀點。

14.1 憲問恥①。子曰：「邦有道，穀②；邦無道，穀，恥也。」「克、伐、怨、欲不行焉，可以為仁矣？」子曰：「可以為難矣，仁則吾不知也。」

14.2 子曰：「士而懷居③，不足以為士矣。」

14.3 子曰：「邦有道，危言危行④；邦無道，危行言孫⑤。」

14.4 子曰：「有德者必有言⑥，有言者不必有德⑦。仁者必有勇，勇者不必有仁⑧。」

14.1 原憲問甚麼是羞恥。孔子說：「國家治道清明，可以做官得俸祿；國家治道昏亂，做官得俸祿，就是恥辱。」

原憲又問：「好勝、自誇、怨恨、貪慾這四種毛病在實際作為中無所表現，可以算是仁了吧？」孔子說：「可以算是難能可貴的了，至於能否算是仁，那我還不知道呢。」

14.2 孔子說：「士如果懷戀鄉居之安，就不足以稱為士了。」

14.3 孔子說：「國家治道清

14.5 南宮适問於孔子曰⑨：「羿善射⑩，奡盪舟⑪，俱不得其死然。禹、稷躬稼而有天下⑫。」夫子不答。

❶憲：原思，見〔6•5〕注❼。憲為名，思為字，本章直稱名，有可能是原憲自記。❷穀（gǔ）：祿。孔子這裏的話反映了他的處世、用世態度，參見〔5•2〕，〔8•13〕，〔15•7〕。❸而：如。居：家居，鄉居。懷居等於說懷土，參見〔4•11〕。本章告誡士不可貪圖鄉居安逸，應有四方之志，為實現遠大理想而艱苦奮鬥。參見〔4•9〕，〔8•7〕。❹危：正。❺孫：同「遜」。本章表現了孔子的處世態度，參見〔5•2〕，〔15•7〕。❻言：指善言，有價值的言論。❼「有言」句：「言」亦指善言。無德之人而有善言，其言或為巧言，或為空言，雖與實際行動脱節，而言論本身可能是正確的。這句話既告誡人們不可聽其言而信其行，又告誡人們不可因人廢言，參見〔15•23〕。❽「勇者」句：是説單純的勇敢還達不到仁的標準，勇敢必須符合禮義才行，參見〔8•2〕，〔17•23〕，〔17•24〕。❾南宮适（同「括」）：孔子的學生南容，詳〔5•2〕注❺。❿羿（yì）：古代傳説中叫羿的人有三個，都是善射之人。這裏的羿指夏代有窮國的君主后羿，曾篡夏位，後又被其臣寒浞殺而代之。見《左傳．襄公四年》。⓫奡（ào）：或作「澆」字，古代傳説中的人物，寒浞的兒子，以力大著稱。盪：翻。顧炎武《日知錄》卷七：「《竹書紀年》：帝相二十七年，『澆伐斟鄩，大戰於濰，覆其舟滅之』。《楚辭．天問》：『覆舟斟鄩，何道取之？』正謂此也。」⓬禹：夏后氏部落領袖，奉舜之命治理洪水，卓有功績，舜死後擔任部落聯盟領袖，建立夏朝。稷：后稷，周祖的始祖，名棄。善於種植，堯、舜時代曾做農官，教民耕種。躬稼：親自參加耕種。躬稼之事於稷為切，禹治水亦與農事有關。本章表現了孔子尚德不尚力的思想。參〔14•33〕，〔17•23〕。

明，正直地說話，正直地做人；國家治道昏亂，正直地做人，說話卻要謙謹。」

14.4 孔子說：「有德行之人一定有善言，有善言之人不一定有德行。有仁德的人一定有勇敢精神，勇敢無畏的人不一定有仁德。」

14.5 南宮适向孔子問道：「后羿善於射箭，奡力大翻舟，結果都不得好死。大禹和后稷親自參加農事，卻都得到天下。」孔子不回答。

南宮适出，子曰：「君子哉若人！尚德哉若人！」

14·6 子曰：「君子而不仁者有矣夫，未有小人而仁者也①。」

14·7 子曰：「愛之，能勿勞乎？忠焉，能勿誨乎？」

14·8 子曰：「為命②，裨諶草創之③，世叔討論之④，行人子羽修飾之⑤，東里子產潤色之⑥。」

南宮适出去以後，孔子說：「這個人真是君子啊！這個人真崇尚道德啊！」

14·6 孔子說：「身為君子卻不具備仁德的人是有的，但沒有身為小人卻具備仁德的人。」

14·7 孔子說：「愛他，能不使他操勞嗎？忠於他，能不給他教誨嗎？」

14·8 孔子說：「鄭國擬定外交辭令，裨諶先起草稿，世叔加以研討議論，外交官子羽加以修

14.9 或問子產。子曰：「惠人也⑦。」問子西⑧。曰：「彼哉！彼哉⑨！」

❶「君子」二句：這裏的「君子」、「小人」當分別指有地位的貴族和無地位的老百姓。❷命：令。這裏指辭令。《左傳．襄公三十一年》：「鄭國將有諸侯之事，子產乃問四國之為於子羽，且使多為辭令；與裨諶乘以適野，使謀可否；而告馮簡子，使斷之。事成，乃授子大叔使行之，以應對賓客，是以鮮有敗事。」與孔子的話大同小異。❸裨諶（chén）：鄭國大夫。❹世叔：即子大叔（「大」即「太」，「世」、「太」二字通用），姓游，名吉，鄭簡公、定公時為卿，後繼子產執政。討論：研究議論。❺行人：執掌出使的官。子羽：公孫揮的字，鄭國大夫。❻東里：子產所居之地。子產：鄭國大夫，詳見〔5·16〕注❺。❼惠人：仁愛之人。《左傳．襄公三十一年》載，鄭國有人主張毀鄉校，以消除人們議論執政的場所。子產反對，認為防民之口「猶防川」，「大決（口）所犯，傷人必多，吾不克救也。不如小決使道，不如吾聞而藥之也」。孔子聽到此話，便說：「以是觀之，人謂子產不仁，吾不信也。」❽子西：春秋時有三個叫子西的，這裏當指鄭國的公孫夏，為子產的同宗兄弟，子產繼他之後主持鄭國國政。故問過子產之後，連及問到他。其他兩個，一個是楚國的鬬宜申，生當魯僖公、文公之世，因謀亂被誅。一是楚國的公子申，和孔子同時，而死於其後。❾彼哉彼哉：表示輕蔑的習慣語。《公羊傳．定公八年》載：陽虎謀殺季孫未成，正在郊外休息，望見公斂處父帶領追兵趕來，也曾說：「彼哉！彼哉！」

飾，東里子產加以潤色。」

14.9 有人問起子產。孔子說：「是一個慈惠的人。」又問起子西。孔子說：「他呀！他呀！」

問管仲①。曰：「人也。奪伯氏駢邑三百②，飯疏食，沒齒無怨言③。」

14·10 子曰：「貧而無怨難，富而無驕易④。」

14·11 子曰：「孟公綽為趙、魏老則優⑤，不可以為滕、薛大夫⑥。」

14·12 子路問成人⑦。子曰：「若臧武仲之知⑧，公綽之不欲⑨，卞莊子之勇⑩，冉求之藝⑪，文之以禮樂⑫，亦可以為成人矣。」曰：「今之成人者何必然！見利思義⑬，

又問起管仲。孔子說：「是個人才。他曾剝奪伯氏駢邑三百戶的采地，伯氏只能吃粗飯，直到老死而無怨言。」

14·10 孔子說：「貧窮卻沒有怨恨，難以做到；富有卻沒有驕氣，容易做到。」

14·11 孔子說：「孟公綽如果做晉國諸卿趙氏、魏氏的家臣，那麼能力是綽綽有餘的；但是不可能勝任滕、薛之類小國的大夫。」

❶管仲：見〔3·22〕注❶。❷伯氏：齊國大夫。騈邑：伯氏的采邑。「騈」或作「邢」，或說今山東臨朐東南的邢城即其地。阮元曾得伯爵彝，出土於山東臨朐柳山寨。他說柳山寨有古城城基，即春秋騈邑。（見《積古齋鐘鼎彝器款識》）。三百：邑人戶數。劉寶楠《正義》引鄭玄注：「騈邑三百家，齊下大夫之制。」❸齒：年。沒齒：終其天年。❹「貧而」二句：參見〔1·15〕。❺孟公綽：魯國大夫，孔子認為他清心寡慾（詳下章）。《左傳·襄公二十五年》載：齊崔杼帥師伐魯北邊，襄公患之，使告於晉。孟公綽曰：「崔子將有大志，不在病我，必速歸，何患焉？其來也不寇。使民不嚴，異於他日。」齊師空歸，果如所言。《史記·仲尼弟子列傳》說他是孔子所尊敬的人。趙、魏：晉國諸卿趙氏和魏氏。老：大夫的家臣稱「老」，或稱「室老」。優：優裕，有餘力。❻滕：當時的小國，故城在今山東滕州西南十五里。薛：當時的小國，故城在今山東滕州西南四十四里。❼成人：等於說完人。❽臧武仲：魯國大夫臧孫紇。他的智慧，有一些事例可證，《左傳·襄公二十三年》載：他曾設計為季武子廢長立少。後不容於魯國，逃往齊國，又能預見齊莊公將敗而設法拒絕莊公授給他田邑。其中還記載了孔子評論他有智而無禮義的話：「知之難也。有臧武仲之知，而不容於魯國，抑有由也，作不順而施不恕也。」（指做事不順無嫡則立長之禮，施加不恕被廢者之心。）❾公綽：即上章所言之孟公綽。不欲：不貪心。上章孔子所評孟公綽的能力，對此孟公綽當亦有自知之明而自謙，所以這裏說他「不欲」。❿卞莊子：魯國卞邑大夫，以勇敢著稱。《荀子·大略篇》：「齊人欲伐魯，忌卞莊子，不敢過卞。」其他如《韓詩外傳》卷十、《新序·義勇》、《史記·陳軫列傳》等皆載有他勇敢的故事。⓫藝：指多才多藝。〔6·8〕稱「求也藝」。⓬文：文飾。文之以禮樂：用禮樂加以修飾。孔子認為知、不欲、勇、藝雖為可貴的品質和才能，但必須用禮樂加以規範才能臻於完美，參見〔3·8〕「繪事後素」，「禮後乎」，〔6·18〕「文質彬彬，然後君子」，〔8·8〕「立於禮，成於樂」。否則可能走向反面，參見〔8·2〕。⓭見利思義：〔16·10〕和〔19·1〕都有「見得思義」的話，與此同義。由此可見孔子並非概不言實利，只是反對見利忘義，參見〔4·16〕。

14·12 子路問甚麼是完人。

孔子說：「像臧武仲那樣的睿智，孟公綽那樣的不貪心，卞莊子那樣的勇敢，冉求那樣的多才多藝，再用禮樂加以修飾，也可以稱作完人了。」又說：「現今的所謂完人何必一定如此！見到利益能想到是否合乎義，見危授命①，久要不忘平生之言②，亦可以為成人矣。」

14·13 子問公叔文子於公明賈曰③：「信乎？夫子不言，不笑，不取乎？」公明賈對曰：「以告者過也④。夫子時然後言，人不厭其言；樂然後笑，人不厭其笑；義然後取，人不厭其取。」子曰：「其然。豈其然乎？」

14·14 子曰：「臧武仲以防求為後於魯⑤，雖曰不要君⑥，吾不信也。」

14·15 子曰：「晉文公譎而不正⑦，齊桓

見到危難肯於獻身，久處困頓之境而不忘平生所立誓言，也可以稱作完人了。」

14·13 孔子向公明賈詢問公叔文子，說：「當真嗎？他老先生不講話，不笑，不索取嗎？」公明賈說：「這是傳話人造成的過錯。他老先生時機恰當然後講話，因此別人不厭煩他的話；高興了然後笑，因此別人不厭煩他的笑；合乎義然後索取，因此別人不厭煩他的求取。」孔子說：「原來是這樣。難道真是這樣嗎？」

公正而不譎⑧。」

❶見危授命：〔19·1〕「見危致命」，與此同義。❷要：約，困頓。久要：長久的困頓處境。參見〔4·2〕「不仁不可以久處約」。❸公叔文子：衛國大夫公孫拔（或作發），衛獻公之孫，謚貞惠文子。詳見《禮記·檀弓》及鄭玄注。公明賈：衛國人，姓公明，名賈。❹以：此。❺防：臧武仲的封邑。為後：立後。臧武仲獲罪於季孫，受到攻伐，出奔邾。自邾到防，派使者向魯君請求，為立臧氏之後，願以此為條件避邑他去。魯君於是立他的異母兄臧為，武仲遂交出防而奔齊。詳見《左傳·襄公二十三年》。❻要：要脅。❼晉文公：名重耳。他和齊桓公是春秋五霸中最有勢力的君主。譎（jué）：欺詐，詭變。孔子對晉文公的評價，《論語》中僅此一見，貶而無褒。《左傳·僖公二十八年》載溫地之會，晉文公召周天子而使諸侯朝見，亦受到孔子的貶斥。其文曰：「是會也，晉侯（文公）召王，以諸侯見，且使王狩。仲尼曰：『以臣召君，不可以訓。』故書曰：『天王狩于河陽。』言非其地也，且明德也。」這裏孔子認為晉文公非禮而無德，亦譎而不正之一例。鄭玄引此以注《論語》（見《集解》引），甚當。❽齊桓公：名小白，他任用管仲為相，國力強大，稱霸諸侯。對於霸道，孔子不像戰國時的孟子那樣一概否定。孟子把霸道與王道絕對對立起來，尊王賤霸，認為「以力假仁者霸」，「以德行仁者王」（《孟子·公孫丑上》），「五霸者，三王之罪人也」（《孟子·告子下》），「仲尼之徒無道桓（齊桓）、文（晉文）之事者」（《孟子·梁惠王上》），其實孔子並不一概反對霸道，他肯定五霸的強大國力，肯定他們尊王攘夷的做法。在五霸中他尤其褒揚齊桓公，認為齊國有實現王道的基礎：「齊一變，至於魯；魯一變，至於道。」（〔6·24〕）肯定齊桓公不念舊恨，任用管仲，「九合諸侯，不以兵車」，「霸諸侯，一匡天下」（詳見以下兩章），這些都可作為「正而不譎」的注腳。

14·14　孔子說：「臧武仲用防邑作條件請求魯君在魯國立臧氏後嗣，即使說這不是要脅君主，我也是不相信的。」

14·15　孔子說：「晉文公欺詐而不正直，齊桓公正直而不欺詐。」

14·16　子路曰：「桓公殺公子糾，召忽死之，管仲不死①。」曰：「未仁乎？」子曰：「桓公九合諸侯，不以兵車②，管仲之力也③。如其仁④，如其仁。」

14·17　子貢曰：「管仲非仁者與？桓公殺公子糾，不能死，又相之。」子曰：「管仲相桓公，霸諸侯，一匡天下⑤，民到于今受其賜。微管仲⑥，吾其被髮左衽矣⑦。豈若匹夫匹婦之為諒也⑧，自經於溝瀆而莫之知也⑨！」

14·18　公叔文子之臣大夫僎與文子同升諸公⑩。子聞之，曰：「可以為『文』矣⑪。」

14·16　子路說：「齊桓公殺了（召忽、管仲的主子）公子糾，召忽為他自殺而死，管仲卻不死。」接着又說：「管仲還未達到仁吧？」孔子說：「齊桓公多次會盟諸侯，不動用兵車武力，都是管仲的功勞。這就是他的仁，這就是他的仁。」

14·17　子貢說：「管仲不是仁人吧？齊桓公殺了公子糾，管仲不能為主子而死，反而做了桓公的相。」孔子說：「管仲輔佐桓公，使他稱霸諸侯，使天下得到匡正，百姓直到今天還受到他的

14·19 子言衛靈公之無道也⑫，康子曰⑬：「夫如是，奚而不喪⑭？」

❶「桓公」三句：齊桓公和公子糾都是齊襄公（名諸兒）的弟弟。襄公無道，鮑叔牙預見將發生動亂，奉公子小白（桓公）出奔莒。公孫無知殺襄公自立，齊國動亂，管仲、召忽奉公子糾奔魯。齊人殺無知，魯國伐齊，接納公子糾。小白自莒先入齊國，自立為君（桓公），於是伐魯，逼迫魯國殺了公子糾，召忽因此自殺，管仲經鮑叔牙推薦，桓公用為相。事見《左傳》莊公八年、九年。亦可參見《管子．大匡篇》、《史記．齊世家》。❷九合諸侯，不以兵車：是說多次主持諸侯的和平會盟。古時諸侯會盟，有所謂「兵車之會」和「衣裳之會」（亦作「衣冠之會」）。「兵車之會」指帥兵車聚合武力進行會盟，「衣裳之會」指憑藉禮義的和平會盟。《穀梁傳．莊公二十七年》：「衣裳之會十有一，未嘗有歃血之盟也，信厚也。兵車之會四，未嘗有大戰也，愛民也。」「九合」或實指，《左傳》、《國語》有「九合諸侯」、「七合諸侯」、「再合諸侯」、「三合大夫」之語，數詞皆為確指。「九合」也可能是虛指。究竟是哪種情況，已無法考定。有人解「九」為「糾」，不當。❸力：功。❹如：乃。本章和下章都是在肯定管仲的大節大信，而忽略他的小節小信。這正是孔子知權的表現。❺匡：正。❻微：無。❼被：同「披」。左衽（rèn）：在左邊開衣襟。披散頭髮、左開衣襟皆為夷狄之俗。❽諒：信，這裏指小信。參見（13·20）、（15·37）。❾自經：自縊。❿公叔文子：已見（14·13）。臣：家臣。大夫僎：《漢書．古今人表》作「大夫選」，僎、選通用。諸：之於的合音。公：公室。⓫文：《逸周書．謚法解》關於「文」的謚號有六義，其六為「錫民爵位」，與這裏相合。⓬衛靈公：衛獻公之孫，名元，在位四十二年。政治昏亂，夫人南子曾經操權。⓭康子：季康子，見（2·20）注❻。⓮奚而：俞樾《羣經平議．論語平議》云：「奚而猶奚為也。」奚為即何為，亦即為何。

恩賜。如果沒有管仲，我們大概已淪落為夷狄，披散着頭髮，衣襟向左開了。難道要像普通男女那樣拘於小信，自縊於溝瀆之中而沒有人曉得他們嗎！」

14·18 公叔文子的家臣大夫僎與公叔文子一起升到衛國公室做官。孔子聽到後，說：「公叔文子可以稱為『文』了。」

14·19 孔子談論衛靈公的昏亂無道，季康子說：「既然如此，為甚麼不敗亡？」

孔子曰：「仲叔圉治賓客①，祝鮀治宗廟②，王孫賈治軍旅③。夫如是，奚其喪？」

14·20 子曰：「其言之不怍④，則為之也難。」

14·21 陳成子弒簡公⑤。孔子沐浴而朝，告於哀公曰⑥：「陳恆弒其君，請討之。」公曰：「告夫三子⑦！」孔子曰：「以吾從大夫之後⑧，不敢不告也。君曰『告夫三子』者！」之三子告，不可。孔子曰：「以吾從大夫之後，不敢不告也。」

孔子説：「他有仲叔圉主管外交，祝鮀主管祭祀，王孫賈主管軍隊，既然如此，那又怎麼會敗亡呢？」

14·20 孔子説：「一個人大言不慚，那他實踐起來一定很困難。」

14·21 齊國大臣陳成子殺了齊簡公。孔子齋戒沐浴以後上朝報告魯哀公説：「陳恆殺了他的君主，請出兵討伐他。」哀公説：「那就報告季孫、叔孫、孟孫三人吧！」

14·22 子路問事君。子曰：「勿欺也，而犯之⑨。」

❶仲叔圉（yǔ）：即孔文子，見〔5·15〕注❷。❷祝鮀：見〔6·16〕注❶。❸王孫賈：見〔3·13〕注❽。孔子認為衛國多君子，以上提到的三人皆未入君子之列，但他們有才，各有專長，受到孔子的重視。❹怍（zuò）：慚愧。本章講言和行的關係。孔子認為說得容易做起來難，反對說空話、說大話，參見〔1·14〕、〔4·24〕、〔12·3〕等。❺陳成子：名恆，齊國大臣。齊簡公四年（前481），殺死簡公，擁立齊平公，任為相國，從此齊國由陳氏專權。❻孔子……告於哀公：《左傳·哀公十四年》亦載其事：「甲午（六月五日），齊陳恆弒其君壬於舒州。孔丘三日齊（齋），而請伐齊三。公曰：『魯為齊弱久矣，子之伐之，將若之何？』對曰：『陳恆弒其君，民不與者半。以魯之眾加齊之半，可克也。』公曰：『子告季孫。』孔子辭，退而告人曰：『吾以從大夫之後也，故不敢不言。』」❼三子：孟孫、叔孫、季孫。❽「以吾」句：見〔11·8〕注❿。時孔子已經告老還家，但仍以大夫身份關心政事。❾「勿欺」二句：《集解》引孔安國注：「事君之道，義不可欺，當能犯顏諫爭。」此說可取。《禮記·檀弓上》：「事君有犯而無隱。」亦本此義。孔子主張「事君盡禮」（〔3·18〕）、「臣事君以忠」（〔3·19〕）、「以道事君」（〔11·22〕），皆可與此互參。

孔子退下後說：「因為我忝居大夫之列，不敢不報告這樣重大的事啊。君主竟說出『報告三子』的話！」

於是到了季孫、叔孫、孟孫三人那裏報告，結果是不同意。孔子說：「因為我忝居大夫之後，不敢不報告這樣重大的事啊！」

14·22 子路問怎樣服事君主。孔子說：「不要欺騙，而應該冒犯諫爭。」

14·23 子曰：「君子上達，小人下達①。」

14·24 子曰：「古之學者為己②，今之學者為人③。」

14·25 蘧伯玉使人於孔子④。孔子與之坐而問焉，曰：「夫子何為？」對曰：「夫子欲寡其過而未能也⑤。」使者出。子曰：「使乎！使乎！」

14·26 子曰：「不在其位，不謀其政⑥。」曾子曰：「君子思不出其位⑦。」

14·23 孔子說：「君子通曉高深的學問，小人通曉低級的學問。」

14·24 孔子說：「古代學者的學習目的是為了修養和充實自身，當今學者的學習目的是為了向別人炫耀。」

14·25 蘧伯玉派使者拜訪孔子。孔子跟他同坐，並且問道：「你們先生在做甚麼？」回答說：「我們先生想儘量減少過錯卻還未能做到。」使者出去以後。孔子說：「難得的使者啊！難得的使

14·27　子曰：「君子恥其言而過其行⑧。」

14·28　子曰：「君子道者三⑨，我無能焉：仁者不憂，知者不惑，勇者不懼。」

❶「君子」二句：上達、下達與學有關。《集解》：「本為上，末為下。」皇侃《義疏》：「上達者，達於仁義也。下達謂達於財利，所以與君子反也。」此解與孔子的話「君子喻於義，小人喻於利」（〔4·16〕）及《禮記·大學》「德者，本也；財者，末也」相合。此外，孔子認為上達與下達也表現了人的才智的差別，如說：「中人以上，可以語上也；中人以下，不可以語上也」（〔6·21〕），「君子不可小知而可大受也，小人不可大受而可小知也」（〔15·34〕），「唯上知與下愚不移」（〔17·3〕）。子貢也說：「文武之道……賢者識其大者，不賢者識其小者。」（〔19·22〕）❷為己：為了端正和充實自己。正因為如此，所以才能做到「人不知而不慍」（〔1·1〕）。又可參見〔14·30〕，〔14·33〕。❸為人：為了向別人賣弄。《荀子·勸學篇》對以上兩句話解釋得很正確，可參見。本章所論古今學風的不同，是就一般情況而言，並不排斥今之學者仍有像古之學者的。❹蘧（qú）伯玉：衛國大夫，名瑗。孔子在衛國時，曾寄居他家。《論語》中還有一處論到他，參見〔15·7〕。❺寡其過：蘧伯玉是一個善於知非改過的人。《莊子·則陽篇》：「蘧伯玉行年六十而六十化，未嘗不始於是之而卒詘之以非也，未知今之所謂是之非五十九非也。」《淮南子·原道訓》：「蘧伯玉年五十而知四十九年非。」❻「不在」二句：已見〔8·14〕。❼「君子」句：又見《周易·艮卦·象辭》：「君子以思不出其位。」❽而：之。說詳楊樹達《詞詮》。皇侃《義疏》本及日本足利本逕作「之」字。孔子主張言行一致的話很多，參見〔4·22〕，〔4·24〕，〔12·3〕，〔14·20〕等。❾君子道者：君子之道。

者啊！」

14·26　孔子說：「不居某一職位，不考慮那方面的政事。」

曾子說：「君子考慮問題不越出自己的職權範圍。」

14·27　孔子說：「君子以口裏說的超過實際做的為恥。」

14·28　孔子說：「君子之道有三，我沒有能力做到，這就是：有仁德的人不憂愁，有智慧的人不迷惑，有勇氣的人不畏懼。」

子貢曰：「夫子自道也。」

14·29 子貢方人①。子曰：「賜也賢乎哉？夫我則不暇。」

14·30 子曰：「不患人之不己知，患其不能也②。」

14·31 子曰：「不逆詐③，不億不信④，抑亦先覺者，是賢乎？」

14·32 微生畝謂孔子曰⑤：「丘何為是栖栖者與⑥？無乃為佞乎？」孔子曰：「非敢為

子貢曰：「這正是先生自我稱道呢。」

14·29 子貢經常批評人。孔子說：「賜啊，你就比別人強嗎？要是我就沒有這樣的閒工夫。」

14·30 孔子說：「不憂慮別人不了解自己，憂慮自己沒有能力。」

14·31 孔子說：「不預先揣度別人的欺詐，不憑空猜測別人的不誠實，卻又能及早發覺欺詐與不誠實，這樣的人該是賢者吧？」

佞也，疾固也⑦。」

14·33 子曰：「驥不稱其力⑧，稱其德也⑨。」

14·34 或曰：「以德報怨⑩，何如？」

❶方：有二解：一義為比，「方人」即品評人的優劣長短。一說通「謗」，據《經典釋文》鄭玄注的《論語》即作「謗」字，注曰：「謂言人之過惡。」兩說均可通，此從後說。❷「不患」二句：指的是君子治學的態度和目的。參見〔1·1〕「人不知而不慍」，〔15·19〕「君子病無能焉，不病人之不己知也。」❸逆：事先揣度。❹億：同「臆」，猜測。以上二句：《大戴禮·曾子立事篇》：「君子不先人以惡，不疑人以不信。」❺微生畝：姓微生，名畝。或作尾生畝，有人說即尾生高。已不可詳考。從話中直呼孔子之名這一點看，當是一個長者。❻栖栖（xī）：形容不安定。❼疾：憂患。本章反映了孔子到處遊說的目的在於說服頑固的當政者採納自己的政治主張。❽驥：古代良馬名，相傳能日行千里，又叫千里馬。❾德：指訓練有素，駕馭時能協人意。據《集解》及《太平御覽》四〇三引鄭玄《論語注》：「德者，調良之謂，謂有五馭之威儀。」又《周禮·保氏》「五馭」鄭玄注：「五馭，鳴和鸞（和、鸞均為車鈴），逐水曲，過君表，舞交衢，逐禽左。」本章表現了孔子尚德不尚力的思想，參見〔14·5〕，〔17·23〕。❿以德報怨：此語或本《老子》六十三章：「大小多少，報怨以德。」

14·32 微生畝對孔子說：「你孔丘為甚麼要這樣惶惶不安，到處遊說呢？不會是要賣弄口才吧？」孔子說：「不敢賣弄口才，實在是擔心人們頑固不化。」

14·33 孔子說：「對於名驥駿馬，不稱讚牠的氣力，而是稱讚牠的美德。」

14·34 有人說：「用恩德來回報怨恨，怎麼樣？」

子曰：「何以報德？以直報怨，以德報德。」

14·35 子曰：「莫我知也夫！」子貢曰：「何為其莫知子也？」子曰：「不怨天，不尤人①，下學而上達②，知我者其天乎？」

14·36 公伯寮愬子路於季孫③。子服景伯以告④，曰：「夫子固有惑志⑤，於公伯寮吾力猶能肆諸市朝⑥。」子曰：「道之將行也與，命也；道之將廢也與，命也。公伯寮其如命何？」

14·37 子曰：「賢者辟世，其次辟地，

孔子說：「那麼用甚麼來回報恩德呢？應該用正直來回報怨恨，用恩德來回報恩德。」

14·35 孔子說：「沒有人了解我啊！」子貢說：「為甚麼沒有人了解您呢？」孔子說：「不怨恨上天，不責怪別人，身居下位而踏實學習，就會上通於天，了解我的大概是天吧？」

14·36 公伯寮向季孫誣告子路，子服景伯把這件事告訴孔子，並且說：「季孫這位先生已經對子路產生了疑心，對於公伯

其次辟色，其次辟言。」子曰：「作者七人矣⑦。」

14·38 子路宿於石門⑧。晨門曰⑨：「奚自？」子路曰：「自孔氏。」

❶尤：歸咎，責怪。❷上達：上通於天，為天所知。本章可參見〔4·14〕，〔13·24〕。❸公伯寮：姓公伯，名寮。《史記·仲尼弟子列傳》作「公伯繚」，云：「字子周。」愬：同「訴」，進讒言。❹子服景伯：姓子服，謚景，字伯，名何，魯國大夫。❺夫子：指季孫。惑志：疑惑之心。按《集解》及《仲尼弟子列傳》均於「志」下出注，可見應於此處斷句。朱熹《集注》此處不斷，將「于公伯寮」連上，非是。後人多從朱說，不妥。❻肆：殺人陳其屍。據《周禮·鄉士》，周制有陳屍三日之法。市朝：市井與朝廷。按周制大夫陳屍於朝，士陳屍於市。公伯寮為士，當陳屍於市，此處市朝連言，為偏義複詞，並非兼指（詳見《周禮·鄉士疏》引《論語注》）。❼作：為。七人：說法不一，《集解》引包咸注：「為之者凡七人，謂長沮、桀溺、丈人、石門、荷蕢、儀封人、楚狂接輿。」這些隱士都見於《論語》。皇侃《義疏》引王弼注說：「七人：伯夷、叔齊、虞仲、夷逸、朱張、柳下惠、少連也。」此即〔18·8〕所舉「逸民」七人，亦有據。❽石門：魯城外門，見《後漢書·蔡邕傳注》及《張皓王龔傳論注》引鄭玄注。❾晨門：主管城門晨夜啟閉的人。

寮，我的力量尚足以把他殺了陳屍街頭。」孔子說：「治道或許將會實行，這是命運；治道或許將會廢止，也是命運。公伯寮他能把命運怎麼樣呢？」

14·37 孔子說：「賢者以避開亂世為上策，其次避開亂地，再次避開傲色，再次避開惡言。」孔子又說：「做到這樣的已經有七個人了。」

14·38 子路在石門過夜。守城門的人說：「從哪裏來？」子路說：「從孔氏那裏來。」

曰：「是知其不可而為之者與？」

14·39 子擊磬於衛[1]，有荷蕢而過孔氏之門者[2]，曰：「有心哉。擊磬乎！」既而曰：「鄙哉[3]，硜硜乎[4]！莫己知也，斯己而已矣[5]。深則厲，淺則揭[6]。」子曰：「果哉！末之難矣[7]。」

14·40 子張曰[8]：「《書》云：『高宗諒陰，三年不言[9]。』何謂也？」子曰：「何必高宗，古之人皆然。君薨[10]，百官總己以聽於冢宰三年[11]。」

守門人說：「此人就是那個明知行不通卻硬要去做的人嗎？」

14·39 孔子在衛國擊磬，有個身背草包路過孔子門前的人，說：「有心啊，這個擊磬的人！」過了一會兒又說：「偏狹啊，硜硜的磬聲透着固執！沒有人了解自己，就專己守志算了。《詩》說得好：河深就穿着衣裳過，河淺就提起衣裳過。」孔子說：「好堅決啊！沒有詞來難倒他了。」

14·40 子張說：「《尚書》說：『殷高宗住在凶廬，三年不講

14·41 子曰：「上好禮，則民易使也⑫。」

14·42 子路問君子。子曰：「修己以敬⑬。」曰：「如斯而已乎？」曰：「修己以安人⑭。」

❶磬（qìng）：石製打擊樂器，形狀像曲尺。❷蕢（kuì）：盛土的草器。❸鄙：偏狹。義同《孟子．萬章下》「鄙夫寬」之「鄙」。❹硜硜：磬聲，象徵堅確之義。並兼有「硜硜然小人哉」（〔13•20〕）中「硜硜」之義，指淺薄固執。❺斯：則。己：守己。朱熹《集注》改為「已」，非是。❻「深則」二句：出《詩經．邶風．匏有苦葉》。❼厲：有二說：一說為穿着衣裳涉水（見《詩．毛傳》）。一說「厲」《說文》作「砅」，云：「履石渡水也。」均可通。揭：提起衣裳。❼難：辯駁。❽子張：見〔2•18〕注❶。❾「高宗」二句：出《尚書．無逸》。高宗：殷高宗。即武丁，盤庚弟小乙之子，為殷中興之王。諒陰：《尚書》作「梁闇」，屋簷着地而無楹柱的房子，類似現在的窩棚，又稱「凶廬」，守喪所居。❿薨（hōng）：古時諸侯及大臣之死叫「薨」。⓫冢宰：統理政務、總御羣官的最高長官。三年：古時居喪的期限。⓬「上好禮」二句：參見〔12•19〕，〔13•4〕，〔17•4〕。孔子認為統治者如果興禮樂教化，就容易使老百姓服從。⓭敬：嚴肅謹慎。以：而。修己以敬，即「克己復禮」，「非禮勿視，非禮勿聽，非禮勿言，非禮勿動」（〔12•1〕）之義。⓮人：別人。修己以安人：即「己欲立而立人，己欲達而達人」（〔6•30〕）之義，屬於「忠」的內容，「仁」的標準。

話。』這是甚麼意思？」孔子說：「何必高宗居喪不問政事，古時的人都是如此。君主死了，羣官總攝各自的職務來聽命於冢宰，滿三年為止。」

14·41 孔子說：「居上位的人喜好禮，那麼百姓就容易役使。」

14·42 子路問甚麼是君子。孔子說：「修養自己而恭慎從事。」又問：「這樣就夠了嗎？」孔子說：「修養自己而安撫別人。」

曰：「如斯而已乎？」曰：「修己以安百姓①。修己以安百姓，堯舜其猶病諸！」

14·43 原壤夷俟②。子曰：「幼而不孫弟③，長而無述焉④，老而不死，是為賊⑤！」以杖叩其脛⑥。

14·44 闕黨童子將命⑦。或問之曰：「益者與⑧？」子曰：「吾見其居於位也⑨，見其與先生並行也⑩；非求益者也，欲速成者也⑪。」

又問：「這樣就夠了嗎？」孔子說：「修養自己而安定百姓。修養自己而安定百姓，就連堯、舜恐怕還要為此犯難呢！」

14·43 原壤坐無坐相，放肆地接待孔子。孔子說：「幼小時就不謙遜敬長，長大了又無所傳述，老朽了還不快死，這簡直是禍害！」說着，用手杖敲了敲他的小腿。

14·44 闕黨的一個少年負責為賓主傳言達語。有人問起他，說：「是個有長進的後生嗎？」孔子說：「我見他忝居成人之位，又見他與年長者並肩而行；可知他不是一個追求進步的人，而是一個貪圖速成的人。」

❶修己以安百姓：即「博施於民而能濟眾」(6·30)之義，已達到「聖」的標準。❷原壤：魯國人，《禮記．檀弓下》說他是「孔子之故人(老友)」，並記載了一個原壤不拘禮節的故事：他的母親死了，孔子去幫他料理喪事，他卻登上棺材唱了一支逗樂的歌。孔子只好裝着沒聽見，以不予理睬表示對他的批評。夷：箕踞，是一種不正規的放肆坐法。按古時坐如跪狀，小腿及足蜷曲於後，臀部着於腳後跟。箕踞則臀着於地，腿足俱置身前，並張開兩膝，類似現今席地而坐的樣子。俟：待，指等待孔子。❸孫：同「遜」。弟：同「悌」，敬從兄長。❹述：即「述而不作」之「述」，指傳述學問。❺賊：害。❻脛(jìng)：小腿。❼闕黨：即闕里，孔子舊里。《荀子．儒效篇》：「仲尼居於闕黨。」童子：未冠者之稱。將命：傳達賓主之辭命。❽益：長進。❾居於位：居於席位。按古禮規定，童子不可居於成人之位。《禮記．檀弓上》：「童子隅坐而執燭。」鄭玄注：「隅坐，不與成人並。」❿先生：年長者。並行：並排而行。按古禮規定，童子不可與長者並行。《禮記．曲禮上》：「五年以長(年長五歲)，則肩隨之(稍後隨之)。」童子與長者行，則更應靠後尾隨之。⓫速成：孔子反對速成，認為「欲速則不達」(13·17)。

衛靈公第十五

本篇包括四十二章，以論道德修養、為人處世的內容為多，其中專論君子的達十章之多。另外有少數章節論及政治、教育、學術。

15·1 衛靈公問陳於孔子①。孔子對曰：「俎豆之事②，則嘗聞之矣；軍旅之事，未之學也。」明日遂行。

15·2 在陳絕糧③，從者病，莫能興④。子路慍見曰：「君子亦有窮乎？」子曰：「君子固窮⑤，小人窮斯濫矣。」

❶ 陳：同「陣」，作戰隊伍的陣法。❷ 俎（zǔ）豆：俎和豆都是古代的禮器，這裏用以代表禮儀。俎似几，用以放牲體。豆是高腳盤，用以盛肉醬或帶汁的食物。孔子對在衛國推行禮治德政本來抱有很大的希望（參見〔13·7〕），但衛靈公無道，熱心於戰伐之事。「道不同，不相為謀」（〔15·40〕），孔子只得離開衛國。孔子實際上並非不重視軍事，他把「足兵」列為治國的條件之一，主張必須教民作戰（〔13·29〕，〔13·30〕）。但又認為軍事必須放在禮治、德政的統帥之下，因此「足兵」居「民信」之下，教民作戰必須「善人」為之。鄭玄解此章，深得孔子本意，他說：「軍旅末事，本未立，不可教以末事。」（《集解》引）❸ 在陳絕糧：參見〔11·2〕。❹ 興：起。❺ 固窮：安於窮困。本章反映了孔子安貧樂道的思想。參見〔1·15〕，〔4·5〕，〔14·10〕，〔15·32〕。

15·1 衛靈公向孔子問作戰的陣法，孔子答：「禮儀的事情，我曾經聽到過；軍隊的事情，卻未曾學習過。」第二天便啟程離開衛國。

15·2 孔子在陳國斷絕了糧食，跟從的人都餓壞了，沒有人能爬得起來。子路帶着滿腔憤怨來見孔子說：「君子也有窮困的時候嗎？」孔子說：「君子安於窮困，小人遇到窮困，就會胡作非為了。」

15·3 子曰：「賜也，女以予為多學而識之者與①？」對曰：「然，非與？」曰：「非也，予一以貫之②。」

15·4 子曰：「由！知德者鮮矣③！」

15·5 子曰：「無為而治者其舜也與④？夫何為哉？恭己正南面而已矣⑤。」

15·6 子張問行⑥。子曰：「言忠信，行篤敬，雖蠻貊之邦⑦，行矣。言不忠信，行不篤敬，雖州里，行乎哉？立則見其參於前也⑧，在輿則見其倚於衡也⑨，夫然後行。」子張書

15·3 孔子說：「賜！你以為我是多方面學習並且一一把內容強記下來的嗎？」答道：「是的，難道不是嗎？」孔子說：「不是的，我是用一個基本內容把它們貫穿起來的。」

15·4 孔子說：「由！曉得道德的人太少了啊！」

15·5 孔子說：「能夠無所煩勞就能使天下大治的人大概就是舜吧？他做了甚麼呢？修養好自己，居位聽政罷了。」

諸紳⑩。

❶識（zhì）：記。❷一以貫之：指用道的核心內容加以貫穿，參見〔4·15〕。❸「知德」句：有德必須首先知德，知德者少，必然有德者少。參見〔6·29〕。❹無為而治：無所煩勞就能使天下大治。❺恭己：修養、端正自己。參見〔5·16〕「行己也恭」。正南面：南面臨朝，居統治之位。此句包含兩層意思：一是「為政以德」（〔2·1〕），孔子繼承先賢思想，強調為政必須以修身為本，參見〔13·6〕、〔13·13〕。從而發展為儒家的一個重要思想，《禮記·中庸》：「《詩》云：『不顯惟德，百辟（諸侯）其刑（效法）之。』是故君子篤恭而天下平。」《大學》講修身，齊家，治國，平天下。《呂氏春秋·先己篇》也說：「昔者，先聖王成其身而天下成，治其身而天下治。故善響者，不於響，於聲；善影者，不於影，於形；為天下者，不於天下，於身。……故反其道而身善矣，行義則人善矣，樂備君道而百官已治矣，萬民已利矣。三者之成也，在於無為，無為之道曰勝天。」另一層意思是善於舉賢，羣臣分職，參見〔8·18〕，〔8·20〕。又如《大戴禮·主言篇》：「昔者舜左禹而右皋陶，不下席而天下治。」《新序·雜事三》：「故王者勞於求人，佚於得賢。舜舉眾賢在位，垂衣裳恭己無為而天下治。」本章中孔子提出了「無為而治」的思想。它與老子所講的「無為而治」，字面相同，而實質不同。老子的「無為而治」以虛無、清靜為本，既反對道德修養，又反對舉賢使能，與孔子的思想絕不同調。❻行：行得通，通達。❼蠻貊（mò）：蠻族、貉族，蠻在南方，貉在東北方，地處邊遠，當時被視為文明落後的部族。❽參（sēn）：直。見王引之《經義述聞》。❾輿：車箱。衡：轅前橫軛（è），用以套駕牛馬。❿紳：束在腰間並能垂下的大帶。

15·6　子張問怎樣才能行得通。孔子說：「說話忠誠信實，行為篤實敬慎，即使在文明落後的蠻貊之國，也能行得通。說話不忠誠信實，行為不篤實敬慎，即使在州里鄉土，能行得通嗎？站立時仿佛看見『忠信篤敬』四個字樹立在前面，坐在車中仿佛看見這四個字背靠在轅前橫軛上，能夠做到這樣，而後才能行得通。」子張隨即把這段話寫在束身的大帶上。

15·7 子曰：「直哉史魚①！邦有道，如矢；邦無道，如矢。君子哉蘧伯玉②！邦有道，則仕；邦無道，則可卷而懷之③。」

15·8 子曰：「可與言而不與之言，失人；不可與言而與之言，失言。知者不失人，亦不失言。」

15·9 子曰：「志士仁人，無求生以害仁，有殺身以成仁。」

15·10 子貢問為仁。子曰：「工欲善其事，必先利其器。居是邦也，事其大夫之賢

15·7 孔子說：「正直啊史魚！國家政道清明，像箭一樣直；國家政道昏亂，也像箭一樣直。蘧伯玉乃君子啊！國家政道清明，就做官；國家政道昏亂，就退縮而藏身。」

15·8 孔子說：「可以跟他說卻不跟他說，就會失掉可靠的人；不可跟他說卻跟他說了，就會漏失秘密的話。聰明人既不會失掉可靠的人，也不會漏失秘密的話。」

15·9 孔子曰：「志士仁人，

者，友其士之仁者④。」

15·11 顏淵問為邦。子曰：「行夏之時⑤，乘殷之輅⑥，

❶史魚：衛國大夫史鰌，字子魚。他耿直敢言，公正無私。《韓詩外傳》卷七載：史魚將死之時，對其子說：「我多次講蘧伯玉的賢良，終不能讓國君任用他；多次講彌子瑕的不肖，終不能讓國君把他免官。作為臣下，活着的時候不能進賢而退不肖，死後不應該在正堂治喪，在居室殯斂也就可以了。」衛靈公得知後，終於重用蘧伯玉而免掉彌子瑕。史魚遂有「生以身諫，死以屍諫」之稱。❷蘧伯玉：見〔14·25〕注❹及注❺。他也以正直見稱，《韓詩外傳》說：「外寬而內直，自設於隱括之中；直己不直人，善廢而不悒悒（憂愁），蘧伯玉之行也。」❸卷：收。懷：藏。❹「事其」二句：《集解》引孔安國注：「言工以利器為用，人以賢友為助。」參見〔12·24〕「以友輔仁」。❺夏之時：夏代的曆法。古代曆法有夏正、殷正、周正之分。夏正即現在的農曆（又叫陰曆），以建寅之月為歲首正月。殷正以建丑之月即農曆十二月為正月。周正以建子之月即農曆十一月為正月。孔子雖然崇尚周禮，但主張用夏曆，這是因為周曆雖然合乎天象觀測（接近陽曆，如周曆以冬至為元日，陽曆約在冬至後十日改歲），而夏曆更合乎時令節氣，方便農事。這一主張是孔子重民事的表現。❻輅：又作「路」，天子所乘的車叫「路」。據《周禮·春官·巾車》，王之五路為玉路、金路、象路、革路、木路。木路最為質樸，又叫「素車」。據《禮記·明堂位》，殷路叫大路。大路即木路，《左傳·桓公二年》：「大路、越席（草編的席），昭其儉也。」服虔注：「大路，木路。」（見孔穎達等《正義》引）車為器物中最貴重的東西，孔子主張乘殷之輅，說明他在車制上尚質，主張儉樸。

沒有因貪生而損害仁道的，卻有犧牲自身來成全仁道的。」

15·10 子貢問如何修養仁德。孔子說：「工匠想要把他的活計做好，一定要先磨快他的工具。住在一個國家，要侍奉該國大夫中的賢人，交往該國士人中的仁人。」

15·11 顏淵問怎樣治國。孔子說：「用夏代的曆法，乘殷代的車子，

服周之冕①，樂則《韶舞》②。放鄭聲③，遠佞人④。鄭聲淫，佞人殆。」

15·12 子曰：「人無遠慮，必有近憂⑤。」

15·13 子曰：「已矣乎！吾未見好德如好色者也⑥。」

15·14 子曰：「臧文仲其竊位者與⑦？知柳下惠之賢而不與立也⑧。」

15·15 子曰：「躬自厚而薄責於人⑨，則遠怨矣。」

戴周代的禮帽，音樂則用舜時的《韶舞》。排斥鄭國的樂曲，遠離巧嘴的小人。鄭國的樂曲淫蕩，巧嘴的小人危險。」

15·12 孔子說：「一個人如果沒有長遠的考慮，一定會有眼前的憂患。」

15·13 孔子說：「完蛋無望了吧！我未見過喜好實際道德像喜好裝模作樣一樣的人。」

15·14 孔子說：「臧文仲大概是個嫉賢妒能、竊居官位的人吧？

15·16 子曰：「不曰『如之何，如之何』者⑩，吾末如之何也已矣！」

15·17 子曰：「羣居終日，言不及義，好行小慧，難矣哉⑪！」

❶周之冕：周代的禮帽。周冕華美而又自然，說明孔子在禮服上尚文，參見禹「惡衣服而致美乎黻冕」（〔8·21〕）。❷《韶舞》：即《韶》，舜時的音樂，孔子稱讚其「盡美」、「盡善」，參見〔3·25〕。❸放：逐。鄭聲：鄭國的樂曲。《禮記·樂記》：「鄭音好濫淫志。」❹佞人：用花言巧語諂媚人的小人。❺「人無」二句：告誡人們要重視預謀、預防。參見〔7·11〕。又《荀子·大略篇》及《仲尼篇》對此有很好的闡述和發揮，可參看。❻「吾未」句：已見〔9·18〕。❼臧文仲：見〔5·18〕注❶。竊位：用不正當的手段佔據官位。《集解》引孔安國注：「知賢而不舉，是為竊位。」❽柳下惠：魯國的賢者，本名展獲，字禽，又稱展季。柳下可能是他的住地，因以為號。據《列女傳》，「惠」是由其妻倡議而給的私謚。與立：並立於官。參見〔14·18〕。俞樾《羣經平議·論語平議》認為「立」同「位」，則「與」應釋為「給」，亦通。本章說明孔子把舉賢當作考察政績的重要標準，參見〔8·18〕、〔8·20〕、〔13·2〕。❾躬自：自己對自己，等於說自我。這種結構又見《詩經·衛風·氓》：「靜言思之，躬自悼矣。」厚：指厚責，因下文「薄責」而省略「責」字。❿如之何：怎麼辦。連言「如之何」，是反覆考慮怎麼辦。《荀子·大略篇》：「天子即位，上卿進曰『如之何』，憂之長也。」又可參見〔12·3〕「為之難，言之得無訒乎」。⑪難矣哉：《集解》引鄭玄注：「言終無成。」孔子及其門人認為士人相聚應互相責善，切磋學問，有益於進德修業（參見〔1·1〕、〔12·24〕、〔13·28〕），而這裏批評的情況卻恰恰相反。

明知柳下惠有賢德卻不推舉他跟自己並立於朝一起做官。」

15·15 孔子說：「自己對自己厚加責備而輕輕責備別人，就會遠離怨恨。」

15·16 孔子說：「不念叨『怎麼辦，怎麼辦』的人，我不知拿他怎麼辦了啊！」

15·17 孔子說：「士人整日相聚在一起，談話絲毫不涉及道義，只喜歡賣弄小聰明，難以有所成啊！」

15·18 子曰：「君子義以為質，禮以行之，孫以出之，信以成之①。君子哉！」

15·19 子曰：「君子病無能焉，不病人之不己知也②。」

15·20 子曰：「君子疾沒世而名不稱焉③。」

15·21 子曰：「君子求諸己④，小人求諸人。」

15·22 子曰：「君子矜而不爭，羣而

15·18 孔子說：「君子按照義來修養自己的品質，按照禮來行事，用謙遜的態度講話，靠信實取得成功。這才是君子啊！」

15·19 孔子說：「君子擔憂自己沒有本事，不擔憂別人不了解自己。」

15·20 孔子說：「君子疾恨自己死後名聲不流傳後世。」

15·21 孔子說：「君子求之於自己，小人求之於別人。」

不黨。」

15·23 子曰：「君子不以言舉人，不以人廢言⑤。」

15·24 子貢問曰：「有一言而可以終身行之者乎⑥？」

❶「君子」四句：《集解》引鄭玄注：「義以為質謂操行，孫以出之謂言語。」參見〔4·16〕「君子喻於義」，〔17·23〕「君子義以為上」，〔8·4〕曾子論「君子所貴乎道者三」。義以：以義。下面的「禮以」、「孫以」、「信以」同樣用法。❷「君子」二句：參見〔1·16〕，〔14·30〕。❸疾：恨。沒世：死後。名不稱焉：名不見稱於世。孔子不圖揚名（參見上章），但恨學說、事業不能傳世。《史記·孔子世家》：「子曰：『弗乎弗乎！君子病沒世而名不稱焉。吾道不行矣，吾何以自見（現）於後世哉？』」可參考。❹求諸：求之於。「求」有兩層意思：既包括對己所沒有、己所不能的要求或追求，又包括對自己失敗原因的探求。第一層意思容易理解。第二層意思可參見《禮記·中庸》：「子曰：『射有似乎君子，失諸正鵠（箭靶），反求諸其身。』」❺「君子」二句：因為言與行可能是不統一的，所以才這樣說，參見〔14·4〕「有言者不必有德」。❻一言：一字。

15·22 孔子說：「君子莊重自尊卻不與人爭，合羣團結卻不結黨營私。」

15·23 孔子說：「君子不根據言辭來選拔人，也不因為一個人不好而廢棄他有價值的言辭。」

15·24 子貢問：「有一個字可以終生遵照它去做嗎？」

子曰：「其恕乎①？己所不欲，勿施於人。」

15·25 子曰：「吾之於人也，誰毀誰譽？如有所譽者，其有所試矣。斯民也②，三代之所以直道而行也。」

15·26 子曰：「吾猶及史之闕文也③，有馬者借人乘之④。今亡矣夫⑤！」

15·27 子曰：「巧言亂德⑥。小不忍則亂大謀。」

15·28 子曰：「眾惡之，必察焉；眾好

孔子說：「大概是恕道吧？意思是自己不願意的事情，不要強加給別人。」

15·25 孔子說：「我對於別人，詆毀過誰？稱讚過誰？如果有稱讚別人的情況，那一定是經過驗證了的。這樣不被虛譽的人民，正是夏、商、周三代推行正直之道的依靠。」

15·26 孔子說：「我還看得到史書中有疑就空缺不記的情況，就像有馬不能駕馭借給別人乘用一樣。如今則沒有這種情況了！」

之，必察焉⑦。」

15·29 子曰：「人能弘道，非道弘人⑧。」

❶恕：是從消極方面（有所禁止）表述的寬厚待人之道，即下二句所言。《左傳·昭公二十年》：臧文仲曰：「以欲從人則可，以人從欲鮮濟。」也是這個意思。從積極方面表述，就是「忠」，即「己欲立而立人，己欲達而達人」。忠、恕均屬於仁道，參見〔4·15〕，〔6·30〕，〔12·2〕。❷斯民：即指前面所講稱譽必有所試的人。❸闕文：有疑而空缺的文字。❹「有馬」句：是說有馬的人可以憑藉別人駕馭，不必強不能以為能。此句當與前句有關，以喻不必強不知以為知。❺亡：無。關於本章大意，《集解》所引包咸注說得較好，其云：「古之良史，於書字有疑則闕之，以待知者；有馬不能調良，則借人乘習之。孔子自謂及見其人如此，至今無有矣。言此者，以俗多穿鑿。」❻巧言亂德：參見〔1·3〕，〔5·25〕。❼「眾惡之」四句：是說對輿論必須分析考察，堅持是非標準，而不可簡單地從眾。參見〔4·3〕，〔13·24〕。❽「人能弘道」二句：強調修養仁道決定於人的主觀努力，大意說，人只要努力便能學到道的博大內容；如果不努力，博大的道也不能使人偉大起來。《集注》引王肅注：「才大者道隨大，才小者道隨小，故不能弘人。」其說近是。參見〔12·1〕「為仁由己，而由人乎哉」，〔4·6〕「有能一日用其力於仁矣乎？我未見力不足者」，〔7·30〕「我欲仁，斯仁至矣」。〔19·22〕子貢曰：「文、武之道，未墜於地，在人。賢者識其大者，不賢者識其小者。」又《禮記·中庸》：「大哉聖人之道！洋洋乎發育萬物，峻極於天。優優大哉！禮儀三百，威儀三千，待其人而後行。故曰：苟不至德，至道不凝。」

15·27 孔子說：「花言巧語能惑亂道德。小事不忍耐就會打亂大的計謀。」

15·28 孔子說：「眾人都厭惡他，則一定對他加以考察；眾人都喜歡他，也一定對他加以考察。」

15·29 孔子說：「人能發揚道，而不是道能弘偉人。」

15·30 子曰：「過而不改①，是謂過矣。」

15·31 子曰：「吾嘗終日不食，終夜不寢，以思，無益，不如學也②。」

15·32 子曰：「君子謀道不謀食。耕也，餒在其中矣③；學也④，祿在其中矣。君子憂道不憂貧。」

15·33 子曰：「知及之⑤，仁不能守之⑥，雖得之，必失之。知及之，仁能守之，不莊以涖之，則民不敬⑦。知及之，仁能守之，莊以涖之，動之不以禮⑧，未善也。」

15·30 孔子說：「犯了過錯而不改正，這才叫做過錯呢。」

15·31 孔子說：「我曾經整日不吃飯，整夜不睡覺，用來思考，結果沒有獲益，還不如學習為好呢。」

15·32 孔子說：「君子圖謀道義而不圖謀飯食。親自耕田，從中得到的是飢餓；努力學習，從中得到的是俸祿。君子擔憂道義荒廢，而不擔憂貧窮。」

15·33 孔子說：「智慧足以得

15·34 子曰：「君子不可小知而可大受也[9]，小人不可大受而可小知也。」

❶過而不改：這不是仁人君子對待過錯的態度，參見〔4·7〕，〔19·21〕。❷「吾嘗」五句：講了學與思的關係。孔子主張學與思結合，如果偏執一端，就要產生流弊，參見〔2·15〕。❸餒：餓。❹學：學習的內容。此處主要指道義。本章可與〔13·4〕互參。❺之：本章所有的「之」字都指代民，而政權是用來治民的，所以又與政有密切關係。❻知及之，仁不能守之：關於知與仁的區別，可參見〔6·23〕。又〔12·22〕孔子認為「知」就是「知人」，「仁」就是「愛人」。❼「不莊」二句：參見〔2·20〕「臨之以莊則敬」。❽「動之」句：參見〔14·41〕「上好禮則民易使」。❾小知：學習小技小道。大受：學習大道。本章可參見〔8·7〕，〔9·6〕，〔14·23〕，〔19·4〕，〔19·20〕。

到它，仁德卻不能守住它，即使得到了它，必定會失掉它。智慧足以得到它，仁德能夠守住它，卻不用端莊的儀態來監臨它，那麼百姓就不尊敬你。智慧足以得到它，仁德能夠守住它，用端莊的儀態來監臨它，卻不按禮來指使它，那還沒有達到盡善的地步。」

15·34 孔子說：「君子不可以學習小道而可以學習大道，小人不可以學習大道而可以學習小道。」

15·35 子曰：「民之於仁也，甚於水火①。水火吾見蹈而死者矣，未見蹈仁而死者也。」

15·36 子曰：「當仁不讓於師②。」

15·37 子曰：「君子貞而不諒③。」

15·38 子曰：「事君，敬其事而後其食④。」

15·39 子曰：「有教無類⑤。」

15·35 孔子說：「老百姓對於仁的畏懼，超過對水火的畏懼。我見到過掉入水火而死的人，從未見到過因實踐仁德而死的人。」

15·36 孔子說：「面臨實踐仁道的時機，連老師也不謙讓。」

15·37 孔子說：「君子誠信，但不拘於小信。」

15·38 孔子說：「侍奉君主，應該認真地對待自己的職事，而把俸祿放到後面。」

15·40 子曰：「道不同，不相為謀。」

15·41 子曰：「辭達而已矣⑥。」

❶「民之」二句：指老百姓對於仁德的畏懼比對於水火的畏懼還厲害。皇侃《義疏》引王弼注：「民之遠於仁，甚於遠水火也。見有蹈水火死者，未嘗蹈仁死者也。」這一說法甚符孔子勸人為仁的本意。參見〔4·6〕。❷當：值。本章可參見〔15·9〕。❸貞：信。賈誼《新書·道術》：「言行抱一謂之貞。」諒：信，這裏指小信，參見〔13·20〕、〔14·17〕。❹「敬其」句：事指職事，食指俸祿。《集解》引孔安國注：「先盡力而後食祿。」又《禮記·表記》載孔子的話：「事君，軍旅不辟（避）難，朝廷不辭賤，處其位而不履其事，則亂也。」《禮記·儒行》：「先勞而後祿。」可與此互參。❺類：種類，類別。本章可參見〔7·7〕。孔子主張有教無類，僅指對接受教育對象一視同仁，無所差別，但是具體的教育內容和教育方法還是要因人而異的，因此孔子又有「因材施教」的重要思想，可參見〔6·21〕、〔14·23〕、〔15·34〕、〔16·9〕、〔17·3〕等。❻「辭達」句：表現了孔子主張言辭以達意為要，反對雕琢浮誇的所謂「巧言」，參見〔1·3〕、〔5·25〕、〔15·27〕、〔17·18〕。

15·39 孔子說：「對任何人都可以有所教誨，沒有種類的限制。」

15·40 孔子說：「思想主張不同，決不共相謀事。」

15·41 孔子說：「言辭求其通達罷了。」

15·42 師冕見①，及階，子曰：「階也。」及席，子曰：「席也。」皆坐，子告之曰：「某在斯，某在斯。」

師冕出。子張問曰：「與師言之道與？」子曰：「然，固相師之道也。」

❶ 師冕：師，樂師。冕，人名。古代的樂師一般由盲人充當。

15·42 師冕來見孔子，走到台階前，孔子便說：「這是台階。」走到鋪蓆前，孔子便說：「這是蓆子。」都坐定之後，孔子便告訴他說：「某人在這裏，某人在這裏。」

師冕告辭出去。子張問：「這是同盲樂師講話的禮道嗎？」孔子說：「是的，這本來就是協助盲樂師的禮道。」

季氏第十六

本篇包括十四章，除第八章稱「子曰」以及第十二章、第十四章非記言形式外，其他一律稱「孔子曰」，可見本篇內容多非孔子弟子所記。儘管如此，本篇的史料價值仍很高，內容涉及孔子的政治思想、教育思想、天命思想、道德修養思想等。

16·1　季氏將伐顓臾①。冉有、季路見於孔子，曰：「季氏將有事於顓臾。」

孔子曰：「求！無乃爾是過與②？夫顓臾，昔者先王以為東蒙主③，且在邦域之中矣，是社稷之臣也④，何以伐為？」

冉有曰：「夫子欲之，吾二臣者皆不欲也。」

孔子曰：「求！周任有言曰⑤：『陳力就列⑥，不能者止。』危而不持，顛而不扶，則將焉用彼相矣⑦？且爾言過矣，虎兕出於柙⑧，龜玉毀於櫝中⑨，是誰之過與？」

冉有曰：「今夫顓臾，固而近於費⑩。今不取，後世必為子孫憂。」

16·1　季氏將去討伐顓臾。冉有、子路進見孔子，說：「季氏將要對顓臾發動戰爭。」

孔子說：「冉求！這難道不應該責備你們嗎？顓臾嘛，從前先代的君王已封它做東蒙山的主祭者，並且在魯國封疆之內，是公室的臣下，為甚麼要討伐它呢？」

冉有說：「季氏他老先生要這麼做，我們兩個臣子都不想這麼做。」

孔子說：「冉求！良史周任曾經說過這樣的話：『能夠效力盡責，才任官就職，如果不能則作罷。』主子遇到危險卻不護持，即將跌倒卻不攙扶，那要你們這些輔佐之臣幹甚麼用呢？並且你的話也是錯誤的，老虎兕牛從籠子裏跑了出來，龜甲美玉在匣子中存放壞了，這是誰的過錯呢？」

冉有說：「現在那顓臾，國勢強固並且離費邑很近。現在不取得它，後世一定會成為子孫的憂患。」

❶季氏：指季康子。顓（zhuān）臾：春秋時魯國的一個附庸國，在今山東費縣西北。❷爾是過：責備你（們）。「是」起着將賓語提前的作用。❸東蒙：即蒙山，因在魯國東邊，故稱「東蒙」。在今山東蒙陰南。東蒙主：主持東蒙的祭祀。❹社稷：指魯國公室。顓臾為魯國的附庸，故稱社稷之臣。❺周任：古代的一個史官，有良史之稱。❻陳力：貢獻力量。就列：就任職位。此句可與（14•26）「不在其位，不謀其政」互參。❼相：輔佐。時冉有、子路皆做季氏家宰，故云。❽兕（sì）：一種類似野牛的獨角怪獸。《本草綱目》卷五一認為就是雌犀牛。柙（xiá）：關野獸的籠子。❾櫝（dú）：匣子。❿費（bì）：魯國季氏的采邑，在今山東費縣西南。

孔子曰：「求！君子疾夫舍曰欲之而必為之辭。丘也聞有國有家者，不患寡（譯注者注：當作貧）而患不均，不患貧（譯注者注：當作寡）而患不安①。蓋均無貧，和無寡，安無傾。夫如是，故遠人不服，則修文德以來之②。既來之，則安之。今由與求也，相夫子，遠人不服，而不能來也；邦分崩離析，而不能守也；而謀動干戈於邦內。吾恐季孫之憂，不在顓臾，而在蕭牆之內也③。」

16·2 孔子曰：「天下有道，則禮樂征伐自天子出④；天下無道，則禮樂征伐自諸侯出⑤。自諸侯出，蓋十世希不失矣；自大夫

孔子說：「冉求！君子最疾恨那種不直說想要做甚麼卻一定編些託辭的做法。我聽說不論有國的諸侯，還是有家的大夫，不憂慮國家貧窮而憂慮財富不均，不憂慮人口稀少而憂慮動亂不安。如果能平均就無所謂貧窮，如果能和睦就無所謂人少，如果能安定就不會傾覆。正因如此，所以如果遠國之人不歸服，就整頓禮樂教化、憑藉仁德來招引他們。把他們招來之後，就要好好安頓他們。現在你子路和冉有，輔佐季氏老先生，遠國之人不歸服，卻不能招引他們；國家分崩離

出⑥，五世希不失矣；陪臣執國命⑦，

❶「不患」二句：當作「不患貧而患不均，不患寡而患不安」，「貧」、「均」就財富而言，「寡」、「安」就人民而言，下文「均無貧」、「和無寡」可證，說詳俞樾《羣經平議．論語平議》。❷文德：禮樂仁義的政治教化。來：招徠。❸蕭牆：門屏，古代宮室用以掩蔽內外的屏障。《集解》引鄭玄注：「蕭之言肅也。牆謂屏也。君臣相見之禮，致屏而加肅敬焉，是以謂之蕭牆。」按照禮的規定，天子設外屏，諸侯設內屏，這裏「蕭牆之內」，指魯君，亦指公室朝政。全句是說，季氏的憂患不在顓臾，而在魯國朝政的混亂。按，魯國季氏等三家，雖然操縱國政，與魯君有矛盾，但是如果朝政發生危機，他們也就會產生「皮之不存，毛將焉附」的問題，以至無權可操。另一說「蕭牆之內」指魯君，即魯哀公。則本句是說，季氏的心病不在顓臾，實在哀公。如清人方觀旭《論語偶記》認為：當時哀公想除掉操縱國政的三家，季氏實存隱憂，又恐顓臾世代為魯臣而助魯君謀己，故採取伐顓臾之舉。季氏的盤算有兩點：如果取勝，就去掉了異己，增強了本身的力量。如果不勝，也會使魯國軍事力量得到消耗和削弱，限制魯哀公謀己。此說亦可參，但有些迂曲。本章反映了孔子主張平均貧富，安定內部，用德政招徠遠人的政治思想。❹禮樂征伐：指制禮作樂及發令征伐的權力。自天子出：在天子、諸侯、大夫、士的貴族等級制度下，禮樂征伐這種最高權力，為天子所專有。《禮記．中庸》說：「非天子不議禮，不制度……雖有其德，苟無其位，亦不敢作禮樂焉。」《孟子．盡心下》說：「征者，上伐下也。敵國（地位相等的國家）不相征也。」《白虎通義．誅伐篇》說：「諸侯之義，非天子之命，不得動眾起兵誅不義者，所以強幹弱枝，尊天子卑諸侯。」孔子所嚮往的西周時代，就是禮樂征伐自天子出的時期。❺禮樂征伐自諸侯出：反映了天子權力的削弱，諸侯權力的膨脹。大國稱霸的春秋時代就是這種情況。❻自大夫出：反映了諸侯權力的削弱，大夫專權公室。春秋末期就是這種情況，魯國仲孫、叔孫、季孫三卿操權是典型的例子。❼陪臣：大夫的家臣。陪臣執國命：季氏的家臣陽虎（即陽貨）操縱魯國的政權就是例證。

析，卻不能守護，反而進一步策劃在國內大動干戈。我恐怕季孫的憂患不在顓臾，而在朝內國政的混亂。」

16.2　孔子說：「天下清明，那麼制禮作樂和發令征伐的權力都出自天子；天下昏亂，那麼制禮作樂和發令征伐的權力都出自諸侯。出自諸侯，大約傳至十代很少有不失掉的；出自大夫，傳至五代很少有不失掉的；如果是家臣操縱了國家政令，

三世希不失矣。天下有道，則政不在大夫。天下有道，則庶人不議①。」

16·3 孔子曰：「祿之去公室五世矣②，政逮於大夫四世矣③，故夫三桓之子孫微矣④。」

16·4 孔子曰：「益者三友，損者三友。友直，友諒⑤，友多聞，益矣。友便辟⑥，友善柔⑦，友便佞⑧，損矣。」

16·5 孔子曰：「益者三樂⑨，損者三樂。樂節禮樂⑩，樂道人之善⑪，樂多賢友，益矣。樂驕樂，樂佚遊，樂晏樂，損矣。」

傳至三代很少有不失掉的。天下清明，那麼政令不會出自大夫。天下清明，那麼老百姓就不非議政治了。」

16·3 孔子說：「魯國的權力從魯君手中失掉已經五代了，政權落到大夫手裏已經四代了，因此魯國三家的子孫已經衰微了。」

16·4 孔子說：「有益的交友情況有三種，有害的交友情況有三種。跟正直的人交朋友，跟誠信的人交朋友，跟博學多聞的人交朋友，便有益處。跟假裝斯文

16·6 孔子曰：「侍於君子有三愆：言未及之而言謂之躁，

❶不議：不加非議。指政治清明，無可非議。本章反映了孔子對周天子失權，禮崩樂壞，下層貴族逐級僭越、專權的歷史進程的不滿。❷祿：爵祿，這裏指授官頒爵，用以代表政權。五世：指魯宣公、成公、襄公、昭公、定公五代。❸四世：指季孫氏文子、武子、平子、桓子四代。❹三桓：魯國的三卿仲孫（任司空）、叔孫（任司馬）、季孫（任司徒）同出於魯桓公，故稱「三桓」。微：衰微。魯國三卿至魯定公時權勢已衰，孔子「自大夫出，五世希不失矣」（〔16·2〕）的話正是針對這種情況說的。❺諒：信。「諒」有時指小信，見〔14·17〕，〔15·37〕，這裏與「信」意義無別。❻便辟：舉止矯揉造作，即所謂「足恭」（〔5·25〕），屬於體柔。❼善柔：假裝和善。《集解》引馬融注：「面柔也。」即所謂「令色」。❽便佞：巧言善辯，屬於口柔。❾樂：喜好。❿節：制約。節禮樂：以禮樂來規範自己的言談舉止。參見〔12·1〕，〔12·15〕。《禮記．玉藻》及《大戴禮．保傅》等均有關於言語行動與一定的樂律、樂曲諧和的記載。⓫道人之善：孔子主張對人揚善隱惡，參見〔12·16〕。

的人交朋友，跟態度偽善的人交朋友，跟花言巧語的人交朋友，便有損害。」

16·5 孔子說：「有益的喜好有三種，有害的喜好有三種。喜好言談舉止合乎禮樂，喜好講別人的好處，喜好多交賢朋良友，便有益處。喜好驕縱作樂，喜好放誕遊玩，喜好沉溺於飲宴，便有損害。」

16·6 孔子說：「侍奉君子往往有三種過失：話未到該說時卻說了，叫做急躁；

言及之而不言謂之隱，未見顏色而言謂之瞽。」

16·7 孔子曰：「君子有三戒：少之時，血氣未定，戒之在色；及其壯也①，血氣方剛，戒之在鬥；及其老也，血氣既衰，戒之在得②。」

16·8 孔子曰：「君子有三畏：畏天命，畏大人③，畏聖人之言。小人不知天命而不畏也，狎大人④，侮聖人之言。」

16·9 孔子曰：「生而知之者，上也；學

話到了該說時卻不說，叫做隱瞞；未曾察言觀色卻貿然開口，叫做盲眼。」

16·7 孔子說：「君子有三種戒忌：年少時，血氣還未發育定，應戒忌的在於女色；到了壯年時，血氣正旺盛剛烈，應戒忌的在於爭鬥；到了老年時，血氣已衰退，應戒忌的在於貪得無厭。」

16·8 孔子說：「君子有三種敬畏：敬畏天命，敬畏高居上位的大人，敬畏聖人的話。小人不

而知之者，次也；困而學之，又其次也；困而不學，民斯為下矣⑤。」

16·10 孔子曰：「君子有九思：視思明，聽思聰，色思溫，貌思恭，言思忠⑥，事思敬⑦，疑思問，

❶壯：壯年。《禮記・曲禮》：「三十曰壯。」❷得：貪求。❸大人：居高位的人。❹狎（xiá）：態度不莊重的親昵。❺本章中，孔子按智力、知識把人分為四等，前兩等屬於人性的差別，孔子認為有「生而知之者」，無疑是唯心主義的天才論。後兩等則屬於學習態度的差別。可見孔子關於才智分等的思想，既包含先天因素，又包含後天因素。參見〔6·21〕、〔17·3〕。❻「視思明」五句：參見《尚書・洪範》：「貌曰恭，言曰從，視曰明，聽曰聰。」❼事思敬：參見〔1·5〕「敬事而信」。

知天命不可違抗而不敬畏，輕佻地對待高居上位的大人，輕侮聖人的話。」

16·9 孔子說：「生下來就知道的人是上等；經過學習才知道的人是次一等；遇到困惑才學習的人，又次一等；遇到困惑仍不學習，這樣的人就是下等了。」

16·10 孔子說：「君子有九種用心之處：顧視注意明察，聽聞注意靈敏，容色注意溫和，舉止注意恭敬，講話注意忠誠，辦事注意敬慎，產生疑惑則留意詢問，

忿思難①，見得思義②。」

16·11 孔子曰：「見善如不及③，見不善如探湯④；吾見其人矣，吾聞其語矣。隱居以求其志，行義以達其道⑤；吾聞其語矣，未見其人也。」

16·12 齊景公有馬千駟⑥，死之日，民無德而稱焉⑦。伯夷、叔齊餓于首陽之下⑧，民到于今稱之。其斯之謂與？

16·13 陳亢問於伯魚曰⑨：「子亦有異聞乎⑩？」對曰：「未也。嘗獨立⑪，鯉趨而過

動怒則留意禍患，見到利益則想着道義。」

16·11 孔子說：「見到善如同趕不及似的急切追求，見到不善如同用手試沸水一樣急忙躲開；我見到過這樣的人，也聽到過這樣的話。避世隱居以保持自己的志向，按義行事以實現自己的政治理想；我聽到過這樣的話，但沒有看到過這樣的人。」

16·12 齊景公縱然有四千匹馬，死的時候，老百姓也沒有來稱讚他。伯夷、叔齊餓死在首陽

庭⑫。曰：『學《詩》乎？』對曰：『未也。』『不學《詩》，無以言⑬。』鯉退而學《詩》。他日，又獨立，鯉趨而過庭。曰：『學禮乎？』對曰：『未也。』

❶難：指患難。❷見得思義：參見〔4•16〕，〔7•16〕，〔14•12〕，〔14•13〕。❸如不及：好像趕不上似的。形容急切追求。❹探：試。湯：滾燙的熱水。❺「隱居」二句：參見〔5•2〕，〔5•7〕，〔14•1〕，〔15•7〕。本章提出兩種處世態度，雖皆屬可嘉，但有品格高下之不同。前者只求做到獨善其身。後者居亂世力求獨善其身，不失其志；居治世則力求兼善天下，行義達道。❻齊景公：見〔12•11〕注❶。駟(sì)：同駕一輛車的四匹馬。千駟：同「千乘」。有馬千駟，指有千乘之國。《左傳・哀公八年》：「鮑牧謂羣公子曰：『使女有馬千乘乎？』」誘勸羣公子奪君位。❼無德而稱：同「無得而稱」，參見〔8•1〕注❹。皇侃《義疏》本「德」正作「得」。❽伯夷、叔齊：見〔5•23〕注❽。首陽：山名，在今何地，前人說法不一，《集解》引馬融注：「首陽山在河東蒲阪縣（今山西永濟市西蒲州鎮）。」《太平寰宇記》引鄭玄注同。此說較可信。本章文字似有脫漏，當脫「孔子曰」和其他文字。朱熹《集注》於本章末句下引胡氏曰：「程子以第十二篇錯簡『誠不以富，亦祇以異』(〔12•10〕)當在此章之首。今詳文勢，似當在此句之上。」❾陳亢(gāng)：字子禽，見〔1•10〕注❶。陳亢素來對孔子存在疑問，參見〔1•10〕，〔19•25〕。伯魚：孔子之子孔鯉的字，參見〔11•8〕注❾。❿異聞：特別的聽聞。這裏陳亢懷疑孔子對孔鯉偏私，比門弟子多有所教。參見〔7•24〕。⓫獨立：指孔子獨自站在庭中。⓬趨：快走。按照禮的規定，臣經過君的面前，子經過父的面前，皆當趨進以示謹敬。⓭「不學《詩》」二句：當時貴族在交際場合多賦《詩》言志，故云。

山下，老百姓直到如今還對他們稱讚不已。（譯注者注：當有脫文）大概就是說的這個吧？

16·13　陳亢向伯魚問道：「您從孔子那裏聽到與眾不同的講述吧？」伯魚回答：「沒有。他曾獨自站立在庭中，我恭敬地快走而過。他忽然問我：『學《詩》了嗎？』答道：『沒有。』他便說：『不學《詩》，無法講話。』我退下後便學起《詩》來。一天，他又獨自站立在庭中，我恭敬地快步而過。他忽然又問：『學禮了嗎？』答道：『沒有。』

『不學禮，無以立①。』鯉退而學禮。聞斯二者。」

陳亢退而喜曰：「問一得三，聞《詩》，聞禮，又聞君子之遠其子也②。」

16·14 邦君之妻，君稱之曰夫人，夫人自稱曰小童，邦人稱之曰君夫人，稱諸異邦曰寡小君，異邦人稱之亦曰君夫人。

❶「不學禮」二句：參見〔8·8〕，〔20·3〕。❷遠其子：與自己的兒子保持距離，以免偏私、溺愛。

他便說：『不學禮，無法立身。』我退下後便學起禮來。我就聽到這兩點。」

陳亢退下後很高興地說：「問一件事得知三件事，得知《詩》，得知禮，還得知君子疏遠自己的兒子而不偏私。」

16·14 國君的妻子，國君稱她為夫人，夫人自稱為小童，本國人稱她為君夫人，對外國人稱她為寡小君，外國人稱她也叫君夫人。

陽貨第十七

本篇包括二十六章（此從《漢石經》，朱熹《集注》同。何晏《集解》把第二、第三兩章以及第九、第十兩章各併為一章，凡二十四章），也是雜稱「子曰」和「孔子曰」，而以稱「子曰」者居多。內容比較重要，涉及政治、禮樂、詩教、道德、人性、天命等。家臣操權、叛亂的內容皆集中於本篇，共有三章，這是本篇的一個突出特點。

17·1 陽貨欲見孔子①，孔子不見，歸孔子豚②。孔子時其亡也，而往拜之③。遇諸塗④。謂孔子曰：「來！予與爾言。」曰⑤：「懷其寶而迷其邦⑥，可謂仁乎？」曰：「不可。好從事而亟失時⑦，可謂知乎？」曰：「不可。日月逝矣，歲不我與。」孔子曰：「諾，吾將仕矣⑧。」

17·2 子曰：「性相近也，習相遠也⑨。」

17·3 子曰：「唯上知與下愚不移⑩。」

17·4 子之武城⑪，聞弦歌之聲⑫。夫子莞

17·1 陽貨想見孔子，孔子不見他，於是便贈送孔子一隻小豬。孔子等他不在家的時候，前往拜謝以還禮。不巧在路上遇見陽貨。陽貨對孔子說：「過來！我跟你講話。」於是說：「把自己的本領藏起來，任憑自己的國家混亂不已，能夠說是仁嗎？」接着又說：「不能說是仁。自己喜歡從政卻又屢次錯失時機，能夠說是智嗎？」接着又說：「不能說是智。日月流逝，年歲不等我們啊。」孔子言不由衷地說：「好吧，我將要做官了。」

爾而笑⑬，曰：「割雞焉用牛刀⑭？」

❶陽貨：又叫陽虎（「貨」、「虎」音近），季氏的家臣。季氏連續幾代把持魯國朝政，季氏的權柄又落到陽貨之手，陽貨企圖削除三桓，遭到討伐，奔齊，最後逃往晉國。陽虎是一個具有法家思想的人物，《左傳·定公九年》說他「親富不親仁」。《孟子·滕文公上》引陽虎語曰：「為富，不仁矣；為仁，不富矣。」《韓非子·外儲説左下》載：「陽虎議曰：『主賢明，則悉心以事之；不肖，則飾姦而試（同弒）之。』逐於魯，疑於齊，走而之趙。趙簡主迎而相之。……遂執術而御之。陽虎不敢為非，以善事簡主，興主之強，幾至於霸也。」陽貨知孔子反對三桓僭越，故欲爭取孔子，豈知孔子反對「政在大夫」，更反對「陪臣執國命」，與陽貨政見根本不同。《左傳·定公九年》載：陽虎逃往晉國之後，仲尼曰：「趙氏其世有亂乎！」❷歸：同「饋」，贈。豚（tún）：小豬。❸「孔子」二句：時：伺。亡：無，不在（指出門在外）。往拜之：這是禮節的規定，《孟子·滕文公下》亦載此事，云：「陽貨欲見孔子而惡無禮。大夫有賜於士，不得受於其家，則往拜其門。陽貨瞰（kàn，窺視）孔子之亡也，而饋孔子蒸豚。孔子亦瞰其亡也，而往拜之。」❹塗：同「途」，道路。❺曰：以下幾個「曰」字後面的話為陽貨自問自答之辭。❻懷：藏。寶：道，指本領。迷：混亂。這裏指任其混亂。❼亟（qì）：屢次。❽「吾將」句：《集解》引孔安國注：「以順辭免。」此説是。這是孔子順應敷衍的話，並非真要出仕。❾「性相近」二句：性，本性。習：習慣。這兩句是説人們的本性相同，品行、智力的不同是由於後天染習不同所造成的。這種觀點與「生而知之者上也」（16·9）的説法不同，説明孔子的人性觀點是矛盾的。❿「唯上」句：據（17·2）的觀點，此「上知」與「下愚」的不同，是後天學習情況不同所造成的；據（16·9）的觀點，此「上知」與「下愚」的不同，既有先天本性的因素，又有後天學習的因素。孔子這裏的話究竟持哪種觀點已不得確知。⓫之：到。武城：見（6·14）注❹。⓬弦：指琴瑟。弦歌之聲：興禮樂之教的表現。⓭莞爾：微笑的樣子。⓮「割雞」句：是説大器小用，治邑用不上禮樂。

17.2 孔子說：「人們的本性是相近的，人們的習尚是相差很遠的。」

17.3 孔子說：「只有上等的智者與下等的愚人是不會改移的。」

17.4 孔子到了武城，聽到琴瑟歌誦的聲音。孔子微微一笑，說：「殺雞何必用牛刀呢？」

子游對曰：「昔者偃也聞諸夫子曰：『君子學道則愛人，小人學道則易使也①。』」子曰：「二三子！偃之言是也。前言戲之耳。」

17.5 公山弗擾以費畔②，召，子欲往。子路不說，曰：「末之也已③，何必公山氏之之也④？」子曰：「夫召我者，而豈徒哉？如有用我者，吾其為東周乎⑤？」

17.6 子張問仁於孔子。孔子曰：「能行五者於天下為仁矣。」「請問之。」曰：「恭，寬，信，敏，惠。恭則不侮，寬則得眾，信則人任焉⑥，敏則有功，惠則足以使人⑦。」

邑宰子游答道：「以前我聽先生說過：『君子學禮樂之道就會愛人麼，小人學禮樂之道就容易使喚。』」孔子說：「弟子們！偃的話是對的。我剛才的話不過跟他開玩笑罷了。」

17.5 公山弗擾在費邑反叛季氏，召孔子，孔子想去。子路很不高興，說：「果真沒有去處了麼，又何必到公山弗擾那裏呢？」孔子說：「那個召我去的人，難道就平白無故嗎？如果有人用我，我難道僅僅復興一個東周的世道嗎？」

17.7 佛肸召⑧，子欲往。子路曰：「昔者由也聞諸夫子曰：

❶「君子」二句：說明禮樂與治民的關係，參見〔12•19〕「君子之德風，小人之德草。草上之風，必偃」，〔13•4〕「上好禮，則民莫敢不敬；上好義，則民莫敢不服；上好信，則民莫敢不用情」，〔14•41〕「上好禮，則民易使」。❷公山弗擾：即公山不狃（「弗擾」與「不狃」古音相同），季氏家臣。費：見〔6•9〕注❸。畔：同「叛」，指叛季氏。《左傳・定公十二年》載公山不狃叛魯，未有召孔子一事，反被當時做司寇的孔子派人打敗。因此後人對本章的真實性發生爭議。趙翼《陔餘叢考》、崔述《洙泗考信錄》均以為本章不可信。也有人認為不當據《左傳》而疑《論語》，如劉寶楠《論語正義》即持此說。其實趙、崔之說根據不足。《論語》所記為其事之始，孔子企圖利用公山弗擾打擊季氏，恢復公室的權力。本章中孔子的話可證。《左傳》所記為孔子的實際行動：當孔子看到公山弗擾的反叛危及魯公室時，便派人打敗了他。❸末：無。之：往。也已：語氣詞連用，表示肯定。參見〔2•16〕「斯害也已」及注。此句尤與〔9•11〕「末由也已」結構全同。❹「何必」句：第一個「之」起將賓語提前的作用。第二個「之」字是往的意思。❺東周：《集解》云：「興周道於東方，故曰東周。」後人多從。此解與全句語氣不合。「東周」指幽王東遷之後、國勢已衰的周朝。孔子立志恢復文王、武王、周公之道，不以東周為奮鬥目標，所以才說了「吾其為東周乎」的話。參見〔6•24〕，其中「至於魯」相當於復興東周，「至於道」即恢復西周。❻「信則」句：參見〔19•10〕「君子信而後勞其民」，〔20•2〕「（君子）勞而不怨……擇可勞而勞之，又誰怨」。❼「惠則」句：參見〔20•2〕「君子惠而不費……因民之所利而利之，斯不亦惠而不費乎」。❽佛肸（bì xī）：晉國大夫范氏的家臣。《史記・孔子世家》載，佛肸為中牟宰，趙簡子攻范中行，伐中牟，佛肸據中牟叛范氏。據《左傳・哀公五年》，趙簡子圍中牟在哀公五年（前 490）。當時孔子正在周遊列國。

17.6 子張向孔子問甚麼是仁。孔子說：「能把五方面在天下實行就可以說是仁了。」子張說：「請問哪五方面？」孔子說：「恭，寬，信，敏，惠。恭敬就不會受到侮辱；寬厚就能爭取大眾；信實就會使別人為你效力；勤敏就能有成就；慈惠就足以役使別人。」

17.7 佛肸召孔子，孔子想去。子路說：「以前我聽先生說過這樣的話：

『親於其身為不善者，君子不入也①。』佛肸以中牟畔②，子之往也，如之何？」子曰：「然，有是言也。不曰堅乎磨而不磷③，不曰白乎涅而不緇④。吾豈匏瓜也哉⑤？焉能繫而不食？」

17.8 子曰：「由也！女聞六言六蔽矣乎⑥？」對曰：「未也。」「居⑦！吾語女。好仁不好學⑧，其蔽也愚；好知不好學，其蔽也蕩；好信不好學，其蔽也賊⑨；好直不好學，其蔽也絞⑩；好勇不好學，其蔽也亂⑪；好剛不好學，其蔽也狂。」

『親自為非作歹的人那裏，君子是不去的。』佛肸據中牟叛亂，您卻要去，那又如何解釋呢？」孔子說：「是，有過這樣的話。但是，不是說堅硬的東西磨是磨不薄的嗎，不是說潔白的東西染是染不黑的嗎。我難道是葫蘆嗎？怎能懸掛在那裏不食用呢？」

17.8 孔子說：「仲由！你聽到過六句話所說的六種弊病嗎？」子路答道：「沒有。」孔子說：「坐下！我告訴你。喜好仁卻不喜好學習，它的流弊是憨傻易欺；喜好聰明卻不喜好學習，它的流

17.9 子曰：「小子何莫學夫《詩》？《詩》可以興⑫，可以觀⑬，可以羣⑭，可以怨⑮。邇之事父⑯，遠之事君，

❶「親於」二句：參見〔8・13〕「危邦不入，亂邦不居」。❷中牟：春秋晉邑，故址在今河北邢台、邯鄲之間。❸乎：表示句中停頓的助詞。磷：薄。❹涅（niè）：染黑。緇：黑色。❺匏（páo）瓜：可以做水瓢的葫蘆。本章可與〔17・5〕互參。從末六句可以看出，孔子欲應叛亂者佛肸之召，是急於用世，以便實現自己的政治抱負：借家臣的叛亂，反對大夫專權，抑私門以張公室，恢復「禮樂征伐自諸侯出」，進而達到「禮樂征伐自天子出」，並非想跟叛亂者同流合污。❻言：或指一字，或指一句，這裏指一句，與「一言以蔽之」（〔2・2〕）的「言」同義。蔽：通「弊」。❼居：坐。因子路恭敬地起立對話，故本句讓他還坐。❽學：主要指學禮。參見〔8・2〕及〔16・13〕「不學禮，無以立」。孔子認為好的品質如果不用禮加以節制和規範，就會走向反面，變成弊病。❾賊：敗壞。好信不好學就會流於小信，小信易壞事。參見〔13・20〕，〔14・17〕，〔15・37〕。❿「好直」二句：參見〔8・2〕「直而無禮則絞」。⓫「好勇」二句：參見〔8・2〕「勇而無禮則亂」。⓬興：本是《詩》的創作手法之一，即託事於物的意思。這裏就學《詩》角度而言，指感發。⓭觀：指觀察社會。因詩多反映世情民俗、政治得失，故云。《漢書・藝文志》：「《書》曰：『詩言志，歌詠言。』……故古有采詩之官，王者所以觀風俗，知得失，自考正也。」⓮羣：與人交際、交往。當時貴族交往多賦《詩》言志，以為辭令。⓯怨：怨刺。《毛詩大序》說：「亂世之音怨以怒，其政乖。」孔子奉行「中庸」，主張感情必須適度，怨亦不能無節。並認為《詩》抒情最為適中，如說「《關雎》樂而不淫，哀而不傷」（〔3・20〕）。這裏提倡借《詩》來怨刺，正是為了避免怨刺得過分。《史記・屈原列傳》：「《小雅》怨誹而不亂。」正說明《詩》怨得適度。⓰邇（ěr）：近。

弊是放蕩無守；喜好信實卻不喜好學習，它的流弊是拘守小信而敗壞事體；喜好直率卻不喜好學習，它的流弊是尖刻傷人；喜好勇敢卻不喜好學習，它的流弊是犯上作亂；喜好剛強卻不喜好學習，它的流弊是狂妄自大。」

17.9 孔子說：「弟子們為甚麼不學《詩》呢？《詩》可以用來感發人的思想感情，可以憑藉觀察社會政治得失，可以用來交往朋友，可以用來怨刺不平的事情。近則可以用來事奉父親，遠則可以用來事奉君上，

多識於鳥獸草木之名。」

17·10 子謂伯魚曰：「女為《周南》、《召南》矣乎①？人而不為《周南》、《召南》，其猶正牆面而立也與②？」

17·11 子曰：「禮云禮云，玉帛云乎哉？樂云樂云，鍾鼓云乎哉③？」

17·12 子曰：「色厲而內荏④，譬諸小人，其猶穿窬之盜也與⑤？」

17·13 子曰：「鄉原⑥，德之賊也。」

並且可以從中多了解一些鳥獸草木名稱之類的廣博知識。」

17·10 孔子對孔鯉說：「你學習《周南》、《召南》了嗎？人如果不學《周南》、《召南》，大概就像面對着牆壁站在那裏吧？」

17·11 孔子說：「總是說禮呀禮呀，難道僅僅是指玉帛之類的禮物而言嗎？總是說樂呀樂呀，難道僅僅是指鍾鼓之類的樂器而言嗎？」

17·12 孔子說：「態度嚴厲

17·14 子曰：「道聽而塗說⑦，德之棄也。」

17·15 子曰：「鄙夫可與事君也與哉？其未得之也，

❶《周南》、《召南》：《詩經·國風》的兩部分。《周南》是用周代南國樂調寫的詩歌，南國泛指洛陽以南直至江漢一帶地區。《召南》為岐山之南召地（周初召公奭的采邑）的樂調歌謠。儒家舊說認為《周南》、《召南》二十五篇詩歌反映了文王、周公王業風化之基本，是《國風》中最為純正的部分，如《毛詩大序》說：「《周南》、《召南》，正始之道，王化之基。」❷正牆面：正面對着牆。比喻沒有見識，沒有前途。朱熹《集注》說：「言即其至近之地，而一物無所見，一步不可行。」深得其意。❸本章說明孔子重視禮樂的內容，他的話是針對當時禮崩樂壞、禮樂徒具形式的情況而發的。參見〔3·3〕、〔3·4〕、〔3·8〕。❹荏（rěn）：軟弱。❺窬（yú）：同「逾」，越過。❻鄉原：外貌忠誠謹慎，實際是欺世盜名的人。《孟子·盡心下》對鄉原及本章有所解釋，說：「閹然媚於世也者，是鄉原也」，「非之無舉也，刺之無刺也。同乎流俗，合乎污世。居之似忠信，行之似廉潔。眾皆悅之，自以為是，而不可與入堯舜之道。故曰『德之賊』也」。❼塗：同「途」。本章說明孔子主張切實的道德修養，反對道聽途說，漫不經心，表面賣弄。

而內心怯弱，若用小人作比喻，大概就像是穿壁翻牆行竊的小偷吧？」

17·13 孔子說：「不講是非，處處討好，同流合污，卻又裝作極有修養，是敗壞道德的人。」

17·14 孔子說：「從道途上聽聞又在道途上傳播，這種人是拋棄道德的人。」

17·15 孔子說：「鄙野之人可以跟他一起事奉君主嗎？當他未得利的時候，

患〔不〕得之①；既得之，患失之。苟患失之，無所不至矣。」

17.16 子曰：「古者民有三疾②，今也或是之亡也。古之狂也肆，今之狂也蕩；古之矜也廉③，今之矜也忿戾；古之愚也直，今之愚也詐而已矣。」

17.17 子曰：「巧言令色，鮮矣仁④。」

17.18 子曰：「惡紫之奪朱也⑤，惡鄭聲之亂雅樂也⑥，惡利口之覆邦家者⑦。」

總是憂慮不能得到；得到以後，又總是憂慮再失去。如果總是憂慮失掉甚麼，那就沒有甚麼非分的事做不到的了。」

17.16 孔子說：「古時的人們有三種毛病，現在或許連這樣的毛病也沒有了。古人的狂妄還能肆意敢言，今人的狂妄卻是放蕩不羈；古人的矜持還能方正威嚴，今人的矜持卻是忿怒乖戾；古人的愚蠢還能表現出直率，今人的愚蠢卻是伴着欺詐，如此罷了。」

17.17 孔子說：「花言巧語，

17.19 子曰：「予欲無言⑧。」子貢曰：「子如不言，則小子何述焉？」子曰：「天何言哉？四時行焉，百物生焉⑨，天何言哉？」

❶患得之：當作「患不得之」。《荀子・子道篇》：「孔子曰：『……小人者，其未得也，則憂不得；既已得之，又恐失之。』」（《說苑・雜言篇》同。）王符《潛夫論・愛日篇》：「孔子病夫未之得也，患不得之，既得之，患失之者。」可見《論語》古本「得」上當有「不」字。後人對脫誤之本已有校正，宋人沈作哲《寓簡》說：「東坡解云：『患得之』當作『患不得之』。」金人王若虛《滹南遺老集》卷七《論語辨惑》也同意蘇軾的校改意見。❷疾：毛病。❸廉：棱角。這裏形容人的行為方正有威嚴。孔子有「今不如昔」的觀點，本章中，他甚至認為，同樣是缺點，今人也不如古人。參見〔4・7〕，〔8・16〕。❹本章重出，已見〔1・3〕。❺紫：間色。朱：正色。紅色紫色雖皆尊貴，如〔10・5〕「紅紫不以為褻服」，但是紅紫相較又以紅為正。紫之奪朱：紫色侵奪了朱色的正色地位。按，周禮衰落之後，諸侯服飾以紫色為上，《禮記》、《左傳》、《管子》均有例證。❻鄭聲：參見〔15・11〕「放鄭聲」、「鄭聲淫」。雅樂：用於郊廟朝會的正樂。❼邦家：諸侯之邦與大夫之家。❽無言：孔子主張「敏於事而慎於言」（〔1・14〕）。在教育方面重身教，故「欲無言」。不僅教育如此，政治上也重力行，如「為政以德」（〔2・1〕）、「修己以安人」（〔14・42〕）、「無為而治」、「恭己正南面」（〔15・5〕）等。❾「天何言」三句：以天為喻，是說天無需發言，就能主宰一切。《詩經・大雅・文王》：「上天之載（事），無聲無臭。」《禮記・哀公問》：「孔子云：『無為而物成，天之道也。』」《春秋繁露・深察名號》：「天不言，使人發其意；弗為，使人行其中。」可見由天不言並不能得出「天是自然的天」的結論。

裝出和顏悅色模樣的人，他的仁善之心必定少。」

17.18 孔子說：「憎惡紫色侵奪了紅色的正位，憎惡鄭國靡靡之音擾亂了堂堂正正的雅樂，憎惡用巧嘴利舌顛覆邦國采邑的人。」

17.19 孔子說：「我想不講話了。」子貢問：「老師如果不講話，那麼弟子們又傳述甚麼呢？」孔子說：「上天又講了甚麼呢？四季照樣運行，天下百物照樣生長，天又講了甚麼呢？」

17·20 孺悲欲見孔子①，孔子辭以疾。將命者出户②，取瑟而歌，使之聞之。

17·21 宰我問：「三年之喪，期已久矣。君子三年不為禮，禮必壞；三年不為樂，樂必崩。舊穀既沒，新穀既升，鑽燧改火③，期可已矣④。」子曰：「食夫稻，衣夫錦，於女安乎？」曰：「安。」「女安，則為之！夫君子之居喪，食旨不甘，聞樂不樂，居處不安，故不為也。今女安，則為之！」宰我出。子曰：「予之不仁也！子生三年，然後免於父母之懷。夫三年之喪，天下之通喪也，予也有三年之愛於其父母乎？」

17·20 孺悲想見孔子，孔子託辭有病加以拒絕。傳命的人剛出門，孔子就拿過瑟彈着唱歌，故意讓傳命的人聽到。

17·21 宰我問道：「為父母守喪三年，為期太久了。君子三年不習禮，禮一定會敗壞；三年不作樂，樂一定會毀掉。陳穀已經吃完，新穀已經登場，鑽火改木周而復始，滿一年也就可以了。」孔子說：「那麼吃白米飯，穿花緞衣，對於你來說能心安嗎？」宰我說：「心安。」孔子說：「你只要心安，就那樣做吧！至於君子有

17·22　子曰：「飽食終日，無所用心，難矣哉⑤！不有博弈者乎⑥？為之猶賢乎已。」

❶孺悲：魯國人。《禮記．雜記》：「恤由之喪，哀公使孺悲之孔子學士喪禮，士喪禮於是乎書。」此為以後的事，本章記初見之時。❷將命者：傳命者，指為孺悲傳口信的人。❸鑽燧改火：古時鑽木取火或敲燧石取火。改火僅與鑽木取火有關，燧係連帶提及。《集解》引馬融注：「《周書．月令》（已佚）有更火之文，春取榆柳之火，夏取棗杏之火，秋取柞楢之火，冬取槐檀之火。一年之中，鑽火各異木，故曰改火。」❹期（jī）：同「朞」，一年。❺難矣哉：見〔15·17〕注⑪。❻博：即六博，古代的一種棋局遊戲，近似後代的雙陸。雙方各六棋，以黑白為別。先擲骰子，視骰子以行棋。弈：圍棋。古弈用二百八十九道，今用三百六十一道。

喪在身，吃美味不覺得甘美，聽音樂不覺得愉快，閒居也不覺得安適，因此不那樣做。現在你心安，就那樣做吧！」宰我出去了。孔子說：「宰予不仁啊！子女生下三年，然後才脫離父母的懷抱。三年的守喪期，為天下通行的喪禮，宰予不也是在他父母的懷抱裏得到三年愛撫嗎？」

17·22　孔子說：「整天吃得飽飽的，漫不經心，無所事事，難以有所成啊！不是有六博和圍棋的玩意嗎？天天下棋也比閒着沒事強。」

17·23　子路曰：「君子尚勇乎①？」子曰：「君子義以為上。君子有勇而無義為亂，小人有勇而無義為盜。」

17·24　子貢曰：「君子亦有惡乎②？」子曰：「有惡。惡稱人之惡者，惡居下流而訕上者③，惡勇而無禮者，惡果敢而窒者。」曰：「賜也亦有惡乎？」「惡徼以為知者④，惡不孫以為勇者，惡訐以為直者⑤。」

17·25　子曰：「唯女子與小人為難養也，近之則不孫，遠之則怨。」

17·23　子路問：「君子崇尚勇敢嗎？」孔子說：「君子以義為上。君子只有勇敢而無德義就會犯上作亂，小人只有勇敢而無德義就會成為盜賊。」

17·24　子貢問：「君子也有憎惡嗎？」孔子說：「有憎惡。憎惡宣揚別人壞處的人，憎惡身居下位卻譭謗長上的人，憎惡勇敢卻沒有禮義的人，憎惡果敢卻頑固不化的人。」孔子又說：「賜，你也有憎惡嗎？」子貢答：「憎惡把抄襲當作有學問的人，憎惡把高傲不遜當作勇敢的人，憎惡把揭

17·26 子曰：「年四十而見惡焉⑥，其終也已！」

❶ 尚勇：以勇敢為上。孔子反對尚勇，主張尚德，用禮義來規範自發的勇敢。參見〔14·5〕，〔14·33〕，〔8·2〕，〔17·24〕。❷ 惡（wù）：憎惡。❸ 流：此字增衍，當刪。或涉〔19·20〕「惡居下流」而誤。訕（shàn）：譭謗。❹ 徼（jiǎo）：抄襲。❺ 訐（jié）：揭發別人的隱私或過錯。孔門主張對好人揚善隱惡，參見〔12·16〕，〔16·5〕。尤其強調為親者隱，參見〔13·18〕。❻ 年四十：四十歲為「不惑」之年（參見〔2·4〕），亦當為成名之年（參見〔9·23〕）。四十歲無所成就反被人憎惡，前途也就渺茫了。

發別人當作直率的人。」

17·25 孔子說：「只有女子和小人最難養用，稍有親近就放肆無禮，稍有疏遠就產生怨氣。」

17·26 孔子說：「活到四十歲還被人憎惡，他這一輩子也就算完了啊！」

微子第十八

本篇包括十一章，多非孔子弟子所記。內容以反映孔子的處世態度為主，而且多是通過與隱士的思想對立來表現的。

18·1 微子去之①，箕子為之奴②，比干諫而死③。孔子曰：「殷有三仁焉。」

18·2 柳下惠為士師④，三黜⑤。人曰：「子未可以去乎？」曰：「直道而事人，焉往而不三黜？枉道而事人，何必去父母之邦？」

❶ 微子：名啟，微是封國名，子是爵名，商紂王的同母兄。微子生時，其母尚為帝乙之妾，生紂時已立為妻，故紂在帝乙死後嗣立。紂王無道，微子離開他出走。❷ 箕子：名胥餘，箕是封國名，子是爵名，商紂王的叔父。紂王無道，他進諫不聽，就披散頭髮，假裝癲狂，淪為奴隸。❸ 比干：名干，比是封國名。比干也是紂王的叔父，他強諫紂，紂大怒，說：「我聽說聖人之心有七竅。」便把比干殺死，把他的心剖開來看。以上三注，事詳《史記．宋微子世家》。❹ 柳下惠：見〔15·14〕注❽。士師：典獄官。❺ 黜：罷免。本章可參見〔15·7〕。

18·1 微子出走，箕子做了奴隸，比干強諫而身遭慘死。孔子說：「殷商有三個仁人。」

18·2 柳下惠做典獄官，三次被罷免。有人對他說：「您不可以離開另謀出路嗎？」他說：「若用正直之道事奉人，到哪裏能不再三被罷免？若用邪曲之道事奉人，又何必要離開父母之邦呢？」

18·3 齊景公待孔子，曰：「若季氏，則吾不能；以季、孟之間待之①。」曰：「吾老矣②，不能用也③。」孔子行。

18·4 齊人歸女樂④，季桓子受之⑤，三日不朝，孔子行。

18·5 楚狂接輿歌而過孔子⑥，曰：「鳳兮鳳兮！何德之衰⑦！往者不可諫⑧，來者猶可追⑨。已而！已而！今之從政者殆而！」孔子下⑩，欲與之言。趨而辟之，不得與之言。

18·6 長沮、桀溺耦而耕⑪，孔子過之，使

18·3 齊景公準備給孔子以禮遇，說：「像季氏那樣的地位，我不能給；將用季氏孟氏之間的待遇來安置他。」孔子說：「我已經老了，不能做甚麼了。」孔子於是離開齊國。

18·4 齊國送給魯君一批歌妓舞女，季桓子接受了，三天不舉行朝禮以治政事，孔子於是離開魯國。

18·5 楚國的狂人接輿，唱着歌從孔子車旁經過，他唱道：「鳳呀！鳳呀！為甚麼你的德行竟

子路問津焉⑫。長沮曰：「夫執輿者為誰⑬？」

❶季、孟之間：魯國三卿，季氏為上卿，孟氏為下卿。季孟之間即是上卿下卿之間。❷吾老矣：孔子不滿齊景公給他的待遇，託辭年老而不接受。❸用：為，做。❹歸：同「饋」。女樂：歌妓舞女。❺季桓子：季孫斯，魯國自定公五年至哀公三年時的執政上卿。季桓子與魯定公接受齊國女樂事，《史記．孔子世家》記於魯定公十四年，又見於《韓非子．內儲說下》，可參看。❻楚狂：楚國的狂人，實為假裝瘋狂而隱的賢者。接輿：曹之升《四書摭餘說》云：「《論語》所記隱士皆以其事名之。門者謂之『晨門』，杖者謂之『丈人』，津者謂之『沮』、『溺』，接孔子之輿者謂之『接輿』，非名亦非字也。」邢昺《論語疏》說：「姓陸，名通，字接輿。」不知何據。❼「鳳兮」二句：以鳳比孔子。鳳鳥待聖君治世則現，世無道則隱。孔子有背於此，亂世中到處遊說以求進用，因此說「德衰」。❽「往者」句：參見（3·21）「遂事不諫」及注。❾追：及。這是來得及計議、醒悟的意思。❿下：指下車。⓫長沮、桀溺：兩個隱者，失其真名，因在水邊耕作，因而稱「沮」（沮洳），稱「溺」（淖溺）。耦而耕：耦耕是古代的一種耕田方法，其法是兩人並頭用耜（單頭，類似鏟）翻土。《周禮．考工記．匠人》：「匠人為溝洫，耜廣五寸，二耜為耦。一耦之伐，廣尺深尺謂之甽（quǎn，同『畎』）。」鄭玄注：「古者耜一金（單頭），兩人併發之。其壟中曰甽，甽上曰伐。伐之言發也，甽，畎也。今之耜歧頭兩金，象古之耦也。」《正義》：「云『二耜為耦』者，二人各執一耜，若長沮、桀溺耦而耕。此兩人耕為耦，共一尺。一尺深者謂之畎，畎上高土為之伐。伐，發也。以發土於上，故名伐也。」後人多從《考工記》及鄭注、孔疏之說。《考古學報》1984 年第四期載陳文華《試論我國農具史上的幾個問題》一文，除考古文字字形以證耦耕之法外，還引據我國少數民族保留的古代耦耕之法以為佐證：「西藏錯那縣勒布區門巴族使用木耒耕地時，正是兩人執二耒並排耕地。」其文結論說：「耦耕是兩人執二耜（臿）同時並耕，一人向右翻土，一人向左翻土，它是適應當時實行的壟作制和後來的代田法農藝要求的。」並說：「耕地如此，中耕亦如此。」⓬津：渡口。⓭執輿：執轡駕車。按，此時孔子正代子路執輿。

如此衰敗！以往的錯事已不可制止，未來的前途還來得及深謀於懷。算了吧！算了吧！當今的從政者難免垮台！」孔子下車，想跟他講話。他急行避開，孔子終不能跟他交談。

18·6　長沮、桀溺二人並排耕作，孔子經過他們那裏，派子路向他們打聽渡口。長沮問：「那個執轡駕車的人是誰？」

子路曰：「為孔丘。」曰：「是魯孔丘與？」曰：「是也。」曰：「是知津矣。」問於桀溺。桀溺曰：「子為誰？」曰：「為仲由。」曰：「是魯孔丘之徒與？」對曰：「然。」曰：「滔滔者①，天下皆是也，而誰以易之②？且而與其從辟人之士也③，豈若從辟世之士哉④？」耰而不輟⑤。子路行以告。夫子憮然曰⑥：「鳥獸不可與同羣⑦，吾非斯人之徒與而誰與？天下有道，丘不與易也。」

18·7 子路從而後，遇丈人，以杖荷蓧⑧。子路問曰：「子見夫子乎？」丈人曰：「四體不勤⑨，五穀不分，孰為夫子？」植其杖而

子路說：「是孔丘。」又問：「此人是魯國的孔丘嗎？」答道：「正是此人。」長沮便說：「他應該是知道渡口的。」子路又問桀溺，桀溺說：「你是誰？」答道：「是仲由。」又問：「你是魯國孔丘的門徒嗎？」答道：「是。」又說：「動亂不安，天下到處都是這樣，到底跟誰一起來改變現狀呢？並且與其跟隨避開惡人的志士，難道比得上跟隨避開人世的隱士嗎？」說完後照樣平土覆蓋種子，耕作不停。子路返回把話告訴了孔子。孔子悵然歎道：「鳥獸不可跟牠們同羣，我不跟世上人羣相處

芸⑩。子路拱而立。止子路宿⑪，殺雞為黍而食之⑫，見其二子焉⑬。明日，子路行以告。

❶ 滔滔：《經典釋文》說鄭玄注本作「悠悠」，《史記・孔子世家》也作「悠悠」。「滔滔」、「悠悠」古音相近，意為周流的樣子。這裏形容動亂。❷ 以：與。「誰以」即「誰與」，跟誰的意思。❸ 辟人之士：避開無道之人以求天下大治的志士。❹ 辟世之士：對政治無望而避開亂世的隱士。參見〔14•37〕。❺ 耰（yōu）：用土覆蓋播下的種子，並把土耙平。❻ 憮（wǔ）然：悵惘失意的樣子。❼「鳥獸」句：舊說隱於山林便是與鳥獸同羣（見《集解》引孔安國注），其實未必指隱居而言。❽ 蓧（diào）：古代除草用的農具。❾ 四體：四肢。勤：勞。❿ 植：有二說，《集解》引孔安國注：「植，倚也。」則是拄着的意思。另一說為插立的意思，均可通，以後說為優。芸：同「耘」，除草。⓫ 止：留。⓬ 黍：黃米，即黏的小米。為黍：做黃米飯。⓭ 見（xiàn）：使見。此句是說讓他的兩個兒子會見子路。

又跟誰呢？如果天下清明，我就不跟他們一起來改變現狀了。」

18.7　子路跟隨孔子周遊，有次落在後面，碰到一位老人，用拐杖扛着除草農具。子路問：「您見到我的老師了嗎？」老人說：「你們這些人四肢不勤勞，五穀分不清，誰是老師？」於是就把拐杖插在地上除起草來。子路一直拱着手恭敬地站在那裏。老人便留子路住宿，殺雞做飯給他食用，還介紹自己的兩個兒子見了子路。第二天，子路趕上了孔子一行人，把自己的經歷告訴孔子。

子曰：「隱者也。」使子路反見之。至，則行矣。子路曰：「不仕無義。長幼之節，不可廢也；君臣之義，如之何其廢之？欲潔其身，而亂大倫。君子之仕也，行其義也。道之不行，已知之矣①。」

18·8 逸民②：伯夷、叔齊、虞仲、夷逸、朱張、柳下惠、少連③。子曰：「不降其志，不辱其身，伯夷、叔齊與？」謂：「柳下惠、少連，降志辱身矣；言中倫④，行中慮⑤，其斯而已矣。」謂：「虞仲、夷逸，隱居放言，身中清，廢中權⑥。我則異於是，無可無不可⑦。」

孔子說：「這是一位隱士。」讓子路返回進見他。子路到了他家，他已出門了。子路說：「不做官不合乎義。長幼之間的關係，都不可廢棄；君臣之間的大義，又怎能廢棄呢？想避開亂世而潔身自保，卻搞亂了最重要的倫理關係。君子做官，是為了推行大義。至於理想的政道實際行不通，則早已知道。」

18·8 遺落民間的賢者：伯夷、叔齊、虞仲、夷逸、朱張、柳下惠、少連。孔子說：「不降低自己的志向，不玷辱自己的人

18·9 大師摯適齊⑧，亞飯干適楚⑨，三飯繚適蔡，四飯缺適秦，鼓方叔入於河，

❶「君子」四句：參見〔16·11〕「行義以達其道」，〔14·38〕「是知其不可而為之者與」。❷逸民：遺落於世而無官位的賢人。❸伯夷、叔齊：見〔5·23〕注❽。柳下惠：見〔15·14〕注❽。虞仲、夷逸、朱張：事蹟無考。前人或有附會之說，不可據。少連：見《禮記·雜記》，東夷之子，孔子稱其善居喪。❹中（zhòng）：合乎。倫：條理、法則。❺慮：謀慮。❻權：權變，參見〔9·30〕「未可與權」。❼「無可」句：這句說明孔子以積極用世為前提的靈活態度，並不是不講原則。他的「可」與「不可」皆以義為據，參見〔4·10〕。只要符合義，「知其不可而為之」，參見〔14·38〕。
❽大師摯：魯國的樂師之長摯。當即〔8·15〕的「師摯」。❾亞飯：二飯，第二頓飯。古代天子、諸侯用飯時都奏樂相伴，一日幾餐，各有不同的樂師。天子一日四餐，魯國得用周天子禮樂，故有「二飯」、「三飯」、「四飯」之稱。《白虎通義·禮樂篇》說：「天子食時舉樂，王者所以日四食者何？明有四方之物，食四時之功也。……王平居中央，制御四方，平日食，少陽之始也；晝食，太陽之始也；餔食，少陰之始也；暮食，太陰之始也。」下引《論語》本章「二飯」、「三飯」、「四飯」云云。

格，這樣的人是伯夷、叔齊吧？」又說：「柳下惠、少連這兩人，降低了志向，玷辱了人格；但講話有倫次，做事有謀慮，他們不過如此罷了。」又說：「虞仲、夷逸這兩人，避世隱居，放肆敢言，修身合乎清廉，棄官合乎權宜。我則跟這些人不同，沒有甚麼可以的，也沒有甚麼不可以的。」

18·9 魯國的太師名叫摯的到了齊國，二飯樂師名叫干的到了楚國，三飯樂師名叫繚的到了蔡國，四飯樂師名叫缺的到了秦國，鼓手名叫方叔的入居黃河之濱，

播鼗武入於漢①，少師陽、擊磬襄入於海。

18·10 周公謂魯公曰②：「君子不施其親③，不使大臣怨乎不以。故舊無大故，則不棄也④。無求備於一人⑤。」

18·11 周有八士：伯達、伯适、仲突、仲忽、叔夜、叔夏、季隨、季騧⑥。

❶播：搖。鼗（táo）：撥浪鼓。本章是「樂崩」的表現。❷周公：周公旦。魯公：周公之子伯禽，封於魯，故稱魯公。❸施：通「弛」。本句參見〔1·13〕「因不失其親」，〔8·2〕「君子篤於親」。❹「故舊」二句：參見〔8·2〕「故舊不遺」。❺求備：參見〔13·25〕「及其使人也，求備也」。❻騧（guā）：人名。以上八人的名字皆由排行字伯、仲、叔、季加單名組成，事蹟無考。《集解》引包咸注：「周時四乳生八子，皆為顯仕，故記之爾。」為傳說之辭。也有人據此八人兩人一組，按伯、仲、叔、季排列，並且每組名字押韻，於是認為是四對孿生子。

搖小鼓的名叫武的入居漢水之濱，少師名叫陽的以及磬師名叫襄的入居海邊。

18·10 周公對魯公說：「君子不疏遠他的親族，不使大臣怨恨而不聽用自己。故舊沒有重大過錯，就不遺棄。對一個人不要求全責備。」

18·11 周朝有八個知名之士：伯達、伯适、仲突、仲忽、叔夜、叔夏、季隨、季騧。

子張第十九

本篇包括二十五章，全記孔子弟子之言，包括子張、子夏、子游、曾子、子貢五人。內容論及學習、道德及人物，從中可以看出弟子們對孔子學說的忠誠和傳述，對孔子聖人形象的維護。

19.1　子張曰：「士見危致命①，見得思義②，祭思敬③，喪思哀④，其可已矣。」

19.2　子張曰：「執德不弘，信道不篤⑤，焉能為有？焉能為亡⑥？」

19.3　子夏之門人問交於子張。子張曰：「子夏云何？」對曰：「子夏曰：『可者與之，其不可者拒之⑦。』」子張曰：「異乎吾所聞：君子尊賢而容眾，嘉善而矜不能⑧。我之大賢與，於人何所不容？我之不賢與，人將拒我，如之何其拒人也？」

19.1　子張說：「士見到危難肯於獻身，見到所得能想到是否合乎義，祭祀的時候能誠心誠意地致敬，臨喪的時候能誠心誠意地致哀，那也就可以了。」

19.2　子張說：「執守道德不能發揚光大，信仰道義不能誠心實意，這種人怎麼能算他存在？又怎麼能算他不存在？」

19.3　子夏的弟子向子張問怎樣與人交往。子張說：「子夏是怎樣說的？」答道：「子夏說：『人品可以的就跟他交往，人品不

19.4 子夏曰：「雖小道⑨，必有可觀者焉；致遠恐泥，是以君子不為也。」

❶見危致命：見〔14·12〕。❷見得思義：見〔14·12〕「見利思義」，又見〔16·10〕。❸祭思敬：參〔3·12〕、〔12·2〕。❹喪思哀：參〔3·26〕、〔19·14〕。又喪、祭屬於大事，參見〔20·1〕。❺「執德不弘」二句：參見〔15·29〕。❻「焉能」二句：可有可無之義。❼「可者」二句：與孔子的交友之道近似，參見〔1·8〕、〔9·25〕、〔15·10〕、〔16·4〕、〔16·5〕。❽「嘉善」句：參見〔2·20〕「舉善而教不善」，與孔子的思想一致。❾小道：指各種具體的知識和技能。子夏實際上是擅長小道的，因此孔子告誡他「女為君子儒，無為小人儒」(〔6·13〕)。孔子也並非忽視小道，而是擅長小道的，參見〔9·2〕、〔9·6〕。但是他反對拘泥於小道，如果拘泥於小道，就是小人了，參見〔15·34〕。

可以的就加以拒絕。』」子張說：「不同於我所聽到的：君子尊重賢人，同時接納廣大的普通人；獎勵好人，同時憐惜無能的人。我自己如果很好，對於別人有甚麼容不下的？我自己如果不好，人家將拒絕跟我相交，我又怎能拒絕別人呢？」

19.4 子夏說：「即使是普通的知識與技藝，也一定有值得觀摩的地方；只是要實現遠大理想，惟恐陷進去受其滯礙，因此君子才不鑽研它。」

19.5 子夏曰：「日知其所亡①，月無忘其所能，可謂好學也已矣②。」

19.6 子夏曰：「博學而篤志③，切問而近思④，仁在其中矣。」

19.7 子夏曰：「百工居肆以成其事⑤，君子學以致其道。」

19.8 子夏曰：「小人之過也必文⑥。」

19.9 子夏曰：「君子有三變：望之儼然，即之也溫，聽其言也厲。」

19.5 子夏說：「每日都能得到自己所沒有的知識，每月都不忘自己所已學會的東西，這就可以說是好學了。」

19.6 子夏說：「廣泛學習，不斷堅定意志，好問並且好思，仁就在那裏面了。」

19.7 子夏說：「各種工匠在店裏勞作來完成活計，君子用學習來獲得道。」

19.8 子夏說：「小人犯了過錯，一定加以文飾。」

19·10 子夏曰：「君子信而後勞其民⑦，未信則以為厲己也。信而後諫，未信則以為謗己也。」

19·11 子夏曰：「大德不踰閑⑧，小德出入可也。」

❶亡：無。❷好學：應當包括進德與修業兩方面的標準。子夏所謂的好學只據修業方面而言，是片面的，故孔子對他有「女為君子儒，無為小人儒」（〔6·13〕）之誡。而孔子的好學標準，是把進德放在首位的，因此他認為弟子中顏回最為好學，參見〔6·3〕，〔11·7〕。❸志：志向、意志，指學習方面而言。❹切：舊注或解為懇切，或解為急切，雖亦通而不精確。這裏的「切」是近的意思，「切問」即近於問，也即好問的意思，參見〔16·10〕「疑思問」。近思：好思，參見〔2·15〕「學而不思則殆」。本章關於仁的內容亦就修業方面而言，與孔子就進德方面而言不同。❺肆：店鋪。手工業廠店合一，故說「百工居肆」。❻文：文飾，掩蓋。子夏認為小人文過飾非，君子則否，參見〔19·21〕。❼「君子」句：參見〔17·6〕「信則人任焉」。❽大德：德行中的大節。閑：限，引申為法度。

19·9 子夏說：「君子給人的印象有三變：遠遠望去，嚴肅可敬；跟他接近，溫和可親；聽他的話，嚴厲可法。」

19·10 子夏說：「君子取得信任，然後才能役使人民，如未取得信任，就會以為是在虐待自己。君子取得信任，然後才能對別人進忠言，如未取得信任，就會以為是在誹謗自己。」

19·11 子夏說：「大節不得越出界限，小節有所出入則是可以的。」

19·12　子游曰：「子夏之門人小子，當洒埽、應對、進退則可矣①，抑末也②；本之則無，如之何？」子夏聞之，曰：「噫！言游過矣！君子之道，孰先傳焉，孰後倦焉③，譬諸草木，區以別矣。君子之道，焉可誣也？有始有卒者，其惟聖人乎？」

19·13　子夏曰：「仕而優則學④，學而優則仕。」

19·14　子游曰：「喪致乎哀而止⑤。」

19·15　子游曰：「吾友張也為難能也⑥，

19·12　子游說：「子夏的弟子們，擔當灑掃、應對、進退的節儀那是可以的，但只是末節而已；論其根本則沒有，怎麼辦？」子夏聽到後，說：「唉！言游說錯了！君子的學問，哪個先傳授，哪個後竭力，就好像草木一樣，區別得一清二楚。君子的學問，怎可誹謗呢？有始有終，循序漸進，大概只有聖人才這樣吧？」

19·13　子夏說：「做官如有餘力就去學習，學習如有餘力就去做官。」

然而未仁。」

19·16　曾子曰⑦：「堂堂乎張也⑧，難與並為仁矣。」

---

❶ 洒埽：灑水掃地。為少年替長者所做之事，有儀節規定，詳見《禮記·曲禮》、《管子·弟子職》。應對：「應」為答應，「對」為回答。進退：起居動作之一。《周禮·夏官·大司馬》：「以教坐作、進退、疾徐、疏數之節。」《莊子·達生》：「進退中繩，左右旋中規。」❷ 末：指禮儀之末。❸ 倦：竭力。本章子游對子夏學術的批評，觀點很像孔子，參見〔6·13〕。❹ 優：饒，有餘。❺ 本章強調居喪要致哀，但悲哀必須適度。可參見〔3·20〕、〔3·26〕、〔19·1〕。❻ 難能：難以做到。子張在孔子的弟子中是比較全面、突出的一個人，他既重進德，又重修業（參見〔12·10〕）；既重視理論修養，又重視具體實踐（參見〔15·6〕）。他把「仁」作為追求的目標（參見〔17·6〕）。他的缺點是過頭和偏激（參見〔11·16〕、〔11·18〕），雖不符中庸之道，但也屬於孔子降格以求的肯於進取的「狂」者之列（參見〔13·21〕）。本章可與〔14·1〕「可以為難矣，仁則吾不知也」互參。子游像孔子一樣，也不輕易以仁許人。❼ 曾子：曾參，見〔1·4〕注⓯。❽ 堂堂：《廣雅·釋訓》：「堂堂，容也。」《集解》引鄭玄注：「言子張容儀盛。」本章可與上章參讀。

19·14　子游說：「居喪能盡到悲哀之情也就夠了。」

19·15　子游說：「我的朋友子張已是難能可貴的了，但是還沒有達到仁。」

19·16　曾子說：「子張儀表堂堂，但是難以跟他一起修養仁德。」

19·17 曾子曰：「吾聞諸夫子：人未有自致者也①，必也親喪乎！」

19·18 曾子曰：「吾聞諸夫子：孟莊子之孝也②，其他可能也；其不改父之臣與父之政③，是難能也。」

19·19 孟氏使陽膚為士師④，問於曾子。曾子曰：「上失其道，民散久矣⑤。如得其情，則哀矜而勿喜！」

19·20 子貢曰：「紂之不善，不如是之甚也。是以君子惡居下流⑥，天下之惡皆歸焉。」

19·17 曾子說：「我從老師那裏聽說過：人沒有自盡其情意的情況，如果有，一定是為雙親居喪的時候吧！」

19·18 曾子說：「我從老師那裏聽說：孟莊子的孝，其他方面別人都可能做得到；在父親死後，他不改變父親所用的人和所行的政道，這才是很難做到的。」

19·19 孟氏使陽膚做典獄官，陽膚向曾子請教。曾子說：「在位者治民失去道義，老百姓對上離心離德已經很久了。如果掌

19·21 子貢曰：「君子之過也，如日月之食焉：過也，人皆見之；更也，人皆仰之⑦。」

❶致：盡。指盡情、盡心等。本章可與《孟子・滕文公上》「親喪固所自盡也」互參。❷孟莊子：魯國大夫仲孫速。其父孟獻子仲孫蔑死於魯襄公十九年，他本人死於魯襄公二十三年。❸「其不改」句：參見〔1•11〕。❹陽膚：《集解》引包咸注：「陽膚，曾子弟子。」士師：典獄官。❺民散：指民心叛離。與〔20•1〕「天下之民歸心」相反。❻下流：地形低下、眾水流灌之處。❼本章讚揚君子不文過飾非。參見〔15•30〕、〔19•8〕。

握了老百姓犯罪的實情，就要哀痛憐憫，而不要沾沾自喜！」

19·20 子貢說：「紂的不好，不像傳說的這麼嚴重。因此君子厭惡身居低下的處境，致使天下的壞處都歸到自己身上。」

19·21 子貢說：「君子的過錯好像日蝕月蝕：犯了過錯，人人都能見到；改了過錯，人人都能仰望到。」

19.22 衛公孫朝問於子貢曰①：「仲尼焉學？」子貢曰：「文武之道②，未墜於地，在人。賢者識其大者，不賢者識其小者。莫不有文武之道焉，夫子焉不學？而亦何常師之有？」

19.23 叔孫武叔語大夫於朝曰③：「子貢賢於仲尼。」子服景伯以告子貢④。子貢曰：「譬之宮牆⑤，賜之牆也及肩，窺見室家之好。夫子之牆數仞⑥，不得其門而入，不見宗廟之美，百官之富⑦。得其門者或寡矣，夫子之云，不亦宜乎？」

19.22 衛國公孫朝向子貢問道：「仲尼是從哪裏學成的？」子貢說：「文王武王之道，沒有墜失在地上，掌握在人們那裏。賢人了解了它大的方面，不賢的人了解了它小的方面。沒有地方沒有文武之道存在，我的老師何處不能學？為何要有一個固定不變的老師？」

19.23 叔孫武叔在朝廷對諸大夫說：「子貢強於仲尼。」子服景伯把這話告訴了子貢。子貢說：「好比宮室的圍牆，我的牆跟肩膀一樣高，可以從牆外面窺見

19·24 叔孫武叔毀仲尼。子貢曰：「無以為也⑧！仲尼不可毀也。他人之賢者，丘陵也，猶可踰也。仲尼，日月也，無得而踰焉。人雖欲自絕，其何傷於日月乎？多見其不知量也⑨。」

❶公孫朝：衛國大夫。翟灝《四書考異》説：「春秋時魯有成大夫公孫朝，見昭二十六年傳；楚有武城尹公孫朝，見哀十七年傳；鄭子產有弟曰公孫朝，見《列子》。記者故繫『衛』以別之。」❷文武之道：周文王、周武王聖人之道。孔子自詡為文王之道的承擔者，參見〔9·5〕。❸叔孫武叔：魯國大夫，名州仇。❹子服景伯：見〔14·36〕注❹。❺宮牆：宮室的圍牆。❻仞：七尺曰仞。一説八尺，一説五尺六寸。❼「不見」二句：以天子、諸侯才有的朝廷、宗廟比喻孔子學問的廣博和高深。百官：朝堂諸曹辦事的房舍。❽以：此。「以」作「此」解有旁證，如《禮記·射義》引詩：「凡以庶士」。❾不知量：不知高低、深淺、輕重。

家室房舍之美。我的老師的牆有數仞之高，如果找不到他的門進去，就見不到宗廟的華美、眾官房舍的富盛。但是能夠找到他的門的人往往極少。武叔先生那樣説，不也是合乎情理的嗎？」

19·24 叔孫武叔譭謗仲尼。子貢説：「不要做這樣的事啊！仲尼是不可譭謗的。別人的賢能，好比丘陵，尚可越過去。仲尼呢，好比太陽月亮，不可能逾越。人縱使想自絕於太陽月亮，那對太陽月亮又會有甚麼損害呢？足見他自不量力。」

19.25　陳子禽謂子貢曰①：「子為恭也②，仲尼豈賢於子乎？」子貢曰：「君子一言以為知，一言以為不知，言不可不慎也。夫子之不可及也，猶天之不可階而升也。夫子之得邦家者，所謂立之斯立，道之斯行，綏之斯來，動之斯和③。其生也榮，其死也哀，如之何其可及也？」

❶陳子禽：見〔1·10〕注❶。子禽素對孔子有疑，見〔1·10〕，〔16·13〕。❷恭：指對孔子恭敬。❸「所謂」四句：講實行禮治、德政的效果。

19.25　陳子禽對子貢說：「您是在有意謙恭吧，仲尼難道真強於您嗎？」子貢說：「君子能由一句話表現出睿智，也能由一句話表現出無知，講話不可不謹慎啊。我老師之不可攀及，就好比天不可憑藉台階登上去一樣。我的老師如果得到諸侯之國、大夫之家的政事，就能做到所謂有所樹立就能立得住，有所引導就能使人民跟着走，有所安撫就能使遠人來歸，有所動員就能得到回應。他生時榮耀天下，他死時哀慟萬民，怎麼能趕得上他呢？」

堯曰第二十

本篇包括三章。第一章為堯禪帝位時命舜之辭、商湯伐桀告天之辭、周武王封諸侯之辭等。編《論語》者置於此，或明孔子「祖述堯舜，憲章文武」之意。文字前後不連貫，當有脱落。第二章為孔子答子張問從政。第三章所記孔子語與前多有重複。可見這最後一篇是勉強補綴而成的。《漢書・藝文志》著錄《論語》古（文）二十一篇，班固自注：「出孔子壁中，兩《子張》。」漢人如淳注曰：「分《堯曰》篇後子張問『何如可以從政』已下為篇，名曰《從政》。」據此，古文《論語》把此篇分兩篇，則更為支離。

20·1 堯曰：「咨①！爾舜！天之歷數在爾躬②，允執其中③。四海困窮，天祿永終。」舜亦以命禹。

曰：「予小子履④，敢用玄牡⑤，敢昭告于皇皇后帝⑥：有罪不敢赦。帝臣不蔽⑦，簡在帝心⑧。朕躬有罪，無以萬方；萬方有罪，罪在朕躬。」

周有大賚⑨，善人是富。「雖有周親，不如仁人。百姓有過，在予一人。」

謹權量⑩，審法度⑪，修廢官⑫，四方之政行焉。興滅國，繼絕世，舉逸民，天下之民歸心焉。

所重：民，食，喪，祭。

20·1 堯說：「哦！舜呀！依次登位的天命已經降在你身上了，一定要不偏不倚掌握好中庸。如果搞得天下困窮，天賜的祿位就會永遠終結。」舜也用這話命禹登位。

商湯說：「我這個後輩小子履，謹敢用黑色公牛祭享，謹敢明告偉大的天帝：有罪之人我從不敢擅自赦免。天帝的臣下也不加掩蔽，選擇錄用全由天帝心意。我自身有罪，不要因此連累天下萬方；天下萬方有罪，罪過全在我一人身上。」

周朝有大的賞賜，使善人都

寬則得眾，信則民任焉⑬，敏則有功，公則說。

❶咨：嗟歎聲。❷歷數：列次。這裏指帝王相繼的次第。❸允：信，誠。❹履：商湯之名。❺玄牡：黑色的公牛。殷尚白色，此用黑色，當時還未改變夏禮。❻后帝：天。❼帝臣：天帝之臣，湯自稱。❽簡：選擇。❾賚（lài）：賞賜。❿權：秤，重量量具。量：容量量具，如斗、斛。⓫法度：長度。《史記．秦始皇本紀》及秦權、秦量的刻辭中都有「法度」一詞，指長度單位分、寸、尺、丈、引而言。一說法度與權量相對為文，「法」指音樂的十二律，「度」指長度的五度。《尚書．堯典》有「同律度量衡」之語，馬融注：「律，法也。」⓬廢官：廢缺的職官。⓭「信則」句：《漢石經》無此句，皇侃本、足利本、正平本亦無。翟灝《四書考異》、阮元《十三經校勘記》均疑涉《陽貨》子張問仁章「信則人任焉」句而衍。故譯文略去此句。

富有起來。「即使有至親，也不如有仁人。老百姓如果有罪過，責任在我一人身上。」

嚴格權量，周密法度，整治廢缺的職官，全國四方的政事也就行得通了。復興滅亡的國家，接續斷絕的世系，舉用隱逸的賢人，天下的老百姓就會真心實意歸服你了。

應該重視的事情是：人民，食糧，喪事，祭祀。

寬厚就能得到大眾，勤敏就會有功績，公平就會使人人高興。

20·2 子張問於孔子曰：「何如斯可以從政矣？」子曰：「尊五美，屏四惡①，斯可以從政矣。」子張曰：「何謂五美？」子曰：「君子惠而不費②，勞而不怨③，欲而不貪，泰而不驕④，威而不猛⑤。」子張曰：「何謂惠而不費？」子曰：「因民之所利而利之，斯不亦惠而不費乎？擇可勞而勞之，又誰怨？欲仁而得仁，又焉貪？君子無衆寡，無小大，無敢慢，斯不亦泰而不驕乎？君子正其衣冠，尊其瞻視，儼然人望而畏之，斯不亦威而不猛乎？」子張曰：「何謂四惡？」子曰：「不教而殺謂之虐；不戒視成謂之暴；慢令致期謂之賊⑥；猶之與人也，出納之吝謂之有司⑦。」

20·2 子張向孔子問道：「怎樣就可以從政了呢？」孔子說：「尊尚五美，屏除四惡，就可以從政了。」子張問：「甚麼是五美？」孔子說：「君子給人以恩惠卻又不須破費，役使人民卻又使人民無怨恨，有慾望卻不貪心，雍容大方卻不驕傲自大，威嚴卻不兇猛。」子張又問：「甚麼叫給人以恩惠卻又不須破費？」孔子說：「藉着人民能夠得利的事情使他們得利，這不就是給人以恩惠卻又不須破費嗎？選擇可以役使人民的事情和時機來役使人民，這不就是役使人民又能使人民無怨恨嗎？想得到仁便得到仁，又有甚麼可貪心的？君子無論人之多少，事之大小，從不敢怠慢，這不就是雍容大方卻不驕傲自大嗎？君子把衣冠穿得整整齊齊，把供人瞻視的儀表修飾得十分高貴，嚴肅可敬讓人望而生畏，這不就是威嚴卻不兇猛嗎？」子張問：「甚麼是四惡？」孔子說：「不進行教誨，犯了罪就把人殺死，叫做殘虐；不加申誡，只是督查成績，叫做兇暴；政令鬆懈，限期緊迫，叫做害人賊；用給予人東西作比，出手吝嗇叫做小手小腳的有司。」

❶屏（bǐng）：除去。❷惠：參見〔4•11〕「小人懷惠」，〔5•16〕「其養民也惠」，〔17•6〕「恭，寬，信，敏，惠」，「惠則足以使人」。❸勞而不怨：參見〔1•5〕「使民以時」，〔4•18〕「勞而不怨」，〔14•7〕「愛之能勿勞乎」，〔19•10〕「君子信而後勞其民」。❹泰而不驕：參見〔13•26〕。❺威而不猛：參見〔7•38〕。❻慢令：命令鬆懈。致期：限期緊迫。❼出納：偏義複詞，只有「出」義。有司：管事者的代稱。有司代人管事，職卑無權，自當拘謹，往往表現為小氣。

20.3 孔子曰：「不知命，無以為君子也①；不知禮，無以立也②。不知言，無以知人也③。」

❶「不知命」二句：參見〔2·4〕「五十而知天命」；〔16·8〕君子「畏天命」，「小人不知天命而不畏也」。❷「不知禮」二句：參見〔8·8〕「立於禮」，〔16·13〕「不學禮，無以立」。❸「不知言」二句：參見〔1·3〕「巧言令色」，〔5·10〕「始吾於人也，聽其言而信其行；今吾於人也，聽其言而觀其行」，〔12·20〕「察言而觀色」。

20.3 孔子說：「不知曉命運，便沒有條件成為君子；不懂得禮，便沒有依據立身；不辨知言語，便無法了解人。」